그리운
것은
멀리 있지
않다

_____ 님께

_____ 드림

그리운
것은
멀리 있지
않다

초판 1쇄 인쇄 2013년 6월 17일 **초판 1쇄 발행** 2013년 6월 21일

지은이 김사은

펴낸이 김용태 **펴낸곳** 이룸나무
편집장 김유미 **마케팅** 서보선
출판신고 제305-2009-000031 (2009년 9월 16일)
주소 130-823 서울 특별시 동대문구 용두동 236-1 대우아이빌 101동 106호
전화 02-3291-1125 | **E-mail** iroomnamu@naver.com
마케팅 출판마케팅센터 02-3291-1125, 031-943-1656
가격 13,000원
ISBN 978-89-98790-07-3 03810

그리운
것은
멀리 있지
않다

따사롭게 보듬은 사람이 있는 풍경

그리운 것은 것은 멀리 있지 않다

김사은 지음

이룸나무

그리운 것은 참으로
멀리 있지 않더군요

"인연^{因緣}에는 좋은 인연과 낮은 인연이 있나니, 좋은 인연은 나의 전로^{前路}를 열어주고 향상심과 각성^{覺醒}을 주는 인연이요, 낮은 인연은 나의 전로를 막고 나태심과 타락심을 조장하며 선연^{善緣}을 이간하는 인연이니라."

원불교 2대 종법사이신 정산 종사님께서는 좋은 인연과 낮은 인연을 이렇게 말씀해주셨습니다. 좋은 인연의 상대어가 '나쁜 인연'이 아니라 '낮은 인연'라는 말씀이 참 신선했습니다. 정산 종사님의 말씀처럼 나쁜 인연은 없습니다. 낮은 인연만 있을 뿐.

다행히 제게는 전로를 열어주고 향상심과 각성을 주는 좋은 인연이 많습니다. 눈물 나도록 고마운 일이지요. 참 복이 많습니다.

스물 넷, 신문기자로 사회에 발을 내디뎠습니다. 직업을 바꿔 방송국의 프로듀서로 일을 하면서 그 사이 많은 사람을 만났지요. 출입처 기자와 담당 직원, 혹은 취재 과정에서 만나 친구처럼 자매처럼 지내는 인연도 참 많습니다. 25년여 언론사에서 즐겁게 일할 수 있었던 것은 행운입니다. 사람들 속에서 행복했습니다. 더러 힘들고 고통스러운 일이 뒤따를 때에도 전화로, 문자로, 메일로, 마음 깊은 곳에서 응원의 함성과 사랑을 보내주신 분들이 계셨기에 다시 용기를 낼 수 있었지요.

좋은 생각 좋은 마음으로 좋은 글을 쓰며, 좋은 방송을 만들기 위해 늘 기도했습니다. 좋은 세상을 만드는 일에 동참하는 일이라면 어떤 일이든 기꺼이 한몫하고 싶었습니다.

방송계에 몸담다 보니 노래가 주제가 된 수필을 쓰게 되었고 《가요칼럼 – 뽕짝이 내게로 온 날》을 책으로 내기도 했습니다. 지금도 라디오와 사람 이야기를 소재로 글을 자주 쓰고 있습니다. 청탁받아 쓴 글이 라디오와 사람 이야기가 되기도 하고, "라디오와 사람을 소재로 글을 써달라"는 요청도 받습니다. 주변의 권유로 그동안 틈틈이 써온 글을 책으로 엮기로 했습니다. 인터넷 미디어 비평지 《미디어스》 '김사은 라디오 이야기'에 게재한 내용도 상당수 있습니다. 더러 햇수를 오래 거슬러 올라가는 것도 있지만 본질은 사람에 대한 이야기, 따뜻함의 갈구, 좋은 인연에 대한 이야기입니다.

　사람이 사람을 얼마나 행복하게 하는지, 사람이 사람을 얼마나 힘나게 하는지, 사람이 사람을 얼마나 은혜롭게 하는지……. 그런 것을 말씀드리고 싶었습니다. 그리하여 우리 사는 세상이 얼마나 아름다운지, 얼마나 따뜻한지, 위로와 용기가 되고 싶었습니다. 그 마음을 헤아려주시길 간절히 원합니다.

　살기 힘들다는 아우성이 여기저기서 터져나오고, 우울증에 시달리는 분들이 늘어난다는 서글픈 소식이 요즘들어 더 많이 들려옵니다. 이런 때일수록 더 찾아야 할 것이 그리움 아닐지요. 가슴에 깊게 간직하고 있던 그리움은 마음먹기에 따라 바로 눈앞에 다가올 수 있습니다. 눈을 감고 가만히 그리움의 대상을 떠올려 보는 것만으로도 우리는 행복해질 수 있습니다.

　그동안 일과 더불어, 사람 사이에서 참 행복했습니다. 제 글의 주인공이 되어주신 모든 분들, 끊임없이 이야기를 만들어주신 분들, 저로 하여금 글쓰기의 사명감을 잊지 않도록 독려해 주신 분들이 많습니다. 모두 고마운 분들입니다. 가족은 저의 가장 큰 후원자입니다. 인생길 밝혀주신 친정 어머니 최화자 님, 방송 피디의 애환을 이해하고 후원해주는 남편 조영호 님, 두 아들 현범, 영서에게 깊은 사랑을 전합니다.

'그리운 것이 멀리 있지 않도록' 한 편 한 편 다정하고 섬세하게 마음길을 내어주신 이룸나무 출판사 김용태 대표께도 각별한 감사를 드립니다.

늘 쫓기듯 살아오면서도 제가 눈을 감고 그리움을 찾고, 그리운 것을 글로 써내렸 듯 책갈피를 넘기는 독자 여러분께서도 그리움을 찾아 나서길 모쪼록 빕니다. 그리운 추억 여행으로 더 넓고, 더 큰 세상, 더 깊고 따뜻한 사랑에 흠뻑 빠지시길 빕니다.

그동안 제가 맺은 좋은 인연에 깊이 감사드립니다.

2013년 6월 맑은 바람 부는 날

김사은 올림

제2부 • 어제, 오늘, 내일 희망을 품다

제3부 • 그리움, 향기로운 온에어

제 1 부

참 따사로운 인연의 강물

별빛

그대여,
이제 그만 마음 아파해라

- 안도현-

그리운 것은 멀리 있지 않다

언론사에 몸담고 있는 여기자와 피디 몇 명이 송년 모임을 가졌다. 헤어짐이 아쉬워 근처 찻집으로 자리를 옮겼는데 K 선배가 보이지 않았다. 20여 분 후 K 선배는 함박눈을 흠뻑 뒤집어 쓴 채, 책을 한보따리 안고 나타났다.

"그냥 헤어지기가 섭섭해서 시집이라도 한 권씩 나눠 주려구……."

잠깐 사이 서점에 들러 시집을 사온 선배는 마음에 드는 책을 한 권씩 고르라며 눈빛으로 권했다.

우리는 선배의 마음 씀씀이에 감동하면서 저마다 "어머나, 내가 좋아하는 시인이야" "이 책, 정말 갖고 싶었던 거예요" 탄성을 지르며 한 권씩 골랐다. 나는 정호승 시선집 '내가 사랑하는 사람'을 가슴에 안았다. 책갈피를 넘기다가 시 한 편에 눈길이 머물렀다.

운주사 와불님을 뵙고
돌아오는 길에
그대 가슴의 처마 끝에
풍경을 달고 돌아왔다.
먼데서 바람 불어와
풍경소리 들리면
보고 싶은 내 마음이
찾아간 줄 알아라.
　　　　－정호승 〈풍경 달다〉

그렇게 시 한 편이 가슴에 안긴 날부터 운주사 와불님이 그립고 귀에서는 풍경소리가 댕그랑, 댕그랑 하염없이 울려 퍼졌다. 그리움이 극에 달한 어느 날, 무작정 기차에 몸을 실었다. 마침 전라남도 순천에서 강의 중이던 B 선배도 시간을 맞춰 든든한 동행이 돼 주었고 게다가 B 선배의 지인이신 C 선생이 흔쾌히 순천역에서 운주사까지 안내해주셔서 그야말로 순풍에 돛단 듯 운주사에 도착했다. 출발이 늦은 탓인지 사위는 이미 어둑어둑해지고 있었다. 관리소 직원이 난감해 하는 것을 "와불만 뵙고 오겠다"고 설득하여 겨우 입장을 허락받았다. 천불천탑으로 유명한 운주사에 눈이 내리고 있다는 사실만으로도 족히 가슴이 벅

차 오를 일이었다. 부지런히 발길을 재촉하여 와불을 가려는데 늦은 오후 이미 눈이 쌓인 산길은 두 여자에게 다소 부담이 되었다. 나는 운주사를 찾아온 목적이 분명하다 해도 괜히 동행을 자처해 고생을 사서 하고 있는 B 선배에게는 고역일 텐데 선배는 싫은 기색없이 "가보고 싶었잖아. 조금만 올라가면 되니까 포기하지마" 용기를 북돋워준다.

엎어지고 기어오르며 미끄러운 산길을 오르고 올라 드디어 와불을 뵈니 아니나 다를까. 그 신비로움과 평화로움과 온화함에 지금껏 고생이 봄눈 녹듯 사라진다. 고운 솜이불 마냥 보송보송한 눈을 덮고 계신 부처님. '에구, 우리 부처님 솜이불 덮고 쉬시네.' 와불님 뵈러 먼 길을 왔는데 이 심정을 아실런지……. 무엇을 원하고 무엇을 바라는지도 모르게 두 손 모아 합장하니 저간 쌓아둔 마음의 무게가 조금 가벼워진 듯싶었다.

그날 사람이, 사람만 그리운 게 아님을 알았다. 그리운 것은 멀리 있지만 마음은 이토록 가까이 닿아 있음도 알았다. 그 간절한 그리움이 나를 이곳으로 이끌지 않았던가.

눈이 퍼붓는 전라남도 화순군 도암면 대초리 천불산에 있는 사찰, 운주사에서 눈 내리는 겨울 밤 들녘을 바라본다. 그곳에 머문 시간은 매우 짧았지만 돌아오는 길 내내 운주사의 아담한 경내, 산등성이에 고즈넉하게 잠드신 와불님, 눈에 익은 듯한 정겨운 돌부처님들이 가슴에서 두런두런 살아나는 듯 했다. 정작 운주사에서는 풍경소리를 들었던가, 아니면 눈발에 파묻혀 소리도 없었던가? 애써 풍경소리를 기억하지 않아도 어쩌면 그리운 그 무엇을 성취했다는 기쁨에 피곤함도 잊고 내내 행복했다.

한 권의 시집, 한 편의 시, 하나의 그리움, 한 사람의 동행, 그리고 한 생각이 이어져 내 개인의 작은 역사 하나를 만들었다. 그 사적인 역사가 누군가에게 시가 되고, 혹자에게는 그림으로 남으며, 또 노래로 승화될지 모르는 일, 그 사소한 역사가 나에게는 평화로움으로 남는다.

지금도 눈을 감고 눈 내리는 화순 들녘의 어둠에 쌓인 운주사를 떠올리면, 그곳에 누워 계신 와불님을 생각하면, 그 간절한 그리움의 실체가 명료해지면서 마음이 푸근해진다. 시집을 한보따리 안고 나타나 후배들에게 나눠주던 K 선배의 넉넉함이, 기꺼이 동행에 나선 B 선배의 신뢰감이, 먼 길을 돌아 안내해주던 C 선생의 친절함이 운주사의 겨울 풍광과 더불어 따뜻한 겨울의 이미지로 곱게 채색되어 지는 것이다.

살다보면 강추위와 같은 역경이 휘몰아칠 때가 있다. 막상 이런 경계에 닥치면 몸이 움추려든다. 이런 때 용기를 주는 사람들이 있어 힘이 난다. 거기에 눈 내리는 운주사의 겨울 풍광같은 평화로움과 업장을 녹이는 듯한 풍경소리가 더해진다면 어떤 역경도 두렵지 않으리라.

그대, 먼데서 바람 불어와 풍경소리 들리면 보고 싶은 내 마음이 찾아간 줄 알라. 고단한 삶이지만 우리에게 한줄기 '풍경소리'가 있는 한 희망의 종소리는 영원한 것이라며 그대 마음을 다독여 주고 싶다.

그리운 것은 멀리 있지 않다는 것도 기억하자. 늘상 그리운 마음은 이렇게 가까이 닿아 있는 것을…….

구둣방 아저씨 마음

손질 안한 구두가 주인에게 투덜거린다. 콜드크림으로 닦거나, 가죽 전용 왁스로 한두 번 닦으면 그만인 것을 바쁘다는 핑계로 구두까지 가는 신경을 차단했다. 진짜 멋쟁이는 신발에서 완성된다는데, 멋쟁이 되기는 애초부터 포기했다. 게으른 주인 만나서 내 구두는 때깔도 내지 못한다. 검은 구두는 거무튀튀하게, 밤색 구두는 색이 바랜 지 오래다. 이쯤 되면, 새 구두를 사야 하나 고민하게 된다. 하지만 구두를 새로 사는 것보다 손질하는 시간이 훨씬 효율적이라는 판단으로 구두 세 켤레를 싸 들고 길 건너 대학교 안에 있는 구둣방을 찾았다. 대학 구둣방은 여느 가게가 그렇듯, 한 평도 못되는 가건물에 알루미늄 새시로 모양만 낸 것이다.

그래도 예전에 비해 세련미가 흐른다. 주인에게 구두를 맡기고 엉덩이만 걸친 채 옹색하게 의자에 앉았더니 비로소 가게 안이 조목조목 눈에 들어온다. 입구 정면에는 "나는 원래 훌륭한 사람이다"라는 글자가 음각으로 새겨진 편지 봉투 크기의 작은 목판이 붙어있고 그 옆 A4 용지에는 다음과 같은 글이 적혀있다.

5월의 메시지
청푸른 5월, 꿈은 창공처럼 높게
열린 마음은 바다처럼 넓게
새롬은 샘물처럼 순수하며, 신선하며
나에게 주어진 오늘 하루가 소중하며
감사한 날만 되어지는 창조의 5월이여
늘 Nice, Today
― 구둣방 아저씨 마음

매직으로 울퉁불퉁 써내렸지만, 읽을수록 운율도 착착 떨어지며 입에 달라붙어 은근한 묘미가 있는 글이었다. 주인 아저씨께 누구의 글이냐고 물었더니, 직접 쓴 것이란다. 어려운 경제와 낮은 취업률의 현실 속에서 학생들에게 뭔가 위로와 격려가 될만한 게 없을까 고민하다가 그들에게 '청신호를 주고 싶어서' 어느 때부터인가 매달 새로운 글을 써 붙이고 있는데, 반응이 좋다고 한다. 아닌 게 아니라, 나 역시 그 글을 읽는 순간 맑은 바람 한 줄기가 스치고 지나가면서 상쾌한 느낌이 들었다. 아주 오래된 라디오에서 흘러나오는 노래를 흥얼거리며 즐겁게 얘기를 나누는 아저씨의 모습에서 삶의 여유를 발견할 수 있었다. 비록 비좁은 공간에서 다양한 사연을 지닌 구두와 더불어 하루를 씨름하는 아저씨이지만, 에베레스트보다 더 높고, 태평양보다 더 넓은 마음을 소유한 것 같다.

마음의 여유를 갖는데 어떤 공간에서 사느냐는 중요하지 않다. 언제 어디서든 사유의 폭을 넓게 가지는 것이 관건이다. 그러고 보니, 구두를 손질하지 못한 것을 게으름의 소치로 돌리기에는 너무나 궁색한 변명이구나 싶다. 구두를 닦는 것은 마음을 닦는 일이었고 마음을 돌보지 않는 동안 내 구두도 형편없이 망가져 가고 있었다. 반면, 구둣방 아저씨는 타인의 마음까지도 구두를 손질하듯 정성스럽게 닦아주고 고쳐주었던 것이다.

잠시 후 세 켤레의 구두가 새 구두처럼 윤이 반짝 반짝 흐르며 내 앞에 되돌아왔다. 윤기 흐르는 구두에 내 마음을 비추어본다. 손질된 구두처럼 내 마음도 정돈된 듯하다. 손질한 구두를 신으며 학생들도 나처럼 희망과 용기를 얻어 더욱 하고자 하는 일에 힘을 쏟겠구나 싶어졌다.

삶의 여유를 갖게 해준 멋진 구둣방 아저씨, 내달에는 어떤 글로 눈길을 사로잡을지 사뭇 기대된다.

늘, 처음처럼……

점심하러 가는 길, 바람이 몹시 불었다. 심한 가뭄으로 바스러질 듯 위태로이 가지 끝에 매달려있던 나무 이파리들이 덜컥 불어 닥친 바람에 휩싸였다. 회오리로 이파리 한 무더기가 하늘로 솟아오르다가 이내 바닥으로 떨어져 발밑을 휩쓸고 지나갔다. 불과 이틀 전까지만 해도 한낮의 기온이 30도를 오르내리는 늦더위가 한창이었던 터라 나는 아직 맨발차림이었다. 일순 싸늘해지는 가슴, 조급증에 심하게 가슴이 떨렸다.

"아니, 얘네들이……. 니네 아직 이럴 때가 아니잖아. 이런 행위는 일탈이야, 일탈! 바람 불고, 낙엽이 우수수 떨어지고, 옷깃을 여미게 하고, 그리하여 상념에 젖게 하는 이런 이벤트는 11월이나 가능한 거야. 알아? 어쩌자고 10월 중순에 낙엽 타령을 하게 한다니. 이건, 배, 배,

배, 배신이야, 배신!"

　　그랬다. 갑자기 뚝 떨어진 기온 탓에 가뜩이나 심란했는데, 세찬 가을바람은 일순 시간을 건너뛰어 늦가을의 스산함으로 무언가 바쁘고 불안하게 했다. 여기저기서 춥다고 아우성치는 지인들의 반응. 국회 국정감사 취재 중이라는 후배는 "추워서 얼어 죽을뻔 했다"고 엄살 섞인 보고를 했다.

　　비로소 '춥다'는 표현의 실체가 드러났다. 내가 쓸까 말까 망설였던 말이 "춥다"라는 형용사였던 것 같다. 후배가 "춥다"고 했으니 이제부터 마음 놓고 써도 되겠구나.

　　'춥다'는 것은 매우 상대적인 거다. 여름이어서 덥고, 겨울이어서 추운 게 아니라 여름이라도 기온이 낮은 곳에 있으면 춥고 겨울이라도 내가 있는 곳의 온도가 높으면 더운 게다. 10월이어서, 덥지도 춥지도 않은 좋은 계절이라고 방심하고 있다가 덜컥 기온이 떨어지고 낙엽더미가 바람에 쓸려 다니는 것을 보니 이게 뭔지 잠시 혼란스러웠던 모양이다.

　　따지고 보면 계절의 변화에 대응하지 못한 나의 불감증이 죄질로 치면 더 나쁘고 고약하다. 바야흐로 10월 중순, 한 해를 두 달 남짓 남겨놓은 시점에서 갈무리에 대한 마음가짐이 전혀 준비되지 못했다는 뜻이다. 마찬가지로 사람이 왜 사는지, 어떻게 살아야 할지를 고민하지 않는다면 사람으로서 직무유기다. 그런 뜻에서 며칠 전 한 종교단체에서 주관한 '노인대학'에서 어르신들을 위한 강연 계기가 주어져서 '어떻게 살지'를 생각해보는 시간을 가진 것은 매우 고마운 기회였다. 처음 노인대학에서 강의를 의뢰해 왔을 때는 좀 막막했다. 연세 지긋한 어른들 앞에서 무슨 강연을 한다는 말인가. 살면서 어머니를 비롯한 어른들에게 하고 싶은 말이 없지는 않았다. 하지만 "이러이러하게 사세요" 라고 말하는 것은 건방진 노릇 아닌가. 그래서 생각해본 것이 "나는 이렇게 늙어 가고 싶다"는 제목으로 나의 노년을 설계하고 어른들 앞에서 일종의 감정을 받아보자는 것이었다. 인터넷을 검색해보니, 멋진 황혼을 보내기 위한 〈Seven Up〉이라는 말이 매우 가슴에 와 닿아서 이 말을 중심으로 정리해보았다.

첫째, 클린 업(Clean Up)

나이가 들수록, 궁할수록 청결할 것. 언제든 가볍게 떠날 수 있도록 짐과 마음을 가볍게 할 것.

둘째, 드레스 업(Dress Up)

나이 들었다고 아무렇게나 입으면 안된다. 정갈하게, 깔끔하게, 그리고 품위있게. 이왕 한복이 잘 어울리는 노년이면 좋겠다.

셋째, 치어 업(Cheer Up)

나이가 들수록 자신감이 떨어지는 것 같다. 나이가 들수록 스스로를 격려하고 힘찬 삶을 향한 용기를 가져야 한다. 스스로를 인정하고 칭찬하고 격려하기.

넷째, 페이 업(Pay Up)

간혹 모임에 가면 어떤 어른은 "나이가 제일 많다"면서 기어이 밥값을 지불하려고 하신다. 어떤 분은 '나이가 많으니까' 대우를 받고자 하는 분도 있다. 당연히 전자의 모습을 닮고 싶다. 자식에게 기대지 않고 당당하게 살 수 있는 노년의 여유를 위해 돈을 벌 궁리를 해야 한다(돈에 관한 얘기는 지금도 영 자신이 없다).

다섯째, 레벨 업(Level Up)

자신의 기술이든 학식이든, 어떤 분야라도 좋으니 수준을 한 단계 올리는 노력을 하라는 뜻이란다(잘 하면 페이 업으로도 연결될 수도 있겠다!). 내가 지금부터 잘 할 수 있는 일이 뭔지 더욱 고민하고 연마해야겠다.

여섯째, 기브 업(Give Up)

양보하고 포기하는 것도 미덕이다. 늙을수록 젊은이에게 더욱 많이 주고, 내 것은 더욱 많이 포기해야 하라. 봉사하는 삶으로 마감해야 한다.

일곱 번째, 숏업(Shut Up)

나이가 들면 왜 말이 많아질까? 항상 궁금했었다. 특히 남성들은 몸 안의 남성호르몬 비율이 떨어지기 때문에 자연히 세심(소심)해지고 감정이 풍부해지며, 여기저기 신경을 기울이느라 잔소리가 는다고 한다. 쓸데없이 말을 해대면 헤퍼 보인다. 여성들의 경우도 청력이 떨어져 혼자 웅변하다시피 큰소리로 말을 많이 하는 분들을 보았다. 당연히 싫다. 나이가 들수록 말은 줄이고 대신 웃음을 늘리자. 무엇보다 아프지 말고, 건강하게 내 삶을 돌보는 것이 중요하다고 생각한다. 그래서 부쩍 건강에 관심을 갖고 챙기려 노력하는 중이다.

이런 내용을 중심으로 몇 가지 사례를 들어 '강연'이 아닌 한바탕 '재롱'을 떨고 왔더니 어르신들도 "그려그려" "맞아맞아" 하면서 이구동성 공감을 표현하셨다. 그 날 수첩에 적어두고 일회성 강연이 아닌, 노년을 위한 첫 계획으로 동그라미를 치면서 사뭇 긴장을 하기도 하였다. 그러니까 그날은 강연하는 날이 아닌 나의 노년을 위한 선포식같은 의미였던 것이다. 노년을 설계할 나이가 가까워졌다. 이것은 또 하나의 시작점이다.

나마스테! 당신을 위해 기도합니다

지금까지 들어본 인사말 중에 가장 아름다운 말을 꼽으라면 "나마스테"를 추천하고 싶다. 어감도 감미로운 나마스테는 "안녕하세요, 반갑습니다, 고마워요, 지금 이 순간 당신을 존중하고 사랑합니다" 등 다양한 의미로 해석된다. 그 가운데 나는 "내 안의 신이 당신의 신께 경배를 드립니다"라는 해석을 가장 좋아한다. 두 손을 가슴에 단정히 모으고 부드러운 미소와 함께 건네는 "나마스테"는 인사를 건네는 이나 받는 이 모두에게 평화를 준다. 온 몸과 마음을 다해 섬기는 신을 빌어 상대의 신께 예의를 표한다니, 얼마나 겸손한가.

　　종교를 떠나서 "당신을 위해 기도한다"는 말도 감동적이다. 예전에 인터넷 커뮤니티사이트인 〈싸이월드〉 홈페이지를 자주 활용했었다. '자주'라고는 했지만 잘 꾸며놓은 것은 아니고 여기저기 기고한 글을 자료실 삼아 올려두는 정도였다. 그중 한 일간지에 연재했던 가요칼럼 '뽕짝이 내게로 온 날'은 싸이월드를 통해서도 고정 독자가 있었는데 고향 후배라고 소개한 지현이와, 동생의 싸이를 타고 건너와 나와 이웃이 된 그녀의 셋째 언니였다. 어느 날인가 지현이의 셋째 언니가 방명록에 남겨놓은 몇 줄 안되는 글에서 그만 눈시울이 흐릿해지는 것이었다.

"사은씨, 올해도 멋지고 행복하게 보내세요. 사은씨를 위해서 생각날 때마다 기도할께요. 저의 무기는 기도 밖에 없거든요^^"

특히 "기도할께요" 대목에서는 콧등이 시큰해지며 목이 메었다. 일가친척도 아니고 가까운 사이도 아닌데 나 같은 사람을 위해 '기도'해주는 사람이 있었다니, 이렇게 고마운 일이 있었단 말인가! 당시 한달 내내 매달린 특집 방송의 힘겨움도, 탈진할 것만 같던 정신적 위태로움도 "기도할께요"라는 한 마디에 보상받고 위로받는 것 같았다. 나는 아직도 그 말의 힘찬 기운과 생생한 감동을 잊지 못한다.

기도의 힘은 위대하다. 과학적으로 증명할 바는 모르겠으나 '기운' '에너지'의 위력을 믿고 있다. 삶이 고단할수록 세상이 각박할수록 나는 기도가 필요하다고 생각한다. 언젠가는 '기도로 여는 아침'을 기획했다. 매일 아침 10시, 종교에 관계없이 세상을 위해, 이웃을 위해, 각자의 서원을 담아 2분의 기도 명상을 할애했다. 문자와 홈페이지를 통한 청취자 참여 시간인데 많은 사람들이 국가와 이웃을 위해 기도를 한다. 삼호주얼리호가 소말리아 해적에게 피랍됐다 구출되는 과정에서 무사 귀환을 위한 염원이 봇물을 이루었고, 귀환 후에는 석해균 선장의 쾌유를 비는 기도문이 많았다. 구제역이 창궐할 때는 희생되는 동물들을 위한 애도의 마음과 육식생활을 절제하고 자연주의로 돌아가자는 반성이 있었고 현장에서 애쓰는 공무원들에 대한 위로와 격려기도가 넘쳤다. 중동의 민주화 운동에 큰 희생이 없기를 바라며 세계 평화를 위해 기도하고 자연재해를 당해서도 위기를 극복하자고 격려하고 용기를 내는 문자가 주를 이뤘다. 기도는 자발적 치유의 힘이 있다. 매번 청취자의 기도문을 대할 때마다 내면으로부터 용기가 차오른다.

0734번 애청자는 하루 하루 좋은 글귀로 마음을 챙겨준다.

"조금씩 양보하는 세상 더불어 살아가는 세상 어려워도 힘을내는 아향가족들 되세요"

"오늘도 나무와 같이 이웃에게 덕이 되는 아향식구들이 되어요^^"

"오늘은 나보다 어려운 이웃을 돌보아 줄 수 있는 덕을 쌓는 하루가 되세요^^"

0700번 역시 깊이 있는 성찰의 미덕을 보여준다.

"행여 나한테 아픔을 주는 이가 있더라도 생채기난 가슴을 감추고 미소로 대하도록 하시고 나의 부모와 형제를 사랑함에 있어 설령 그들이 부족하여 나를 서운케 하여도 모든 걸 바다와 같은 이해심으로 그들을 사랑하게 하기를 기도합니다♥~"

"미움과 불신보다 사랑과 믿음으로 다가오는 사람들 모자람은 채워주고 부족함은 감싸주며 따뜻한 눈빛으로 함께 하는 우리라는 이름의 모든 분들께 감사합니다. "

그밖에도 소박한 애청자들의 사연 몇 가지를 더 살펴보면 이런 내용들이다.

[8076] 오늘 우리 다은이가 유치원에 입학했는데, 잘할지 걱정이네요 잘하라고 홧팅해주세요

[8202] 향기 가족 모든 분들 오늘도 행복

[6445] 며칠 전에 유치원에 입학한 손주 건영이 참된 사람이 되어 주었으면 하는 바람입니다.

[8105] 반갑습니다 아침의 향기 오늘도 마음을 비우고 생활하게 해주세요. 요즘 딸이 사춘기라 조금 예민한데 어떡하지요? 우리 유미가 사춘기를 아무 탈없이 잘 보내길 소원합니다

[4994] 내일은 아들 졸업식 축하해주시고 토요일 항해사 시험 잘 치를 수 있도록 부탁♥

4994는 며칠 후 "기도 덕분에 아들 항해사 자격 시험에 합격해서 흐뭇하다"는 문자를 보내와 함께 축하했다.

그런가 하면 시내버스 운전을 하는 8807은 사회 문제에도 관심이 많아 가끔씩 뼈있는 얘기로 귀를 묶어둔다. 어느 시나리오 작가의 죽음 이후 보내온 문자.

[8807] 굶주려서 죽는 것은 북한에서나 일어나는 일인 줄 알았는데 한국에서도 그런다는 게~ 충격 지금 우리 사회는 다른 사람에게는 관심이 없기에 사건 사고가 일어나는 것 같아요~ 나보다 다른 사람을 먼저 배려하고 내 자식이 소중하듯 다른 집 아이들에게 따뜻한 관심을

가진다면 어린아이와 약자들의 사건이 줄어들지 않을까요? 우리는 할 수 있습니다.

　참으로 놀랍게도 어느 위정자의 말보다 평범한 우리 이웃들의 이야기에 큰 울림이 있고 그 말이 마음이 움직인다. 하여 대한민국이 위기 속에서도 놀라운 결속력으로 고비고비를 넘기는 것은 평범한 국민들의 기도 덕분이라고 해도 과언이 아니라고 생각한다. 버스나 택시를 운전하며, 설거지를 하며, 야근을 마치고 등산을 하며, 미장원에서 파마를 말면서, 혹은 시장에서 미나리를 다듬다가 오전 10시 기도 시간에 맞춰 '나라와 이웃과 자신을 위해 기도'할 제목을 찾고 마음을 추스르고 이웃에게 희망을 주는 소박한 민초들이 있었기에 서로를 의지하며 조금씩 힘을 보태온 것이다.

　6년 전, 얼굴도 모르는 싸이월드 이웃이 나를 위해 기도해 준 것이 큰 힘이 되었던 것처럼, 감사와 은혜를 담아 올리는 기도가 지금 이 순간 절망 속에서 허덕이는 누군가에게 힘이 되길 바란다.

　나마스테!

가는 사람, 오는 사람

가까운 친구가 부친상을 당해서 서울까지 문상을 다녀왔다. 오래전 읽은 책에서 20대는 결혼식장에서 친구들을 만나고, 30대는 아이 돌잔치에서 그리고 40~50대는 장례식장에서 친구들을 만난다는 말이 있었는데 조문을 마친 후 자연스럽게 동창회가 되었다.

　　지방에서 올라간 나는 그렇다 치고 서울에서 사는 친구들도 자주 만나지 못했는지 서로 안부를 물으며 밀린 얘기를 나누기에 바빴다. 친구들의 직업군은 교사가 단연 많았는데, 그들은 "3월에 진짜 끔찍했지?" "나는 죽는 줄 알았다"며 마치 사선에서 돌아온 장병들처럼 잔인한 3월을 무사히 넘긴 것을 공훈처럼 챙겼다. 신학기라서 교사가 바쁜 건 당연하다 싶었는데, 가까운 친구들이 사선을 넘나들 정도로 숨 가쁜

게 살고 있는 건 몰랐다. 하기야 그들이 개편을 앞둔 내 처지를 알기나 할까.

개편을 앞두고 한바탕 홍역을 치르는 일이 쉽게 떨어지지 않는 감기처럼 몸에 익을 법도 하건만, 프로그램 개편이 교사 친구들의 '끔찍한 신학기'처럼 계절앓이를 한다. 지방 방송사는 본사의 편성 방침에 따라 큰 변화를 겪을 수도 있고, 자체 방송의 경우라도 기획의도에 따라 변화의 폭이 그때 그때 다르므로 개편 후 3~4개월 지나서 정착될 무렵부터 개편에 대한 고민이 시작된다 해도 과언이 아니다.

외형적으로 겪는 변화의 양상도 있지만, 개인적으로 개편을 앞두고 떠오르는 얼굴이 있다. 미안하게도 이름은 기억나지 않는다. 아주 잠깐씩 방송국에 나와 작업을 했기 때문에 인간적으로 친해질 시간이 없었기 때문이었다. 이를테면 명함첩에서 찾아야 할 사람이거나 두어 사람 거쳐서 연락처를 구할 정도만큼의 사이였다고나 할까.

그러니까 그 친구는 성우 지망생이었다. 내가 모 예술대학에 출강했을 때 한 학기 정도 잠깐 얼굴을 마주쳤을 수도 있는데 솔직히 기억에 없는 성실하기는 했으나 평범한 학생이었을 것이다. 우리 방송국에서도 짧은 스팟이나 광고를 녹음하러 오곤 했는데, 한동안 보이지 않았다. 봄 개편을 앞두고 그 친구를 섭외할까 하여 연락처를 수소문했더니 돌아온 대답이 너무 황당하였다.

"그 친구…… 작년 가을에 세상을 떠났대요."

"아니, 작년 가을까지 박 피디랑 작업했잖아?"

"간암이었대요. 저희들도 몰랐어요. 몇 년간 소리없이 투병했나

봐요."

제자들을 통해 들려온 소식도 똑 같았다.

"그 오빠가요. 방송을 되게 하고 싶어 했거든요. 투병하면서도 방송은 끝까지 하고 싶어했어요."

"그럼, 학교 다닐 때도 이미 병을 앓고 있었단 말야?"

"예. 그런가 봐요. 저희들도 오빠가 죽고 난 후에 그 사실을 알았어요"

그렇게 방송을 하고 싶어하던 청년은 스물여덟을 일기로 조용히 떠났다. 그는 조용히 세상을 다녀갔지만 나는 큰 충격을 받았다. 주변 사람들의 말을 종합해보면 그는 대학에 다닐 때도 병을 앓고 있었고 방송 일을 할 때도 회생할 수 없을 거라는 걸 알고 있었는지 모른다. 그럼에도 불구하고 그는 방송국을 드나들 때 편안하고 맑은 표정이었고 마이크 앞에서는 최선을 다했다. 그와 두어 번 스팟을 녹음했을 때도 피디의 의도대로 열심히 하고 있다는 걸 느낄 수 있었다.

겸손했고 성실했던 그의 얼굴이 떠오르면서 뭔가 울컥 솟구치는 게 있었다. 혹시 그 친구에게 상처를 준 일은 없었는가, 그가 방송국 한 구석에서 불편하게 있지는 않았을까, 방송하면서 불쾌하게 한 일은 없었을까? 만일 나로 인해 그 친구가 가슴 한 구석에 원망을 안고 세상을 떠났다면 나는 정말 무서운 죄를 지었을 것이다. 가슴 한 구석에 캥기는 일이 없어서 정말 다행이라고 생각하며 그 친구의 명복을 빌었다.

방송국을 스쳐가는 인연이 참으로 많다. 메인 진행자, 요일별 출연자들, 리포터, 작가 등 수많은 방송 스태프나 또는 방송 지망자들은 방송을 하고 싶어서 방송국에 왔다가 어떤 이는 남고 어떤 이는 떠난다. 기획의도와 진행자가 딱 맞아 떨어져서 프로그램이 뜨면 다행이지만 시류에 따라 새로운 유형의 프로그램을 창출해야 할 수도 있고 진행자 스스로 프로그램을 떠날 때도 있다. 고비고비 만남과 헤어짐이 모두 아름다운 것만은 아니다. 서로 인연을 잘 맺어야 하는 것은 너무나 당연한 말이지만 책임자로서 맺고 끊음을 결단해야 하는 아픔도 크다.

다시 개편을 앞두고 '너무나 방송을 하고 싶어했던' 스물여덟 청년의 짧은 방송사를 돌아보며 가는 사람과 오는 사람의 마음을 비교해 본다.

가는 사람, 아름다운 뒷모습으로 절차탁마하여 좋은 인연으로 다시 만나길 바라고, 오는 사람 앞날이 창창하여 방송사에 도움되고 개인적으로도 승승장구했으면 좋겠다. 그리고 나 자신에게 이르기를, 오는 사람 누구든 그가 스튜디오에 머무는 동안 상처 주지 말자고 다짐해 본다.

선생님, 연세가 어떻게 되세요?

열여덟 살, 푸른 꿈을 꾸던 여고 시절, 내 나이 거꾸로 헤아려보니 그 시절 은사님의 나이는 삼십대 후반, 아니면 지금의 내 나이쯤 되셨을까? 선생님의 나이를 기억할 수 없으니 지금은 연세가 얼마나 되셨는지 셈해 보는 것이 무슨 의미가 있으랴마는 어느 날 은사님의 부음을 접할 때면 셈을 시작하곤 한다. 내 나이 빼기 열여덟, 그 숫자만큼 지금의 내 나이에 덧씌우는 작업인데, 놀랍게도 그 숫자가 생각보다 많지 않음에 놀란다. 어제도 '생각보다 젊은 나이'의 은사님 한 분을 영전에서 뵈었다.

출근하자마자 '오○○ 부친상'이라는 부음 문자를 받았다. 오○○가 누구인지 생각나지 않아 발신 번호를 눌러본다. 최종 확인하고 삭제할 요량이었다.

"사은 언니죠? 저 OO예요. 아버님이 돌아가셨어요."

아! 맞아. OO은 여고시절 은사님의 딸이지. 2~3년 전에 방송일로 그녀와 통화를 했던 기억이 번개처럼 스쳐간다. 그때 내 번호를 입력해 두었던 모양이다.

오후에 고등학교 동창들과 문상을 갔다. 사모님과 OO이 상주다. 건강이 좋지 않으셨던 사모님은 선생님과 사이에 딸 하나만을 낳았고 무남독녀인 OO은 사랑을 듬뿍 받고 자랐다. 사모님은 나를 금방 알아보신다. 최근 들어서도 두 차례 뇌수술을 하셨다는데 숱한 병치레 속에서도 30여 년 전의 일을 생생하게 짚어낼 만큼 비상한 기억력에 친구와 나는 여러 번 놀랐다. 사모님께서 재생해낸 옛 일 가운데 새로운 사실을 알게 되었다.

"결혼하고 일주일 만에 내가 병이 났어. 그 후로 선생님이 내 병치레를 도맡아 하셨지. 일 년에 한 번씩은 장기 입원을 해야 했고. 예수병원 7층이 내 전용 병실이다시피 했다니까."

박봉의 교사 월급으로 병원비를 감당하기 힘들어 선생님은 밤늦게까지 번역 등의 아르바이트를 하셨다. 사모님을 간호하면서 한 번도, 단 한 번도 짜증내거나 얼굴 붉힌 적이 없으셨단다. 생각해보니 학생주임을 맡으시면서 학생들에게 화를 내거나 함부로 대하신 적이 없으셨다. 간혹 답답한 상황이 생기면 운동장 건너편 먼 산을 보고 크게 웃으시던 모습이 떠오른다. 선생님은 학교에서 실력파로 통했다. 입시 위주의 교육보다는 자주적인 학습을 강조하셨다. 당시로선 상당히 파격적인 교육방법이다. 나는 선생님의 교육방법을 좋아했다. 그런데 지난해 정년퇴임을 하신 후 급성 폐암 선고를 받고 병원에 입원하신 지 한 달도 못돼 유명을 달리하신 것이다.

사모님의 망부가^{亡婦歌}는 애달프게 이어진다.

"평생 선생님한테 사랑만 받다가 이제 갚아드리고 싶었는데 이렇게 황망히 가셨으니 어떻게 갚아야 할지"

퍼뜩 정신이 든다. 20년 전, 전주 시내에서 선생님과 사모님 모시고 점심을 한 것이 가장 최근의 기억이다. 그 후로 문안 한 번 여쭙지 못한 제자는 몸둘 바를 모르겠다. 이렇게 일찍 돌아가실 줄 알았다면 한 번이라도 더 찾아뵐 것을, 회한의 눈물이 손등을 적신다. 주차장에서 시동을 걸다 말고 경향각지에 계신 은사님들께 차례차례 전화를 드렸다. 선생님께 "지금 연세가 어떻게 되세요?"라고 여쭤보려다가 이렇게 바꿔서 말씀드린다. "선생님, 오래 오래 건강하세요." 이번 스승의 날에는 은사님 찾아뵙는 일을 게을리 하지 않으려 한다.

연필 타령

아끼던 볼펜이 갑자기 사라졌다. 참으로 황당한 일이었다. 방송중 큐시
트에 곡목을 적어 나가던 중이었다. 분명히 나 혼자 책상에서 일하고 있
었고 누가 다녀간 적도 없는데 갑자기 볼펜이 사라진 것이다. 의자 옆,
책상 아래 모퉁이…… 구석구석을 살펴보았다. 어디에도 볼펜은 없다.
손에서 힘이 빠진다. 제갈공명의 백우선이나 관우의 청룡언월도에 비
유할 바는 아니지만 손오공이 여의봉을 잃은 것처럼 맥이 풀리면서 급
기야 의욕상실의 나락으로 떨어진다. 필통을 뒤적여본다. 다른 종류의
볼펜이 있다.

　　하지만 나는, 방금 전까지 내 손가락 사이에서 뇌와 혼연일체가
되어, 온갖 상상의 나래를 펼치던 볼펜에 대한 미련을 거둘 수 없다. 몇

주 전부터 두어 건의 기획 작업을 그 친구와 함께 하던 터라 내 영혼의 일부가 그 볼펜에 배어있던 것 같다. 그 친구는 나의 생각을 읽고 있었을 것이다.

컴퓨터가 중요한 일을 처리해주고 키보드 자판이 생각을 더 빨리 정리해주긴 하지만, 여전히 글을 쓰고 창작을 하는 사람들에게, 펜은 신체의 일부와 같다. 종이에 부드럽게 말려드는 접촉감, 머리와 손과 종이와 펜이 서로 애무하다 급기야 혼연일체 되어 전개해 나가는 추진력. 그리고 지우고 다시 써가며 결국 마침표를 찍을 때의 쾌감이란! 키보드로 화면을 채워가는 그것과 확연히 다를 것이다.

서랍을 뒤적여본다. 다 쓴 펜이 한 움큼 잡힌다. 그때그때 중요한 일거리들을 훌륭하게 수행한 충실한 벗들이다. 내면의 내장을 토해 혈서를 남기고 장렬히 순직한 펜의 주검 앞에 잠시 생각에 잠긴다. 저마다의 사연이 담겨있다.

지난해까지 자주 사용하던 펜은 1.0㎜ 수성펜이었다. 투명 케이스 안으로 검정심이 팍팍 줄어드는 모습을 보면서, 마치 대단한 업무가 진전되는 양 위안을 삼았다. 종이에 '앵기는' 감촉도 보드라웠다. 생각이 술술 잘 풀려서 좋았다. 방송 관련 상을 받은 어느 해, 대학교 근처에서 우연히 마주친 은사님은 수상 기념으로 근사한 선물을 사주시겠다고 기어이 문방구로 이끄셨다. "이 문방구에 있는 것 중 가장 좋고 비싼 것을 내어 놓으라"고 주문하시는데 내가 선택한 펜은 역시 1200원짜리 1.0㎜ 수성 펜. 큰맘 먹고 좋은 펜을 사주시려는 은사님의 마음을 모르는 바는 아니었지만, 손에 익은 펜이 내 생각을 먼저 알았다. 비싼 것과

1200원짜리 사이에서 승강이를 벌이고 있을 때, 문구점 주인은 자기 이익은 생각지도 않고 슬며시 내 편을 거드는 것이었다. "교수님, 김 피디님은 이 펜을 좋아하세요. 제가 잘 알아요." 문구점 주인까지 가세하여 1200원짜리 펜으로 낙점. 교수님은 매우 아쉬워하시며 대신 펜을 20여 개나 사주셨다. 서랍 속에서 다 쓴 1200원짜리 1.0㎜ 수성펜 십여 개를 보니 은사님의 깊은 사랑이 전해진다.

중간 중간 해외여행을 다녀온 지인들이 유명 브랜드의 펜을 선물해주었는데 딱히 '필 꽂히는' 펜은 없었던 것 같다. 그냥 조용히 필통 구석을 차지하고 있다가 펜이 막히거나 잉크가 말라비틀어져 그대로 장식품으로 전락하는 경우도 많았다.

요즘은 다시 1.0㎜ 볼펜을 쓰고 있다. 가격은 다소 올라 1500원쯤 하려나? '떼굴떼굴' 볼펜심이 잘도 굴러간다. 생각도 '떼굴떼굴' 잘 굴러가는 것 같다. 이 친구와 찰떡궁합을 이루며 벌써 십여 개째 속도를 내고 있는 중이다. 그런데 한창 가속이 붙을 무렵, 그만 이 친구가 소리도 없이 사라져 버린 것이다. 수십만 원에서 백여만 원에 이르는 명품 펜이 있다는 얘기도 들었다. 1500원짜리 볼펜 하나 잃어버리고 이렇게 마음을 잡지 못하고 있는데, 명품 펜이 사라지기라도 한다면? 아니다. 친구를 어찌 가격에 비유한단 말인가. 내 마음을 가장 잘 알고 있는 친구가 사라져서 일손이 잡히지 않을 따름이다. 마음이 허전하다.

그가 그립다.

즐거운 우리 집

우리 집 19층 아파트에서 바라보는 전경은 앞뒤 막힘없이 뻥 뚫려 가슴
이 확 트인다. 특히 동틀 녘 아침 하늘은 물론 별빛과 네온사인이 뒤섞
인 밤 풍경은 가히 환상적이다. 일류 호텔 스위트룸 부럽잖다. 처음에
집을 정할 때 베란다가 동쪽으로 나 있어서 잠시 망설였지만 오히려 동
향인 덕분에 학교 운동장을 비롯해 화산공원 등 온갖 좋은 경치를 앞마
당 삼아 호사스럽게 누리고 살았다. 가장 좋았던 것은 집 앞 초등학교에
두 아들을 보내면서 베란다에서 아이들의 모습을 오래오래 바라볼 수
있었던 것이다. 베란다에 쭈그리고 앉아 무릎을 감싸안고 목을 길게 내
빼고 아이들이 언제나 건널목에 나타날까 기다릴 때 참으로 행복했다.
아이들이 우리 집을 올려다보며 엄마를 향해 손을 흔들어 줄 때는 괜스

레 콧등이 시큰거리며 눈물이 났다. 99㎡(30평)인 집은 가족의 추위를 막아주고 더위로부터 보호해주며 유대관계를 돈독하게 쌓고 유지함에 아무런 불편함이 없었다.

아이들이 성장하면서 3대가 서로의 세대를 존중할 수 있는 공간이 절대적으로 필요하다는 판단 아래 조금 더 넓은 집을 물색 중이었다. 공인중개사 친구로부터 비교적 조건에 근접한 매물이 있다는 연락을 받고 주말에 남편과 그 집을 방문했다. 문을 열고 들어선 순간 뭐라 말할 수 없는 좋은 느낌이 들었다.

그 집에서 가장 감동받은 곳은 현관 옆 작은 방이었다. 정갈한 침대 발치에 낮게 걸린 김학곤 화백의 한국화도 반가웠거니와 머리맡 사진 두 점이 아마도 이 댁 쥔장의 부모님이 아닐까 하여 가슴이 뭉클했다. 베란다에 가지런히 놓인 장독대는 가을볕을 맘껏 누리고 있었고 요란하지 않되 품위 있는 가구의 쓰임새와 그것들의 배치가 이 집의 가풍을 짐작케 했다. 사람의 내면을 보고 인격을 운운하듯 집안 곳곳에 배인 품격에 감동했다. 집도 사람처럼, 호사스런 외향이나 명품으로 무장한 겉치레보다 내면의 결이 더욱 진한 감동으로 다가오는가 보다. 우리는 그 집의 기운에 반해서 그 자리에서 계약했다.

지금 살고 있는 집은 정이 흠뻑 들었지만 어쩔 수 없이 처분해야 할 상황이 되었다. 집을 구하는 사람들이 찾아오기 시작하면서 나는 지금의 우리 집이 방문객에게 어떤 모습으로 비춰지게 될까 생각한다. 내가 이사 갈 집에서 몇 점의 사진과 서예와 그림에 감동받았듯이 재미있는 것은 찾아오는 사람의 취향에 따라 보이는 것도 다른 것 같다. 책을 좋아하는 이는 책이 많은 것을 부러워한다. 어느 예비 신랑은 남편과 나의 ID카드를 보고 언론인이냐고 물어보고 어떤 사람은 "아이들이 언론사에 관심이 많다"며 방송 수상 트로피에 관심을 보인다. 3대가 모여 살다 보니 애초의 의도와는 다르게 오밀조밀한 짐들이 들어차 내가 아끼는 베란다 공간도 빛을 바래게 되었지만, 누군가 이 집과 인연이 된다면 백만불짜리 전경을 스카이라운지 삼아 부부가 와인도 마시고 촛불 잔치도 펼치며 행복을 만끽하길 바란다. 아이들이 등교하는 모습을 보며 미소를 짓고 낙엽에 젖은 거리를 보며 시상詩想에도 잠겨볼 수 있을 것이다.

우리는 이 집에서 건강하고 행복했다. 지금 살고 있는 집에서 제일 자랑할 수 있는 게 뭐냐고 물어온다면 나는 "건강한 에너지가 넘치는 집"이라고 자신 있게 말할 수 있다. 새로 이사 갈 집 역시 화려한 가구는 들이지 않겠지만 지금처럼 건강한 에너지로 채우며 즐겁고 유쾌하게 살아갈 것이다.

1분의 감동

작은 아이가 사들고 온 모래시계를 제법 유용하게 쓰고 있다. 제 딴에는 양치질을 3분씩 해야 한다며 욕실에 놔두고 사용하는데 욕실에 모래시계가 도입되면서 나도 시간의 개념을 좀더 명확하게 접하게 되었다. 모래시계를 사용하니 3분 동안에 많은 일을 할 수 있기도 하고 아까운 3분을 그냥 흘려보내기도 한다.

모래시계를 뒤집어 카운트다운에 들어갈 때마다 내 인생은 3분 단위로 새롭게 펼쳐지는 느낌이다. 뒤집어진 모래는 야속하게도 쏙쏙 내 인생을 잠식해간다. 3분도 그냥 흘러가는데 1분은 얼마나 허망하게 쓰이고 있을까. 그렇게 생각하면 1분 1초도 허투루 쓸 수 없을 것이다.

방송하면서 1분의 소중함을 새롭게 알았다. 뭐 거창한 이야기가 아니라, 노래 한 곡 나가는 동안 사무실에 가서 물 한 컵 떠올 수 있고, 커피 한 모금 들이킬 수 있으며 아주 급할 때는 아래층에 있는 화장실도 다녀올 수 있다. 의외로 1분 동안 참 많은 일을 할 수 있다는 것에 감탄하기도 한다.

수용자의 입장에서 1분의 소중함을 알게 된 것은 캠페인을 접할 때다. 다른 사람들처럼 나 역시 운전할 때 라디오와 가장 밀착돼 있는데 정규 방송중 MC의 멘트가 가슴에 콕 박히는 경우도 있지만 1분 캠페인에 더 주목하게 된다.

MBC 라디오 캠페인 '잠깐만~ 우리 이제 한 번 해봐요'는 오랜 친구가 되었다. 아이템이 고갈될 법도 한데 매번 다른 아이템으로 시의적절하게 관심을 모으고 변화를 촉구한다는 점이 경의롭다.

MBC 라디오가 사라져가는 구전 민요를 찾아 기록하기 위해 1989년부터 시작한 '우리의 소리를 찾아서'는 대단한 프로젝트다. 특히 프로그램 도중 흘러나오던 40초짜리 '우리의 소리를 찾아서' 스팟은 유익하고 가치있는 작업이다. 20대부터 듣던 이 방송을 내가 피디가 되어서 들으니 긴 글보다 짧은 글 쓰기가 어렵듯이, 많은 음원 가운데 '딱 그 부분만 적확히' 편집하여 방송하는 능력에 더욱 감탄하게 되었다.

한동안 KBS 제1라디오 캠페인을 재미있게 들었다. 봄철 프로그램 개편 시기에 앞서 한시적으로 방송된 자사 이미지 캠페인이었는데 시의적절한 관심사를 끌어들여 주제를 향해 치닫는 흡입력이 대단했다.

때론 멘트로, 때론 현장음을 살려 청취자의 관심을 불러일으킨 아이디어와 편집이 돋보였다. 한 사람의 청취자로서 공감했고 제작자

입장에서도 부러운 재능이었다.

먼 곳으로 출장을 가게 되면 지역 방송의 유형에도 관심을 갖게 되는데 방송사에 따라 특화된 캠페인도 관심이 많았다. 감동이 있는 책 구절을 소개하기도 하고, 지역 문제와 관련된 논의를 이끌어내는 경우도 있다. 이러한 캠페인은 물론 광고 재원 창출과 맞닿아 있지만 "무슨 의도로 기획했느냐"에 주목한다면 가치있는 캠페인이 더 많다고 본다.

우리 방송에서도 화합과 건전한 사회 분위기 조성을 위한 공익 캠페인을 다양하게 내보내고 있는데 '문화 칼럼'과 '열린 FM 희망칼럼' 이 4~5년 넘게 방송되고 있다. '문화칼럼'은 인문학의 필요성과 가치, 실용화를 주제로 제작된다. 원광대학교 교수님들의 100초 칼럼인데, 인문학의 보급이라는 점에서 보람있다.

'희망칼럼'은 지역 주민들의 의견과 제언, 희망을 담은 메시지를 담아내는 방송이다. 물론 본인의 목소리로 방송된다. 일주일에 한 번

꼴로 남녀노소 지위고하를 막론하고 누구나 참여할 수 있는 '찾아가는 마이크' 서비스인 셈인데 강한 시사성 멘트도 있고 감성 어린 에세이도 있다.

최근 시인이자 꽃예술작가로 활동하고 있는 분이 싱그러운 메시지를 전해서 좋은 반응을 얻었는데 다음과 같은 내용이다.

"저는 꽃을 사랑하는 꽃예술작가 윤현순입니다. 며칠 전 화분갈이를 했습니다. 고비를 넘긴 꽃들이, 숨통이 트이고 새 기운을 얻으면서 생기를 되찾는 모습이 참으로 보기 좋더군요. 우리 마음에 찬 바람이 스쳐간 흔적도 이렇게 꽃처럼 새 힘을 받아서 화사한 희망으로 바뀌지면 좋겠다는 생각을 했습니다. 사랑하는 사람, 보고 싶은 사람, 혹은 마음을 아프게 했던 사람까지도 마음의 화분갈이를 통해~ 사랑하는 사람은 내 마음에서 더욱 빛을 발하고 아프게 했던 사람은 고마운 인연, 새로운 인연으로 거듭나기를 기원해봤습니다. 화분갈이로 새 힘을 받고 더욱 향기를 뿜내는 꽃처럼 이 계절, 마음의 화분갈이로 싱그럽고 생명력 넘치는 계절을 열어가시면 어떨까요?"

한편의 시 낭송을 듣는 것처럼 편안하고 감성적이었다. '마음의 화분갈이'라는 표현이 너무 신선했고 나도 큰 감동을 받았다.

어린이를 대상으로 성행하는 범죄가 많은 시기에 동네 어린이를 대상으로 취재를 하고 있는데 생각처럼 쉽지 않아 애를 먹고 있었다. 옆에서 엄마가 고민하는 모습을 지켜보던 초등학교 4학년짜리 둘째 아들이 저도 할 말이 있다며 마이크를 잡는다. 엄마로서 철부지 녀석이 무슨 할 말이 있을까 싶어 반신반의하며 녹음을 시작했는데 의외로 진지하게 말했다.

"저는 전주중산초등학교에 다니는 4학년 조영서입니다. 제가 어른들한테 드리고오~ 싶은 말은요.
다시는 어린이를 괴롭히지 말라고 하고 싶어요. 어린이를 괴롭히지 말고 아들이나 딸처럼 사랑스럽게 친절하게 대해주면 좋겠어요.
나쁜짓을 하지 않고…… 아이들이 착하게 대해주면~ 이 세상이 친절로 가득해지고요~ 어린이들이 다시 어른이 되어가지고 자기보다 나이 쩍은 애들한테 친절하게 대해줄 수 있을거라 생각해요. 친절로 가득한 나라가 될거 같아요. 친절로오, 세상이이~ 좋아질 거 같애요."

특히 마지막 부분, "친절로오, 세상이 좋아질거 같애요"에서는 어른으로서 어린이에 대한 미안함과 죄책감이 느껴졌다.

하늘에 띄우는 편지

건조한 날씨 탓인지 손톱 주변의 살이 제멋대로 갈라지더니 약을 발라도 쉬 아물지 않는다. 서점에서 책을 고르다가 날카로운 모서리에 상처 난 곳이 자극을 받았는지 피가 뚝뚝 떨어졌다. 그 모양을 본 직원이 얼른 핸드백에서 1회용 밴드를 꺼내 손톱 주변을 야무지게 싸매줬다. 넘어진 어린아이가 상처에 피가 난걸 보고 그제야 갑자기 울음을 터뜨린다는 말처럼, 피가 날 때는 책에 묻지 않을까 당황해서 아무 생각도 나지 않더니, 1회용 밴드로 감싸인 손톱을 보면서 비로소 '아주 쬐금' 아픈 것 같다는 생각이 든다.

　　사무실에서도 작업을 하다가 종이에 스르르 스친 듯 만 듯 손가락을 베는 경우가 종종 있는데 크게 고통스럽진 않지만 사소한 번거로움 때문에 얼른 나았으면 좋겠다는 생각을 하곤 한다. 공통적인 사실은 '화장실에 갈 때 마음 다르고 나올 때 마음 다르다'는 말처럼 아주 작은 기원이라도 절실하게 간구할 때 보다 성사되고 나서 잊는 경우가 더 많다는 것이다.

사람과 사람 사이에도 마음 드나듦이 참 성가시다. 고맙고, 고맙고 또 고마워도 모자랄 은혜의 관계가 사소한 일로 마음 다치고 원망한다. 그 단계를 극복하고 나면 베인 손가락이 아물고, 덧난 자리에 새살 돋은 것처럼 고맙고 감사해야 하는데, 언제 그랬냐는 듯 새까맣게 잊고 만다. 그래서 은혜로움은 없고 상처와 고통의 기억만 되풀이 된다.

종교방송에서 일하는 복덕 중의 하나는 이처럼 '사소한 인간스러움'을 극복하기 위한 다양한 환경이 조성된다는 점이다. 경건하게 자주 마음을 추스르게 되면 인간스러움으로 얼룩진 마음도 얼른 돌이킬 수 있고 본래 내 마음 자리를 돌아보기 위해 성찰의 기회를 갖게 된다.

'원음의 소리'라는 종교 프로그램에서 '은혜 발견 릴레이─고맙습니다, 감사합니다' 코너를 진행했는데 개인적으로도 성찰하며 공부하는 시간이기도 했다.

은혜라는 건, 매일 말짱하게 살아갈 때는 드러나지 않다가 뭔가 부족하고 아쉽고 그리하여 삶의 경계에 이르렀을 때 문득 문득 드러나는 존재인 것 같다.

이 코너는 '나에게 은혜의 씨앗이 되어준 사람, 은혜를 일궈준 사랑을 발견하는' 시간으로 은혜의 연결 고리로 모두 하나되는 세상을 기원하는 취지에서 기획되었다. 너무 당연해서 잊고 사는 것들, 그 소중

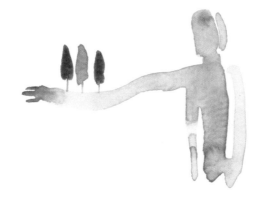

참 따사로운 인연의 강물

한 가치를 되새겨 보자는 것이다. 은혜 편지를 써오시라고 권유하고 있는데, 출연자들은 한결같이 귀찮은 기색없이 정성스런 편지를 준비해서 낭송을 하신다.

편지를 쓰는 것, 그리고 방송을 통해 낭송하는 일은 각각 특별한 의미를 지닌다. 쓸 때 마음 새롭고, 낭송하는 순간은 더욱 경건해져 감동이 배가된다. 은혜 편지를 띄우는 대상자들은 60% 이상은 단연 배우자인듯하다. 남편 혹은 아내에 대한 고마움, 감사, 미안함, 그리고 다짐 등이 자연스럽게 묻어 나온다. 그 다음으로 법연에 대한 감사의 마음이 많고 사제의 정도 새록 새록 감동이다.

며칠 전 여성단체에서 일하고 있다는 아주 밝은 표정의 여성 출연자 한분이 남편에게 편지를 보낸다고 하여 귀를 기울이니, 먼저 세상을 떠난 남편에 대한 그리움이었다.

"그리운 사람, 보고 싶은 당신에게…. 여보, 얼마나 불러보고 싶은 호칭인지요, 당신이 떠난 지 벌써 9년이라는 세월이 흘렀군요. 세월은 너무나 빨리 흘러가는데 내 마음속에 남아있는 당신은 언제나 그 자리에 있어요. 우리의 소중한 아이들은 벌써 18살, 16살 청소년이랍니다. 아빠 없이 한부모 밑에서 성장하며 겪었을 아픔을 생각하면 말로 뭐라 어떻게 표현할 수 있겠어요? 그렇지만 우리 아이들, 넘 멋있게 자랐답니다."

이렇게 시작된 편지는 성장한 아이들에 대한 대견함, 고마움, 그리고 남편이 떠난 후 지금까지 가족을 돌봐주는 동료 교사들에 대한 은혜로 이어지면서 남편에게 부탁의 말로 마무리하고 있다.

"나 잘하고 있죠? 그럼 나 응원해 줘요. 나 열심히 잘 살라고. 그리고 당신과의 약속, 우리 보물들 매사에 감사하는 마음을 갖고 또한 오늘에 충실할 수 있도록 잘 키워서 세상에 보은하는 사람이 되도록 키우겠다는 약속 잘 지킬 거예요. 지켜봐 줘요. 사랑해요 여보."

스튜디오는 이내 출연자와 더불어 울음바다가 되고 여운은 잠시 음악에 파묻혔다. 자신의 아픔을 삭이며 씩씩하게 봉사활동으로 은혜를 실천하는 그 분이 다시 보였다. 무엇보다 자녀들을 세상에 보은하는 사람으로 키우겠다는 약속이 값져보였다. 하늘에 계신 남편은 아내의 목소리를 들었을까? 아마도, 구구절절 편지에 담은 사랑하는 가족의 안부를 모두 챙겨 들었을 것이라고 믿고 싶다. 마음의 소리도 전해진다는데, 공중파를 통해 전한 은혜의 편지가 어딘들 닿지 않겠는가? 저 세상에도 전해지는 은혜의 마음이 가까이 있는 사람들에게는 얼마나 잘 전해지겠는가?

"고맙습니다, 감사합니다." 해도 해도 넘침이 없는 말이다. 방송을 마치고 스튜디오를 나오며 나는 오늘도 잊고 살았던 은혜의 마음을 들춰본다. 고마운 사람…, 너무 많다.

어떤 이의 꿈

문학회원들과 함께 한 중국 여행길, 세계 4대 문명의 발상지인 황허 유역에서 발을 멈추었다. 언제나 누렇고 언제까지 맑아질 줄 모르는 강, 이 누런 물이 중국의 문명을 일으킨 힘이다. 인도의 갠지스 강처럼, 중국인에게 있어 황허는 어머니의 강으로 절대적인 사랑을 받고 있단다. 무심하게 강을 바라보다 눈길을 거두어 되돌아서는데, 일행 중 내일 모레 정년퇴임을 앞둔 분이 큰 소리로 이렇게 외친다.

"청운의 꿈을 안고 황허를 배경으로 사진 한 장 찍어야지!"

근처에 있던 일행과 어울려 사진을 찍으면서 나는 속으로 조용히 웃었다. '그 나이에도 청운의 꿈이 있단 말인가'

버스에 올라 다시 한 번 황허를 바라보다가 나의 경솔함을 깨닫고 후회했다. 60대 후반이라고 해서 '청운의 꿈'을 품지 말란 법이 어딨 던가.

그러고 보니 나의 꿈은 무엇이었지? 내가 되고자 했던 것, 내가 바라던 일, 내가 희망하고 간구했던 그 무엇, 그것이 과연 무엇이었을 까……

초등학교 저학년 무렵 "너 커서 뭐가 될래?"라는 질문에 "여판 사"라고 대답을 하곤 했는데, 그것은 어른들의 '세뇌'에 의한 준비된 대 답이었을 것이다. 철들 무렵 나의 장래 희망은 글쓰기에 대한 동경이었 다. 여고시절에는 처음으로 써본 소설이 모 대학 고교문예현상에 덜컥 입상하는 바람에 한동안 구체적으로 '소설가'가 돼야겠다고 생각한 적 이 있으나 그 꿈 역시 막연한 동경이었지 싶다.

대학 진로를 결정할 때 원광대학교를 적극 추천하신 분은 J대학 출신의 은사님이셨다. 시인이었던 그분은 '글쓰는 분위기는 단연 원광 대가 월등하다'라는 명쾌한 해석으로 학교 선택에 대한 고민의 여지를 줄여주셨고 인기 상한가를 누리던 '신문방송학'과로 입학할 것을 권유 했다.

대학 시절에는 대학신문사에서 학생기자로 활동하면서 '무엇을 해야 할까'를 고민했지 '무엇이 돼야겠다'고 생각해본 적은 없었던 것 같 다. 다만 '전주에서 확실한 일거리를 갖고, 아파트 하나 얻어서, 냉장고 에 시원한 맥주나 가득 채우고 가끔씩 친구들이나 불러서 맥주 파티나 열면서 사는 것'이 소박한(?) 바람이거나 혹은 간절한 희망이었을 게다. 더 솔직히 절실히 간구했을 것이다. 우리의 삶은 그리 녹록치 않으므로……

　　졸업한 이듬해 서울에서 방송 스크립터를 몇 개월 하다 꿈에 그
리던 고향에서 일간지 기자가 되어 소원대로 성냥갑만 한 아파트에서
자주는 아니어도 가끔씩 삼겹살에 소주나 맥주 파티를 벌이며 사회 생
활을 시작했으니 되돌아보면 그리 나쁜 출발은 아니었다. 꿈이 이루어
졌던 것일까.

　　결혼과 함께 20대를 마감하고 '기자' 직도 일단락을 맺었다. 30대
에 접어들어 운 좋게도 '방송 작가'의 일을 시작할 수 있었고 전파, 영상
매체의 매력에도 젖어보았다. '신문'과 '방송' 일을 하면서 훌륭한 분들
과 인연을 맺은 것이 큰 행운이었고, 그 분들의 인생관을 통해 삶의 교
훈을 얻었다. 겸손의 미덕, 최선을 다하는 자의 아름다움, 치열한 자기
계발, 일가를 이룬 삶, 어느 것 하나 소중하지 않은 사례가 없었다. 하루
하루 숨가쁘게 살면서 나는 날마다 주문처럼 외웠다. "인생은 아름답
다"고.

　　치열하게 30대를 달려오다 어느 날 문득 40대를 준비해야 한다
고 생각했다. 매일 글을 쓰고 살면서도 정작 '나의 글쓰기'는 힘들었다.
은사님과 선배의 적극적인 권유와 배려로 등단을 해서 문단의 말석에
이름을 올리고 말년을 함께할 직장에서 신들메를 고쳐 매었다. 틈틈이
지방 대학에서 강의를 하면서 쌓은 인연으로 재능 있고 인성 좋은 제자
들과 '사제의 정'을 나누는 과분한 행운도 누렸으니 더 바랄 게 없는 듯
하다. 일찍이 재능의 한계를 느꼈으니 더 이상의 희망은 과욕이라고도
생각했다. 그래서 어느 날은 스스로 타일렀다. '지금도 과분하다'고, '더

이상 욕심을 내지 말자'고……. 그러나 마음 깊은 곳에서는 아직도 포기하지 못한 꿈과, 그 꿈이 실현되지 않을 경우의 상처에 대한 두려움과, 꿈을 실현하기까지의 치열한 과정을 겁내고 있었던 건 아닐까.

황허에서부터 시작된 화두, 중국 태산에서 나는 다시 한번 '꿈'의 실체와 맞부딪치기로 결정했다. 태산은 '태산이 높다하되'로 시작되는 양사언의 시조 덕분에 더 유명한 산이다. 1,545미터의 태산은 케이블카 덕분에 비교적 수월하게 정상에 오를 수 있었지만, 정상에 오르고 보니 '태산이 높다하되 하늘 아래 뫼이로다. 오르고 또 오르면 못 오를 리 없건마는, 사람이 제 아니 오르고 뫼만 높다 하더라'는 내용에 깊이 공감을 할 수 있었다. 그래, 오르지 않고 뫼만 높다 했던 거야!

비로소 황허의 누런 물도 품안에 들어오고 태산의 안개 걷힌 산이 가슴에 안긴다. 그리하여 나는 아주 홀가분한 기분으로 일행을 향하여 정상에서 이렇게 외쳤다.

"청운의 푸른 꿈을 안고 태산을 배경으로 사진이나 한 장 찍자구요!"

솔직히 말하면, 꿈이 반드시 이루어지는 것만은 아니라고 생각한다. 꿈은 이루어지지 않을 수도 있고, 이루어지지 않아도 좋다. 중요한 것은 꿈을 버리지는 말아야 한다는 것이다. 이후로 나는 줄곧 행복한 고민에 빠져있다. '꿈'을 정한 것은 아니지만, '무슨 꿈을 꿀 것인가'를 고민하기 시작한 것이다. 꿈을 꾸기로 한 순간부터 나는 다시 새로워지고 있다.

오늘도 주문을 외우듯이 "인생은, 눈물나게, 아름답다"고 외치며 '어떤 이의 꿈'이란 가요를 화두삼아 하루를 연다.

"어떤 이는 꿈을 간직하고 살고 어떤 이는 꿈을 나눠주고 살며
다른 이는 꿈을 이루려고 사네. 어떤 이는 꿈을 잊은 채로 살고
어떤 이는 남의 꿈을 뺏고 살며 다른 이는 꿈은 없는 거라 하네
……

나는 누굴까? 내일을 꿈꾸는가?"

잃어버린 가방

2010년 8월, 전북 문단의 원로 문인들을 모시고 일본 센다이 지역 문화
탐방에 나섰다. 몇 명 직장이 있는 분들의 일정을 조절하여 야마가타 하
나가사 축제와 센다이 타나바타 축제를 체험하는 것이 주된 목적이었
다. 일본의 여름은 마쯔리(축제)의 계절이라나. 야마가타 지역의 하나
가사花笠 축제는 꽃 삿갓을 소재로 한 축제이고 센다이 타나바타七夕 축제
는 칠석을 전후해 상가에서 직접 만들어 쇼핑몰 앞에 내건 장식물이 장
관이다. 둘 다 동북 4대 축제로 꼽힌다.

　　우리 일행의 평균 연령은 60대 후반 정도로 배낭여행을 하기에
는 어른들의 건강이 다소 염려가 되었지만 문화를 체험하고 느끼고 싶
다는 한결같은 바람에 따라 자유여행으로 진행되었다. 센다이 공항에

서 입국수속을 마치자마자 공항철도와 JR열차를 이용해 호텔에서 체크인한 후, '루푸르'라고 하는 순환버스를 이용해 시내 관광을 다니는 식이었다.

여행 이틀날인 8월 5일 목요일은 센다이에서 JR열차로 하나가사 축제가 열리는 야마가타[山形]로 이동하는 일정이다. 야마가타로 이동하는 도중 야마데라[山寺]에 들르기로 했다. 야마데라 릿샤쿠지[立石寺]는 860년에 창건된 절로, 가파른 바위산에 들어선 사찰이 탄성을 자아내게 한다. 절경이다. 산 아래에서 정상까지 이어지는 돌계단은 무려 1천15개. 릿샤쿠지에 닿기 위해서는 누구나 계단을 올라야 한다. 삼복더위에 땀을 수돗물처럼 쏟으며 한 발 한 발 힘든 발걸음을 옮긴다. 거의 탈진한 상태로 식당에 돌아와 소바를 먹고 다음 목적지인 야마가타로 이동하기 위해 다시 기차역으로 향했다.

라커에 맡겨두었던 가방을 찾아 플랫폼에 설치된 간이 휴게소에서 땀도 식히고 '인증샷'도 찍으며 기차를 기다리다가 친절한 조 시인이 출입문을 끝까지 잡아주어 가방 끌고 기차에 가쁘게 오르니 피로도 좀 누그러 든 것 같았다. 문제가 생긴 것을 알게 된 것은 기차가 출발하고 난 후 두 정거장 쯤 지나서였다.

이번 여행의 총무를 맡게 된 조 시인이 자신의 가방이 보이지 않는다는 것이었다. 조 시인의 작은 배낭에는 여권은 물론 여행 경비가 몽땅 들어있었다. 우리 일행의 일본 경비와 한국에 돌아갈 때 쓸 원화까지 한 마디로 '돈 보따리'였던 셈이다. 조 시인으로 말하자면 시[詩]는 물론 성품과 인격까지 신언서판[身言書判] 두루 갖춘 문인으로 위아래 모두의 신망을 한 몸에 받고 있었다. 평소 맡은 일은 꼼꼼하고 완벽하게 처리해 실수가 없고 이번 여행에서도 몸을 사리지 않고 희생봉사의 모범을 보여온 터라 다들 미안하게 생각하고 있었는데 그의 가방이 보이지 않는다니 이게 웬 일이냐 싶어 한바탕 난리가 났다. 각종 추측이 난무했다.

1. 라커에서 일행 가방을 찾아주다 정작 자기 가방은 못 챙긴 것이다. 라커 앞 의자에 떨어져있을 것이다.

2. 역 대합실에 있을 것이다(조 시인은 대합실에 간 적이 없다고 하니 여긴 아니다).

3. 화장실에 놓고 왔을지 모르니 거기도 찾아봐야 한다.

나는 문득 간이 휴게소 출입구와 의자 사이에 가방 같은 걸 본 기억이 떠올렸다. 그 앞에 젊은 남자가 있던 모습까지 선명하게 떠올랐다(나는 사실 그 검은 가방이 젊은 남자의 것인 줄 알았다). 우리가 사진 찍는 사이 가방이 밀려서 의자 사이로 떨어진 것 아닐까? 이런 추론을 제시했더니 출입구와 의자 사이에 공간이 없다는 반론이 돌아왔다. 기차는 계속 야마데라를 향해 열심히 달려가고 있고 그 와중에 승무원을 통해 야마데라역 직원과 통화하면서 가방이 있음직한 곳을 지적해주었는데 돌아온 답은 절망적이었다. 아무데도 가방이 없다는 것이었다.

조 시인의 얼굴은 사색이 되었다. 그 와중에 몇 명은 "일본이니까 가방이 있을 것이다. 걱정마라."라면서 일본에서 중요한 물건을 잃었다가 다시 찾은 경험담을 들려주었다. 화장실에 풀어놓고 깜빡 잊은 시계를 며칠이 지난 후 다시 그 장소에 갔더니 그대로 보관돼있더라는 이야기, 중요한 서류 가방을 호텔에 놓고 왔는데 본인보다 먼저 기착지에 도착해 있었다는 이야기, 호텔 로비에 두고 온 선물 가방을 손상없이 되찾았다는 이야기 등등 다양한 사례가 쏟아져 나왔지만 정작 조 시인에게 얼마나 큰 위로가 되었을지는 모르겠다. 오후 1시 42분에 야마데라를 출발한 기차는 1시 58분 야마가타에 도착했다. 일행은 야마가타에 남고 조 시인과 나는 야마데라로 가서 직접 확인해보기로 했다. 오후 2시 39분에 가장 빠른 기차가 있었다. 야마데라를 출발한지 거의 한 시간이 지나고 있었다. 가방은 무사할까? 무거운 심정으로 야마가타에서 야마데라로 돌아가는 20여분이 그렇게 길게 느껴질 수가 없다. 나는 솔직히 비관적이었다. 내가 본 것이 조 시인의 가방이 맞다면, 그 앞에 서 있던 남자가 그 가방을 온전히 놔둘 리 없을 것이라는 불순한 생각이 마음을 짓눌렀다. 오후 2시 58분 다시 야마데라에 도착했다. 야마데라에서 가방을 잃어버린 지 1시간 16분 경과. 과연 가방의 행방은? 두구두구두구……. 퀴즈 대한민국 결선 때보다 더욱 떨린다.

있었다! 긴 의자에 놓여있는 검은 가방 하나, 분명 조 시인의 것이었다. 내 예측대로 의자와 출입문 사이 공간에 떨어져 아무도 발견하지 못했던 것이었다. 누군가 가방을 주워서 찾기 쉬운 곳으로 옮겨 놓았다. 배려심이 느껴진다. 가방은 찾았는데 내용물은 어떻게 되었을까? 아까보다 더한 긴장감. 두구두구두구두구……. 안전했다. 조 시인이 지갑과 여권부터 확인했는데 가방 속 내용물은 건재했다. 누군가 지퍼를 열어본 흔적도 없었다.

야마데라에 있는 일행에게 가방을 찾은 사실을 알렸더니 올림픽 금메달 소식보다 더 큰 함성이 전화기 너머로 울려 퍼진다. "거봐라, 있다고 하지 않았느냐. 000이라면 어림도 없겠지만 일본이니까."

돌아오는 길에 마음이 새로웠다. 만약 그대로 가방을 잃어버렸다면 이번 여행은 어떻게 되는 걸까? 조 시인은 센다이 영사관에서 임시여권을 발급받아야 할 것이고 경비가 없으므로 이대로 한국으로 귀국하거나 어느 한 곳에서 꼼짝않고 시간을 축내야 할지도 모른다. 무엇보다 각 개인들의 여행에 대한 설렘과 기대는 어떻게 보상을 해줄 것인가? 조 시인의 머릿속은 복잡했을 것이다.

한편으로 나는 이러한 현상이 신기하기만 했다. 우리 일행이 야마데라를 떠난 후 상하행선이 세 차례 지나갔다고 한다. 고즈넉한 시골 마을이지만 이름난 명승지여서 관광객이 끊임없이 오간다. 적어도 세 번 이상 관광객이 이 간이 휴게실을 거쳐 갔을 것이다. 우리가 떠난 후 처음 들어선 관광객이 구석에 떨어진 가방을 발견해서 의자에 올려놨을 것이고 그 후로도 두 차례 더 사람들이 드나들었을 것이다. 그런데 어느 누구도 그 가방을 열어본 흔적이 없으며 그 안에 무엇이 들어있는지 알려고도 하지 않았다. 학교 교육에서부터 비롯된 정직한 국민성이라고도 하고, 섞이기 싫어하는 일본 국민들의 개인주의적인 경향에서 비롯된 일이라고도 하고, 해석은 다양했지만 의외로 많은 사람들이 잃어버린 물건이 안전하게 돌아온 경험을 한두 번쯤 공유하고 있었다.

전북 김제에서 아이들을 가르치는 K 시인은 조 시인이 가방을 찾을 것이라고 확신한다고 했다. 우리나라도 크게 다르지 않다고 했다. K 시인 역시 김제 체련공원 벤치에 지갑을 두고 왔는데 한 시간 후 다시 갔더니 그 자리 그대로 놓여있더라고 했다. 정작 나만 의심과 불신의 눈초리로 사회를 바라본 것이 아닌가 부끄러웠다(잠시나마 의심했던 젊은 총각에게 크게 미안했다).

　야마데라에서의 특별한 경험은 또 다른 화두를 던져준다. 배울 건 배워야겠구나. 잃어버린 가방을 찾는 일이 어느 사람에게는 당연한 귀결이지만 나에게는 기적과 같은 일이었다. 찾을 것이라는 막연한 기대감이 아닌 확신과 신뢰를 가진 분들의 믿음은 어디서 나오는 것일까 부럽기도 하고 궁금하기도 하였다. 하여 나는 나의 불신감을 타파하고 잃어버린 가방을 찾을 때의 벅찬 감동과 같은 감정을 지속할 수 있도록 마음가짐을 새로이 하기로 했다. 시절은 수상하고 민심은 흉흉하지만 그래도 노력하고 연마하면 '인간답게' 살 수 있는 길이 있을 것이란 희망을 잃지 말아야겠다. 거듭 느끼지만 인간성 회복만이 그 첩경이다. 가방을 잃어버려도 불안하거나 초조하지 않도록 열흘 전 잃어버린 귀중품을 열흘 후 그 자리에서 그대로 발견할 수 있도록, 믿고 또 믿고 믿을 수 있는 그날까지.

새로운 여행을 위하여 건배!

여행은 고행이다. 특히 여름에 떠나는 여행은 십중팔구 전쟁이다. 어느 때부터인가 어느 고즈넉한 산사에서 맑은 바람과 청아한 풍경소리에 마음을 씻고 조용히 자신을 돌이키며 지난 세월을 반추하는 자성의 시간을 갖는 휴가를 보내는 것이 요원한 일이 되어버렸다.

오늘날 일반적인 휴가는 자동차에 온갖 먹을 것, 입을 것을 잔뜩 싣고 떠났다가, 목적지가 어디든 결국은 파김치가 되어 돌아와 밀린 빨래며 음식을 정리하고 "다시는 이 짓을 하나 봐라" 후회하며 때로 통탄하는 일이 다반사인 것 같다. 그 과정에서 운전에 지친 남편은 남편대로, 가족들 뒷바라지에 힘을 쏟은 아내는 아내대로 온갖 신경이 곤두서 있다가 휴가 이후에도 며칠 동안은 손대면 툭! 하고 터질 것만 같은 긴

장의 연속선상을 그리기도 한다. 우리는 이러한 일련의 행위를 '휴가'라고 부르는 것에 그다지 이의를 제기하지 않는 것 같다. '여행'이라고 표현한다 해도 그 의미가 크게 다르지 않다. 그렇다면 이 즈음, 휴가나 여행에 대한 각각의 개념을 정리하고 목표를 세우는 일이 필요하지 않을까.

문학단체의 일원으로 배를 타고 중국 여행을 다녀오면서 "집을 떠나 이곳 저곳을 두루 돌아보며 다니는 일"인 여행의 정의나 "(직장에서) 일정한 기간 동안 쉬는 것, 또는 그 기간"인 휴가를 충분히 의미있게 보냈다는 점에서 유익한 시간으로 생각된다. 이번 여행을 통해 "여행은 겸손해지기 위해 떠났다가 감사의 선물을 안고 오는 것"이라고 정리하고 나니, 여행 후 더욱 뿌듯한 느낌이 든다.

우선 여행을 떠날 수 있는 환경에 감사한다. 건강, 시간, 경제적 여건에 감사해야 한다. 세 가지 중 한 가지라도 빠지면 떠날 수 없는 것이 바로 여행이기 때문이다.

그 다음 주위 사람의 배려에 감사해야 한다. 휴가 기간 동안 내 일을 대신해줄 동료와, 여행을 축복해 주는 가족, 친구들의 기도를 잊어서는 안된다.

여행을 함께 하는 일행에게도 감사해야 한다. 옷깃만 스쳐도 인연이라는데, 며칠 동안 함께 먹고 자며 먼 길을 떠나는 일행은 며칠 동안 운명을 함께할 사람들이다. 일행과 그 일행의 가족과 친구의 신에게도 감사해야 할 일이다. 그들은 함께 기도하며 무사히 돌아오길 기도해 줄 것이다. 내가 무사히 돌아올 수 있었던 것은 일행 중 누군가가 간절하게 기도했기 때문이다.

룸메이트에게 감사해야 한다. 룸메이트가 어려움에 처했다면 충분히 위로하고 위기를 극복하기 위해 애를 쓸 것이나 설령 아무런 일도 일어나지 않았다면, 그로 인해 나의 여행이 더욱 알찬 결실을 거둔 것이므로, 그것 또한 감사할 일이다.

기상의 변화에도 감사해야 한다. 여행을 다니다 보면, 맑은 날도 있고, 궂은 날도 있다. 이번 여행에서 태산 등정을 하다 정상에서 하산하는 도중 큰 비를 만나게 되었다. 정상에서 케이블 카를 운행하는 지점까지 내려오는 동안 천둥 번개를 동반한 비가 한시간 남짓 퍼부었다. 중국의 명산이라는 태산에서 비를 맞는 것은 유쾌한 추억이었으나, 고산지대에서 번쩍이는 번개는 죄 많은 탓인지 무척 두려운 것이었다. 일행은 서로 격려하며 케이블카 운행 지점까지 내려왔지만, 날씨 탓에 케이블카는 운행되지 않는 상태였다. 문화 탐방길에 나선 우리나라의 초등학생을 포함, 수백 명의 관광객이 발이 묶인 채 좁은 대기실에서 오들오들 떨고 있을 때, 한국인 관광객 중 누군가가 "날씨가 이렇게 험해서 관광이나 제대로 할지 모르겠다"고 투덜거렸다. 순간 그분의 한마디가 아이들에게 어떻게 받아들여질지 적잖이 걱정스러웠다. 그 상황에서 아이들에게 가르쳐 줘야 할 것은 높은 산에서의 기상 변화에 대한 예측과 대비, 자연의 순리, 법칙, 위기에 닥쳤을 때 극복해야 할 일에 대해 논의해야 할 일이지, '날씨 탓'은 아무런 도움이 되는 말이 아니기 때문이다. 여행을 하다가 어느 곳에선가 '궂은 날씨'를 만나게 되면 날씨를 탓할 게 아니라, 그동안 여행길에서의 맑고 화창했던 날씨를 고마워해야 할 일이다.

비슷한 일을 몇 군데서 경험하게 되었는데, 역시 다른 지역에서 우리나라 초등학생을 인솔하고 온 분은 여행지에서 마주칠 때 마다 "날씨가 덥다"거나 "피곤하다"고 투덜거렸다.

여름에 더운 것은 당연한 일 아닌가. 이러한 혹서가 어떤 원인으로부터 발생했고, '해결책은 무엇일까'에 대한 것이 훨씬 교육적이지, 아이들 앞에서 감정을 드러내는 일은 신중하게 생각해야 할 일이다. 아이들이 은연중 보고 배우기 때문이다. 불평 불만은 공항에 두고 아예 잊어버리거나, 어디 적당한 하늘이나, 바다에 슬쩍 던져버리는 것이 좋겠다.

일행 중 누군가가 어쩌다 큰맘 먹고 물건을 구입했을 때는 되도록 "잘했다"고 말해주는 것이 좋을 듯하다. 내게 필요없는 물건이라도 그 사람은 손자와 손녀를 생각해서 심사숙고했을 것이다. 설령 조금 비싸게 샀다 해도 한국에 가서 후회해도 늦지 않을 것이다. "아이들이 좋아하겠네요"라는 말 한마디에, 상대의 여행은 더욱 즐거워질 것이다.

여행길에서 만난 사람들, 여행지에서 겪은 일 모두가 스승이 된다는 점에 감사한다. 배가 고팠을 때 먹는 비스킷 한 조각의 달콤함이나, 뜨거운 뙤약볕에서 지친 심신을 이끌고 숙소로 돌아와 차가운 물로 샤워할 때의 청량감은 고생했을 때만 느낄 수 있는 달콤한 보상이다. 더욱 지치고 힘들 때, 그 보상감은 더 커진다는 것을 다시 한 번 알게 되어 감사한 일이다.

돌아올 집, 반겨줄 가족과 친구가 있음에 감사한다. 한국이 가까워오면서 휴대전화기 전원을 켜는 순간 나의 귀국을 기다리는 친구의 문자와, 이메일에 남겨진 근황을 묻는 사연은 '나는 소중한 존재'라는 사실을 확인시켜주면서 행복하게 한다.

다시 돌아갈 일터가 있음에 감사한다. 지친 일상에서의 휴가는 더욱 달콤하다. 열심히 일한 사람만이 달콤한 충만감을 느낄 수 있다.

보고, 듣고, 느낄 수 있어서 감사하다. 헬렌 켈러는 《3일 동안만 볼 수 있다면》이라는 책에서 다음과 같이 말했다. "사흘간 볼 수 있다면 첫날에는 나를 가르쳐준 설리번 선생님을 찾아가 그분의 얼굴을 바라보겠습니다. 그리고 산으로 가서 아름다운 꽃과 풀과 빛나는 놀을 보고 싶습니다. 둘째 날엔 새벽에 일찍 일어나 먼동이 터오는 모습을 보고 싶습니다. 저녁에는 영롱하게 빛나는 하늘의 별을 보겠습니다. 셋째 날엔 아침 일찍 큰길로 나가 부지런히 출근하는 사람들의 활기찬 표정을 보고 싶어요. 점심 때는 아름다운 영화를 보고 저녁에는 화려한 네온사인과 쇼윈도의 상품들을 구경하고 저녁에 집에 돌아와 사흘간 눈을 뜨게 해주신 하나님께 감사의 기도를 드리고 싶습니다"

사흘이 아니라 매일 매일, 새롭게 보고 듣고 느낄 수 있다는 것은 얼마나 큰 축복인가! 그 축복을 더욱 귀한 일에 사용해야 한다.

이제 다시 일상으로 돌아와, 내 자신과 가족과 직장과 사회를 위해 더욱 열심히 매진할 마음의 준비를 갖추고, 호흡을 가다듬어본다. 다음 여행이 더욱 감미로울 수 있도록 더 치열하게 살아야 할 일이다.

나는 아직도 멀었다

새해 방송을 준비하다가 정채봉 시인의 〈첫 마음〉이라는 시를 발견했다. 오래 전에도 두어번 읽어보고 퍽 공감했던 시로 기억되는데 새해를 맞아 다시 감상하니 의미가 새로웠다.

첫 마음

1월 1일 아침에 찬물로 세수하면서 먹은 첫 마음으로
1년을 산다면,

학교에 입학하여 새 책을 앞에 놓고

하루 일과표를 짜던 영롱한 첫 마음으로 공부한다면,

사랑하는 사이가,
처음 눈을 맞던 날의 떨림으로 계속된다면,

첫 출근하는 날,
신발 끈을 매면서 먹은 마음으로 직장 일을 한다면,

아팠다가 병이 나은 날의,
상쾌한 공기 속의 감사한 마음으로 몸을 돌본다면,

개업 날의 첫 마음으로 손님을 언제고
돈이 적으나, 밤이 늦으나 기쁨으로 맞는다면,
 -〈후략〉-

평범한 일상의 언어도 시인이 늘어놓으면 금방 감동의 시가 되는 것일까, 아니면 천상 시인이라서 말도, 생각도 시처럼 하기 때문에 말이 곧 시가 되고 시가 곧 말이 되는 것일까? 한 행 씩 짚어 읽으면서 동감에서 감동으로 긴 여운을 몰았다가 그 재능에 감탄하며 혼잣말로 되내어 본다.
　'아, 시인은 왜 이렇게 시를 잘 쓰는 것일까…….'
　첨언할 것도 없이 족족 다 옳은 말이다. 저으기 두렵고 떨리는 마음으로 나의 〈첫 마음〉을 상기해보았다. 정채봉 시인처럼 품격높은 시어로는 표현하지 못하겠고 다소 무식하고 급박한 표현으로 '뒷간 갈 때 마음 다르고 나올 때 마음 다른' 행위만 하지 않는다면 그것만으로도 사람 됨됨이 그리 나쁘게 평하진 않을 터, 나의 행태를 보아하니 '뒷간에서 나올 때', '갈 때'의 마음을 놔두고 오는 게 당연지사라 첫 마음이 남아있을 리 없다. 그래서 1월 1일의 기억은 항시 가물하다. 벌써 햇수로 2년 전, 회사 시무식 때 1년 후의 자신을 평가하는 타임캡슐 이벤트도 기획해 보았으나 실제 내 점수를 주려고 보면 B 학점도 후한 것이었다. 계획을 세워두고 옹골차게 실천한 것이 그리 많지 않아 아예 첫날 계획도 묻어둔 터다. 아니면 기대와 계획이 너무 웅장했던 것인지도 모른다고 위안 삼아 보지만 변명에 지나지 않을 따름이다. 그래서 신년계획을 세우기가 두려웠던 건 아닐까. 몇 년 전부터 신년 계획은 접어두었거니와 정확히 말하면 아직도 나는 늘 세밑에 살고 있는 셈이다.

　　나의 첫 직장 신문기자 시절, 문화부 담당이었던 내 책상에는 신간이 그득했다. 각 출판사에서 쏟아져 나오는 새 책은 물론, 지역에서 발간한 동인지도 책상 위에 쌓였다. 솔직히 그때 문예동인지를 바라보는 시각은, 시간 좀 있고 경제적 여유도 넉넉한 사람들이 누리는 문학적 호사 정도로 생각했는지도 모른다. 그 가운데 전북여류문학회 동인지 〈결〉도 있었을 것이다. 거슬러 올라가면 내가 대학교 4학년이던 시절 전북에서 활동하는 문인들을 중심으로 전북여류문학회가 결성되었고 그 이듬해부터 〈결〉이 발간되었을 것으로 생각된다. 당시 문단 등단의 기회도 흔치 않고 지역에서 활동하는 문인들 또한 수적으로 손꼽을 시대였으니 여류문인이라고 하는 호칭은 남성에 대응하는 개념이 아니라 몇 안 되는 여성 문인을 좀 더 우대하는 차원에서 불리운 것으로 받아들여진다. 어찌어찌하여 2000년 문단의 말석에 이름을 걸치고 지역문단에서 책도 만들고 일을 거들다 보니 '시간 좀 있고 경제적 여유도 넉넉한 사람들이 누리는 문학적 호사'가 아니라 나름 치열한 자기 수련 속에 많은 사람의 노력이 더해져 동인지도 나오고 동아리가 꾸려진다는 것을 배우게 되었다. 문화는 끊임없는 노력과 성찰의 결과였던 것이다.

'전북여류문학회'는 애정이 더욱 특별했다. 그 울타리에서 공부하는 마음으로 근거리에서 거들다가 어느덧 회장의 직함으로 일을 해야 할 입장이 되었다. 고사하길 수차례, 선배 문인들의 뜻을 거스르는 것도 후배로서 예쁘지 않은 일이라 생각되어 그만 덜컥 전북여류문학회장을 맡게 되었으나 남들이 볼 때 '폼 나는' 회장일이 나에겐 시간과 감수해야 할 여타의 직무에 비해 엄청 힘든 일이었다. 그리하여 2년의 임기 동안 2008년 〈결 20호〉, 2009년 〈결 21호〉를 펴내고 여류문학상 시상, 몇 번의 문학기행을 우리 사투리로 '뽀도시~' 마치고도 아직도 정산이 남아있었다.

'회장'이라는 직분을 맡았을 때의 첫 마음은 섬기는 자세로 임기를 보내야겠다는 생각이었다. 그런데, '섬기는' 자세 또한 시간과 노동력, 때로 경제적 부담까지 투자할 게 많았다. 피디로서 직장에서 해야 할 일이 많은 나에게는 더욱 어렵고 힘든 과제였던 것이었다(앞으로도 섬긴다는 말을 함부로 해서는 안 되겠다). 그럼에도 〈결 20호〉를 제작할 때는 참으로 감회가 새로웠다. 20여 년 전 내가 대학생이던 시절, 척박한 지역문화 환경에서 여류문학인들이 뿌린 씨앗으로 오늘날의 나 같은 사람이 선배들이 드리워준 그늘에서 문학의 뜻을 조금이라도 펼칠 수 있구나 싶어서 새삼 선배들의 노고가 가슴 뜨겁게 되살아났다. 〈결 21호〉를 만들면서 '작가가 되어 글쓰기에 실제에 이르기 위해 좋은 글을 숙고음미熟考吟味하고 절차탁마切磋琢磨의 수련을 게을리 하지 말아야 겠다'는 생각이 들었다. 가슴속 깊이 문학을 온전하게 궁구케 할 화두 하나를 건진 느낌이랄까. 화두를 붙잡으니 문단의 말석에서부터 다시 시작해야겠다는 용기가 생겼다. 송구하게도 이러한 취지의 '회장 인사말'을 고해성사처럼 했었다. 전국에서 〈결〉을 보신 문인들이 많은 격려를 보내주셔서 깜짝 놀랐었다. 지난해 바쁘고 일손이 없어 발송을 많이 못했는데, 올해는 J 시인의 전폭적인 도움으로 6백 여권을 발송했더니 반향이 이만저만 큰 게 아니다. 원로 문인들은 자필로 어려움 속에서 동인지를 발간한 노고를 격려해주셨고 어떤 분은 서화로, 어떤 분은 자신의 신간으로 앞다투어 축하해주셨다. 문자메시지나 전자메일을 통해서도 많은 피드백을 주셨다. 특히 원로 언론인으로 대선배이신 이치백 전북향토문화연구회장은 친필로 다음과 같은 편지를 보내오셨다.

"결 21호 잘 받았습니다.
책 한 권 꾸며낸다는 것이 보통 일이 아닌데 수고가 많았으리라 믿습니다. 축하드립니다. 그런데 '결'이란 무엇인가를 생각해 보았습니다. 우리말 큰 사전에 보니 이 말, 저 말을 많이 늘어놓았지만 선뜻 이해하기가 어려웠습니다.

또 자전(옥편)을 보니 '결'이란 한자가 무려 57자나 되었고, 결이 붙은 낱말을 생각해보니 비단결, 물결, 바람결, 살결, 숨결, 잠결, 얼결 등이 떠올랐습니다.

그래서 나는 '결'이란 결국 '아름다운^{美} 삶^{生} 또는 정^{靜}'이 아니라 움직임^{動}'인가 하고 생각합니다. 정답이 되었는지 모르지만 책의 표지 그림하며 '결'이란 표제가 하도 곱기에 실없는 소리를 길게 늘어놓았습니다.(……)"

이치백 회장은 언론계의 대선배이자 향토문학의 권위자이시다. 칠순 넘으신 연세에도 원고지에 친필(만년필)로 보감되는 글을 주셔서 황송했다. 그동안 타 동인지 받아들고 진지하게 읽어보지도 못한 나에 비해 여러분의 관심과 애정은 말로 표현할 수 없을 정도로 정성스럽고 감동적인 것이었다. 문인들의 봇물 넘치는 사랑에 숙연해지지 않을 수 없었다. 그리고 속으로 이렇게 외쳤다.

'나는 아직 멀었다…….'

길 하나 내기 위해 누군가 풀을 베고, 누군가 자갈을 고르며 누군가 땅을 다진다. 그렇게 난 길은 여러 사람이 가기에 편하다. 여러 사람이 함께 다닌 길은 넓고 안전하다. 그 길을 내기 위해 처음 누군가 풀을 베고 누군가 자갈을 고르며 누군가 땅을 다졌을 것이다. 척박한 땅에서 고군분투했을 그 '누군가'를 생각하면 목이 메인다. 지역문화는 이렇게 황무지에서 어렵게 시작되고 거칠게 성장한다. 그래서 더욱 값지게 평가되어야 할 것이다. 지역 문화를 선도하고 견인해야 할 지역 방송의 토양이나 환경 또한 다를 바 없다. 누군가 거친 황무지에서 방송 문화의 씨앗을 뿌리며 사투를 벌였을 것이다. 하여 문화의 텃밭을 더욱 비옥하게 일구기 위한 과제가 당대의 책임으로 맡겨졌다. 나 또한 호미를 들고 있는 것이다. 땅은 거칠고 메말라서 호미를 훌쩍 던져버리고 싶을 때도 있다. 강 건너 문전옥답門前沃畓을 부러워하던 때도 있었다. 하지만 20년 전 몇 명의 여성문인이 전북여류문학회를 만들고 〈결〉을 일구어 온덕에 오늘 날 문학의 뜨락에서 노니는 사람이 있듯, 지역방송의 사명감하나로 버티어 낸다면 20년 후 또 다른 후배는 오늘보다 좋은 여건에서일할 수 있지 않을까 하여 누가 알아주든 알아주지 않든 다시 호미자루를 챙겨본다.

유난히 눈 많은 올 겨울, 방송을 통해 '눈 오는 게 겁난다'고 엄살부린 걸 기억한 청취자가 늦은 밤 문자를 보내왔다. "김 피디님, 익산에억수로 눈 많이 와요. 내일 아침 출근길 조심하셔요" 이 문자를 보면서또다시 가슴이 뜨거워진다. 우리 순박한 청취자들의 티 없는 사랑, 나는 다시 외친다.

'아, 나는 아직도 멀었다'

필력으로나 인품으로나, 나는 아직도 〈첫 마음〉조차 챙기지 못하는 하류다. 그나마 다행인 것은 늦게나마 내가 얼마나 부족한 사람인지 알았다는 것, 지금부터라도 〈첫 마음〉 다시 세우고자 한다.

시각장애인 승렬 씨의 하루

뚝배기에 펄펄 끓어오르는 김치찌개, 가슴이 아련해지는 감미로운 영화, 눈이 호사스러운 그림 한 점…. 평소 아무렇지도 않았던 일상이 요즘 들어 너무너무 감사하고 누군가에게 송구하게 느껴진다. 방송국에 승렬 씨가 다녀간 후 생긴 증상이다. 승렬 씨는 전북 진안에 사는 시각장애인이다. 승렬 씨와의 인연은 2개월 전으로 거슬러 올라간다.

아침 방송을 마치고 사무실로 돌아와 정리를 하고 있는데 전화가 걸려왔다. 자신을 '시각장애인'이라고 밝힌 그는 방송을 잘 듣고 있다며 사연을 보내고 싶다고 했다. '인터넷 검색하면 주소를 금방 알 수 있다'고 말하려다 퍼뜩 시각장애인이라는 사실이 떠올랐다. 주소를 불러 주었더니 며칠 후 편지가 도착했다. 점자 편지였다. 그냥 보냈으면 당연히 무슨 말인지 알지 못했을 터, 배려 깊은 승렬 씨는 자원봉사자의 도움을 받아 해석(?)된 편지도 첨부한다는 친절한 설명을 빼놓지 않았다. '예술에 관심을 갖고 있다'고 소개한 그는 '시를 쓰고 싶고 좋은 영화도 보고 싶지만 정작 할 수 있는 일은 별로 없다'고 말했다. 사회에 대한 불평이나 불만이 아니라 '단지 ○○○하고 싶다'는 간절한 바람이었다. 편지로 소개하기엔 아쉬움이 남아 전화 인터뷰를 했다.

선천적 시각장애를 겪고 있지만 그는 매사 긍정적이고 적극적이었다. 안마시술사로 도시에서 생활하다 부모님의 권유로 몇 년 전 진안으로 내려와 부모님과 함께 사는 서른다섯 꿈많은 청년이라고 소개하는 것이 맞겠다. 목소리는 20대 후반처럼 맑고 씩씩한데 30대 중반이라는 말에 나도 깜짝 놀랐다. 아직도 개선되지 않은 사회의 부정적인 시각에 대해서는 '안타깝다'는 표현을 사용했고 "장애인들이 사회로부터 기대하는 게 많은데 장애인이 먼저 손을 내밀어야죠"라는 말은 신선했다. "라디오는 제 전부예요"라는 말에서는 큰 책임감을 느꼈다. 승렬 씨 인터뷰가 진행되는 동안 '천성이 밝은 분 같아요' '목소리가 씩씩해서 듣기 좋네요' '용기를 잃지 말고 사세요' '승렬 씨 말에 제가 더 힘이 나네요' 같은 문자가 쇄도했다. 남에게 희망을 주는 사람임에 틀림없다.

방송 후 승렬 씨로부터 전화가 걸려왔다. 방송국을 방문하고 싶다는 것이었다. "제가요~ 돌아다니는 것을 좋아하거든요. 뭐든지 경험하고, 체험하고 싶어요."

진안에서 익산은 직선 거리로 1시간 30여분 남짓 걸리지만 자가용이 있을리 만무한 승렬 씨가 어떻게 익산까지 올지 걱정이 되었다. 장애인복지관의 차량이 승렬 씨 집에서 진안 터미널에 데려다주면 진안에서 전주까지 버스로 50분, 전주 터미널에서 익산 가는 버스로 환승, 다시 50분, 익산 터미널에서 방송국까지 택시로 10분. 차량이 바로 연결되어도 어림잡아 2시간 30여분은 족히 소요되는 여정인데 장애인으로서는 더 어렵지 않을까… 걱정이 앞서는데 역시 경쾌한 답변. "괜찮아요. 좋은 분들이 많아서 잘 안내해주세요."

사흘 뒤로 날짜를 정하고 달력에 표시를 해두었다. 이튿날 다시 걸려온 승렬 씨의 전화. "제가 방송국에 가기로 한 날, 비 소식이 있네요. 아무래도 비가 오면 장애인이 다니기에 위험하거든요. 피디님 괜찮으시면 그 다음날로 잡죠." 맞다. 비 소식이 있었다. 그것도 많은 비가 올 거라는 예보. 시각장애인은 비오는 날 거동이 더 불편하겠구나. 약속을 조정해서 그 다음날 오후 세 시로 시간을 정했다.

승렬씨가 오기로 한 날, 외부에서 점심을 하고 사무실에 돌아오니 승렬 씨가 일찍 와 있었다. 목소리만 듣다가 처음 만나는 자리인데도 매우 오랫동안 친분을 나눈 사이처럼 친근했다. 내가 밀린 업무를 처리하는 동안 김도현 기획운영팀장님이 원불교 중앙총부를 안내하기로 했다. 3층을 어렵게 올라온 승렬 씨가 다시 3층을 내려가야 하는 상황이 미안했다(방송국으로 사용하는 건물은 매우 오래 전에 지어진 3층짜리 건물이라서 엘리베이터가 설치돼있지 않다). 김도현 팀장님이 어찌해야 할지 몰라 망설이는데 승렬씨가 말한다.

"시각장애인을 안내할 때는요, 장애인의 손이나 팔을 잡으면 안되구요, 그냥 가만히 계시면 제가 팔꿈치를 잡아요."

두 시간 남짓 원불교 익산 성지를 돌아본 승렬 씨는 조금 피곤하지만 목소리에 생기가 묻어났다. "아 정말 좋았어요. 공기도 맑고 경치도 수려하네요." 어떻게 아느냐고 묻자 슬며시 미소를 짓는 승렬 씨. "설명을 하면요, 상상을 하면서 다 볼 수 있어요."

방송국 구경(?)을 하고 내 차로 전주 터미널까지 가는 도중 승렬 씨와 이야기를 나누면서 시각장애인에 대해 몇 가지 더 알게 되었다.

점심시간 식당에 갔다가 문전박대 당한 이야기였다. 일부 업소 주인들은 장사에 방해가 된다며 장애인을 거부한다고 한다. 이 얘기를 하면서 승렬 씨는 이런 상황이 '안타깝다'고 말하면서도 식당 주인들의 입장을 '충분히 이해한다'고 했다. 식당에서 사용하는 용기도 장애인에게는 위협이 된다. 펄펄 끓는 뚝배기에 손이나 입이 덴 적도 많기 때문에 넓은 용기에 주면 좋겠고 반찬의 위치를 알려주면 큰 도움이 된단다. 안내견의 경우 사람들이 지나치게 반응을 보이면 스트레스를 받기도 하고 주인과의 유대감에 문제가 생길 수도 있으므로 쓰다듬거나 먹는 것을 줘도 안 된다. 장애인이 경제적 요인 등 안내견을 돌볼 수 있는 환경이 조성되지 않으면 안내견도 유지할 수 없다고 했다. 승렬씨는 영화를 보고 싶다고도 했다.

"하하~ 다 볼 수 있어요. 옆에서 설명해주면 상상하면서 볼 수 있어요. 그런데 다른 사람들에게 방해가 되니까 영화관에 못가죠. 명화, 오래된 명화나 명작을 좋아해요. 장애인들도 문화생활을 했으면 좋겠어요."

나에겐 일상의 일들이 승렬 씨에겐 매우 '고급스런' 문화적 혜택

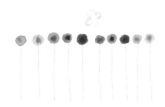

이었다니……. 헤어질 때까지 "그래도 세상엔 좋은 사람이 더 많다"고 확인시켜준 승렬 씨, 그가 진안행 버스에 몸을 싣고 터미널 광장을 빠져나갈 때까지 손을 흔들었다. 승렬 씨는 모르겠지만.

며칠 전 서울에 갔다가 '김치말이밥'을 먹었다. 얼음이 둥둥 띄워진 시원한 김치국밥은 별미였다. 승렬 씨 같은 시각장애인에게는 화상의 위험이 없어서 좋겠다는 생각을 했다. 식사 후 시립박물관에서 '르느와르전'을 관람했다. 아름다운 빛과 색의 조화, 그 오묘한 예술의 세계에 흠뻑 젖어 행복해하다가 승렬 씨가 생각났다. 어떻게 이 그림을 설명할 수 있을까. 승렬 씨는 말 할 것이다.

"괜찮아요. 옆에서 설명만 해주면 상상으로 다 볼 수 있어요." 그리고 그는 덧붙인다. "제가 라디오를 좋아하는 건요, 상상할 수 있잖아요. 그래서 좋아요."

감성과 감동

아주 작고 앙증맞은 손가방을 들고 다니는 여성을 보면 내 입장에서 참으로 신기하다. 저렇게 작은 곳에 무엇이 들어 있을까. 핸드백으로서 기능을 하겠지? 슬며시 열어보고 싶은 생각이 든다. 반대로 내 가방은 거의 움직이는 사무실이다. 일단 큰 가방에 넣을 수 있는 것은 다 넣어 가지고 다니는 편이다. 다행히 자동차가 이동 장소 근거리까지 움직여 주기 망정이지 뚜벅이 신세였다면 매일 배낭에 짊어지고 다녔어야 할 판이다. 사람들은 오히려 이런 나의 가방을 엿보고 싶어한다. 막상 부피가 적은 가방에 꼭 필요한 것만 넣어가지고 다니려고 정리를 해보아도 불편하게 느껴져 결국 큰 가방에 이것저것 담아서 늘상 그것만 들고 다니게 된다. 게으른 탓이 크다.

오늘은 하도 가방이 무거워서 발칵 뒤집어 놓고 하나하나 점검해보니 정말 쓸모없는 것들이 '등이 휠 것 같은 삶의 무게'를 보태고 있었다. 수첩과 화장품 파우치는 기본이고 종류별 펜이 담긴 필통도 줄일 수 없는 것이다. 각종 기획서는 파일별로 담겨서 분류는 용이하지만 파일 자체의 무게도 만만치 않은 지경이고 심지어 카드 영수증이나 퇴근길에 시간 나면 들리려고 모아둔 각종 쿠폰은 유효기관이 경과된 채 방치되고 있었다. 음악 CD, 특집 방송 CD도 두어개 기본으로 가방에 넣어져 있고 시집과 전공서적도 한두 권 들어 있기 마련이다. 가방을 홀딱 뒤집어놓고 하나하나 정리하다 보니, 내가 얼마나 정돈되지 못한 채 살아왔는지 부끄럽기 그지없다. 유효기간이 경과한 것, 꼭 필요하지 않은 것들을 들어내면서 과연 이 상태가 며칠이나 유지될지 스스로를 못미더워하는 모양새도 맘에 들지 않는다.

방송을 하면서 가장 경계하는 것은 감정의 재고, 또는 과잉 생산이다. 나 자신을 분석해보면 지나치게 감상적이고 감정이입도 무지 빠르다. 다큐멘터리를 보면서도 훌쩍이고, 드라마를 보면서 별스런 상황이 아닌데도 화장지를 낭비하는 탓에 아이들과 함께 텔레비전 보기가 민망할 때도 있다. 작은 아이가 맹장염으로 입원했을 때 병실에서 〈톰 아저씨의 오두막〉을 읽어주다가 목이 메어 한참씩 멈춰야 했다. 덕분에 병실에 함께 있던 어린이들과 보호자들도 눈물을 흘리기도 했다. 좋게 보면 감정이 풍부한 것이지만 어느 땐 청승맞다.

방송을 진행하다가 "너무 슬픈 상황이 생기면 어떡하지?"라는 가정에 부딪치면 잠시 갈등이 생긴다. 어떤 피디는 단연코 "진행자는 냉철하고 중립적이어야 한다"고 하지만, 나는 "프로그램 유형과 상황에 따라 유동적일 수 있다"는 입장이다. 만약 전자의 피디와 일했다면 나처럼 감정이 범람하는 진행자는 금방 '짤리고' 말았을 것이다. 최근 우려하던 일이 발생하고 말았다. '아침의 동화'라는 코너에서 인터넷에 소개된 '어머니, 그날 얼마나 추우셨어요?'라는 글을 낭송하게 되었는데, 어째 원고를 받아든 순간부터 가슴이 찡한 게, 과연 방송을 잘 할 수 있을까 불안해지기 생각했다. 아무리 냉정을 잃지 않으려고 해도 한 줄 한 줄 읽어 가는데 기어이 목이 메어오고 눈물이 쏟아지기 시작하는 것이었다.

어머니, 그날 얼마나 추우셨어요?

눈이 수북이 내린 어느 날 겨울 강원도 깊은 산골짜기를 두 사람이 무엇을 찾아 헤매고 있었습니다. 나이가 지긋한 미국 노인 한 사람과 젊은 청년 한국 사람이 눈 속을 빠져 나가며 골짜기를 헤매던 두 사람은 한 무덤을 찾아서 그 앞에 섰습니다.
나이 많은 미국 노인이 한국 청년에게 말했습니다. 물론 영어로 하는 말을 청년은 다 알아 들었습니다.
두 사람이 무덤을 찾은 데엔 기막힌 사연이 있었습니다. 6.25 전쟁으로 인한 1.4 후퇴 때의 일이었습니다. 미국 병사가 강원도 깊은 골짜기로 후퇴를 하고 있는데 눈 속에서 아이 울음소리가 들려서 가만히 눈 속을 파고 들여다보는 순간 병사는 소스라쳐 놀랐습니다.

아이를 눈 속에서 꺼내기 위해 눈을 치우고 보니 아이는 꽁꽁 얼어 있는 채로 죽어 있는 어머니의 품에 안겨 있었던 것입니다. 죽은 엄마는 옷을 하나도 걸치지 않은 알몸이었다는 사실에 병사는 또 한 번 놀랐습니다.

피난을 가던 어머니는 눈 내리는 깊은 산골짜기에서 길을 잃고 갇히게 되자 아기를 살리기 위해 옷을 벗어 아이를 감싸고 허리를 구부려 체온으로 아이를 감싸고 자기는 얼어 죽고 만 것이었습니다.

그 모습에 감동한 미국 병사는 언 땅을 파서 어머니는 묻고 아이는 자기 양아들로 입양을 해서 훌륭하게 잘 키웠습니다.

그때 그 아이가 자라서 청년이 되자 그 아이의 양아버지는 아들을 데리고 그때의 그 무덤, 아이의 어머니 무덤을 찾은 것이었습니다.

그리고 그때의 그 이야기를 다 들려주고 "여기 이 무덤이 바로 너의 어머니 무덤이다"라고 일러 주었습니다. 청년은 이야기를 다 듣고 나서 눈 치우기를 시작하더니 눈을 다 치우고 그 무덤 위에다가 자기 옷을 벗어서 무덤을 모두 덮었습니다.

마치 어머니가 자기에게 한 것과 같이 그리고 어머니에게 옷을 입혀 드리는 것처럼 정성스레 입혀 드리고 나서는 무덤 위에 쓰러져 통곡을 합니다

"어머니. 그날 눈바람에 얼마나 추우셨어요?"

　어머니라면, 자식이라면, 어찌 이 글에서 감동받지 않을 수 있겠는가? 겨우겨우 낭송을 마치고 노래가 나가는 동안 진행자로서 부끄럽기 그지없었다. 진정한 프로라면 본인은 냉정함을 유지하면서도 상대를 울릴 수 있어야 하는 게 아닐까, 이게 바른 진행일까, 내가 스튜디오 밖에서 이 상황을 지켜보았다면 어떻게 했을 것인가? 짧은 시간에 여러가지 생각이 스치고 지나가는데 청취자들의 문자가 쇄도한다. 감동이라는 반응이었다(그 가운데 "누님, 너무 슬프네요"라는 문자가 있어서 웃음을 터뜨리기도 했지만 말이다. 진행자에게 오빠라고 부르는 많이 들어봤어도 '누님'이라고 부르는 경우는 흔치 않은 것 같다).

　아마 나 아닌 다른 진행자가 이런 글을 읽으면서 맹숭맹숭 읽었다면 나 또한 피디로서 건조하게 받아들였을 것 같다. 만약 다른 진행자가 방송에 차질이 있을 정도로 펑펑 울었다면 나 역시 부스 건너편에서 눈물 콧물 짜내며 펑펑 울었을 것이고 다른 방송사의 채널에서 이런 내용을 들었더라도 충분히 감동받아 눈물을 흘렸을 것 같다. 라디오이기 때문에 가능한 감정의 교류가 아닐까.

슬픔이나 동정 연민 따위의 감상에 지나치게 집착하지 않는 한, 풍성한 감성은 감동을 잉태한다고 생각한다. 가끔 가방을 뒤집어서 필요없는 것들을 걸러내야 하는 것처럼, 감정에서도 쓸데없는 부유물은 걷어내야겠지만 말이다.

따지고 보면 이처럼 삭막한 세상에, 감성의 물꼬라도 열어두지 않으면 우리가 무엇에 의지해 살아갈 것인가? 하여 나는 눈 맑고 결 고운 사람들과 감성을 교류하며 그 감성에 의지하여 실낱같은 희망이라도 믿어보고자 한다.

사랑하기에도 짧은 시간이예요

사랑하는 후배가 있습니다. 나의 도반이자 자매 같은 아주 절친한 친구입니다. 우리는 시간만 나면 하루 종일 전화로, 메일로, 문자를 주고받으며 속내를 드러내놓고 울고 웃습니다. 나는 그녀에게 고해성사하듯 일상을 보고하고 의논하고 의지합니다. 글로, 말로 나의 이야기를 털어놓다 보면 어느 사이엔가 해답이 보이고, 해답이 보이지 않을 때는 그녀가 쉽게 정리를 해줍니다. 우리는 서로에게 '멘토'입니다. 그런 그녀가 병을 앓고 있습니다. 30대 후반에 혹독하게 암과의 사투를 벌인 그녀는 달라진 인생관과 가치관으로 삶을 더욱 사랑하며 적극적이고 씩씩하게 살아왔지만 암세포가 신체 어느 부위에 전이되어 지금도 치료를 하고 있습니다. 그 소식조차 남 이야기처럼, 담담하게 전달하는 그녀의 표정에서는 삶과 죽음의 경계를 뛰어넘어 도의 경지에 이른 듯 경건함마저 듭니다.

이후 나는 그녀에게 나의 이야기를 잘 하지 않게 됩니다. 세상사 시시콜콜한 희노애락이 그녀에겐 그다지 중요한 일이 아니라는 걸 알기 때문입니다. 보통의 사람들에게는 어느 문제도 '삶과 죽음'을 결정할 만큼 중요한 것은 없습니다. 나는 그녀의 투병을 지켜보며 그 '교훈'을 얻습니다.

감당하기 힘든 체력소모와 치료비의 부담 속에서도 그녀는 사랑을 실천합니다. 어렵게 사는 그녀의 동기에게 생활비를 보내기도 하고 전업 작가의 작품을 사기도 합니다. 투병하는 사람의 절박함 따위는 없습니다. 병든 자신은 없고 어려운 이웃만 보이는 모양입니다. 몇 년 전에는 남편의 외도와 배신으로 절망감에 사로잡힌 여성과 이야기를 나누다가 그분께 대학 진학을 권유했던 모양입니다. 그분의 등록금을 남몰래 내 준 사실을 최근에 알았습니다. 그것도 당사자가 알게 될까봐 학교 측에 극구 비밀로 해둔 것입니다. 늦깎이로 대학을 마친 그 여성은 졸업할 때 수석을 차지했고 큰 상을 받았습니다. 내 후배는 그 여성이 절망을 딛고 위풍당당 새로운 여성으로 거듭난 사실이 정말 자랑스럽다며 해맑게 웃었습니다. 내 후배는 정말 아름다운 사람입니다. 그녀가 곁에 있어 행복합니다.

허투루 보낸 나의 하루가 시한부의 삶을 살아가는 사람들에겐 너무나 소중한 시간이라는 것을 알고 있기에 더욱 치열하게 하루 하루를 보내고자 합니다. 사랑하기에도 부족한 시간, 누군가를 미워하고 감정을 소모하는 것도 낭비입니다.

한 해를 마감하며 애청자가 이런 문자를 보내왔습니다.

"올해가 아쉬운 사람은 열심히 산 사람이고, 올해가 만족스러운 사람은 성공한 사람입니다. 내년이 기다려진다면 당신은 무지 행복한 사람입니다."

신은 우리에게 견딜 만큼의 고통을 주신다고 하더군요. 세상에 극복하지 못할 고난은 없습니다. 올 한 해 어떤 종류의 고난이 길목길목을 지키고 있다가 와락 위협을 가할지 몰라도 들메끈 조이고 당당하게 맞서야겠습니다. 내 사랑하는 친구의 몫까지 더 열심히 일하고 더 열심히 웃고 더 열심히 사랑해야겠습니다.

사랑하기에도 짧은 시간입니다.

매실 익다

"사장님, 여기 매실 좀 더 주세요" 식당에서 반찬으로 매실장아찌가 나오면 참으로 반갑다. 매실을 좋아하기 때문이다. 해마다 여기저기서 매실을 보내주기도 하고, 필요한 만큼 사서 담그기도 하지만 남이 차려주는 밥상이 더 맛있어서 일까? 손맛 좋은 사장님이 직접 담근 매실장아찌가 맛있어서 염치 불구하고 두어 접시는 넉살좋게 비운다.

　　매실의 고장 지리산 하동에 갔더니 밤톨만한 매실을 칼질하지 않고 씨만 빼어낸 채 상에 올려 냈다. 탱글탱글한 식감이 여간 아삭한 게 아니다. 역시 지리산 인심이 후하다. 매실 좋아하는 줄 알고 친구가 자기네 상에 올라온 매실을 슬쩍 내 앞으로 밀어준다.

　　지난해부터는 "사장님, 여기 매실좀 더 주세요"라는 말을 하지 않는다. 뿐더러 경건한 마음으로 매실을 대하게 되었다. 시인 친구 덕분이다.

김태필 시인은 부산에서 학생을 가르치며 시를 쓴다. 그리고 주말에는 부모님이 계시는 시골에 가서 농사일을 거든다. 주중에는 대도시에서 수재 학생을 가르치는 선생님으로(그는 외국어고등학교의 교사다) 주말에는 지게도 거뜬하게 지는 농사꾼으로 이중생활을 하는 것이다. 김 시인이 주말마다 농사꾼을 자청하는 이유는 연로하신 부모님을 생각해서다. 효심이 지극한 김 시인 덕분에 농사일의 어려움을 이따금 전해 듣게 되었다. 어느 날 매실 가시에 손을 찔려 병원 응급실에 다녀왔다는 소식을 전해오더니, 또 어느 날은 매실 가시가 등산화를 파고 들어 발을 심하게 다쳤다고 했다. 조심성을 탓하기 이전에, 얼마나 큰 가시이기에 등산화를 뚫을 정도였을까 섬뜩해졌다.

언젠가 김 시인은 굵은 대못같은 무시무시한 매실나무 가시를 보여주며 자칫 방심하면 이런 가시에 크게 다친다고 단단히 일러주었다. 매화 꽃 하나에 매실 하나, 가시는 꽃도 열매도 되지 못한 반항인가? 매실은 꼭지가 단단하게 붙어 있어 힘을 세게 주어야 떨어진다. 섬세하고 조심스럽게 열매를 따야 한다는 것이다. 열매를 따고 난 후 가지를 제자리에 돌려놓을 때도 조심해야 한다. 가시에 찔리는 것은 순식간, 한 시도 방심할 수 없다.

굵고 거친 가시는 열매가 되지 못한 회한일 터, 팔뚝에 깊은 생채기를 남기며 숨 멈추고 골라낸 귀한 열매라는 것을 그때까지 몰랐었다. 10년 된 매실 장아찌가 지금도 탱탱하게 살아있을 만큼 성정이 곧은 것이 매실이란다. 그 말 듣기 전까진 매실이라는 열매 곁에 저렇게 거칠고 표독한 가시가 있다는 사실을 전혀 몰랐었다. 부끄럽게도.

그 전까지 어떠했는가. 유난히 매실을 좋아했던 나는 달콤새콤 쌉싸름한 매실을 덥석덥석 잘도 먹었다. 잘게 썰어진 것은 두어 점씩 욕심껏 집어먹고, 씨만 골라내 큼직하게 잘린 것도 염치 좋게 두어 접시씩 비워냈던 것이다. 매실 농사 짓는 김 시인 덕분에 그렇게 매실의 진면목을 알게 된 후, 매실을 대하는 태도가 사뭇 경건해졌다고나 할까.

매실가시 무섭다고 알려준 김 시인이 매실 수확하다가 가시에 찔린 이후 그 고통이 시가 되었다.

가시 찔린……

네, 그렇네요.
가시 찔린 손이 퉁퉁 붓도록
괜찮겠지 괜찮겠지
뭐 이 정도야 괜찮겠지
생각하며 손을 그냥 두었더니.

그랬더니, 손등이 거북등처럼
둥글둥글 검붉어져서
그랬더니, 손등이 손난로처럼
화끈화끈 달아올라서

네, 그렇네요.

가시 찔린 손이 퉁퉁 부어도

괜찮지요 괜찮지요

뭐 이 정도야 괜찮지요

가시에 찔린 손이야.

뭐 어때요? 병원에 가서

치료받고 주사 맞고 약 먹고

며칠이면 되겠지요. 그런데

속 깊은 가시 하나 세월이 곪네요.

몸 던져 건진 시, 시인이 육체적 손상과 고통을 담보하며 딴 매실이다. 가시 찔린 손이 퉁퉁 붓도록 괜찮겠지 생각하며 손을 그냥 두었더니, 속 깊은 가시 하나 세월이 곪는다고 했다. 저간의 사정을 잘 아는지라 세월 곪는 아픔이 나에게도 찌르르 감전된 듯 전해 온다.

김 시인은 그렇게 처절한 농사일 끝에 수확한 매실을 우리 집에 한아름 보내주었다. 매실 농사의 수고로움을 알게 된 후 어느 해보다 정성을 더해 매실청을 담갔다. 김 시인의 시도 함께 저장했으니 깊은 단지에서 그의 시도 함께 익어가겠지. 올해 매실을 건져 내면 잘 발효된 그의 시에 취할 것 같다.

3백65일 날씨 맑음

글을 쓸 때는 나에게 '글감이 되어주는 사람'이 좋다. 이 경우 친근함과는 별개다. 초등학교 때 "천재란 1퍼센트의 영감과 99퍼센트의 노력으로 만들어 진다"는 에디슨의 말을 이해하지 못했다. 노력의 중요성을 강조한 말인 것은 알겠는데, 영감^{令監}이라니, 할아버지가 천재와 무슨 상관이 있느냐 싶었던 거다.

예술가와 영감^{靈感}의 관계를 이해하는데도 많은 시간이 필요했다. '예술가들의 영감을 자극하는 창작의 원천' 이라는 표현을 알 수 없었던 것이다.

첫 수필집 ≪뽕짝이 내게로 온 날≫을 펴낼 때, 노래에 꽂히지 않으면 글이 풀리지 않았다. 노래와 상황이 절묘하게 맞아떨어져야 기획의도에 들어맞았던 것이다. 20년 만에 만난 대학친구 C 교수는 자기 얘기는 없더라며 다소 서운해했다. 주고받은 이치가 없는데 무슨 얘깃거리가 있겠는가. 가장 가까운 친구 J의 서운함은 더 농도가 짙었던가 보다. 하루가 멀다 하고 안부를 챙기며 사는 사이인데도 들러리로 나온 것 말고 자신을 주인공으로 한 꼭지가 '한 개도' 없다고 연신 불만이었다.

　　J와 내가 나눈 이야기는 비슷한 또래의 딸과 아들을 둔덕에 애들 시험 걱정, 고입진학 걱정, 사춘기 반항에 대한 부모로서 불평과 불만, 함께 사는 시어머니와 친정어머니와 겪는 불편함과 마음고생을 토로하는 것이 다반사였다. J는 외동딸에 대한 기대가 큰 만큼 딸 못잖은 마음고생을 겪었다. 그때마다 내가 해줄 수 있는 것은 "잘 될 터이니 걱정하지 말라"는 위로가 고작이었다. 근황과 하소연과 위로를 주고 받으며 의지했던 사이이나 그것이 글감이 될 수는 없지 않은가?

　　작가로서 나의 항변에도 J의 요구는 강경한 것이어서 채무 비슷한 것을 짊어지고 살았다. 그러다가 어느 날 문득 크게 깨달았다. J는 나한테 영감보다 더 소중한 것을 주었던 것이다. 그것은 위로와 평안이다. 그러니까 365일 중 364일 날씨 좋다가 하룻밤 비바람 치면 문득 한 감상이 솟아날지 모르나 나머지 기간 맑은 공기와 따뜻한 햇볕과 고요한 바람의 고마움을 잊고 지냈던 것처럼, J와의 소소한 일상은 쾌청한 하루하루였던 것이다. '글감'이 되지 않는 그 소소함이 얼마나 고마운 일인지, 그걸 알고 정말 기뻤다.

　　소소한 즐거움을 떠올리자니 많은 일이 파노라마처럼 펼쳐졌다. 어느 해 초봄, 가까운 친구 J와 M 그리고 나는 경남 하동으로 1박 2일

여행을 갔었다. 매화 향 흩날리는 지리산 깊은 골짜기 어느 찻집에 민박을 정하고 보니 '별유천지'인듯싶었다. 창문 열고 손 내밀면 매화가 벙긋거리고 있었다.

　　장작불에 달구어진 뜨끈한 구들장에 허리와 어깨를 지지며, 밤새 뒹굴거리며 깔깔대다 새벽녘에야 잠이 들었다. 곤히 자는 친구들 잠 깨울까 싶어 슬그머니 밥하러 나가는데 J가 M을 급히 흔들어 깨우며 "사은이가 밥한대. 빨리 네가 나가 봐"라고 말을 하는 것이었다. 내가 차리는 밥상은 믿을 수 없으니 솜씨 좋은 M더러 나서라는 뜻이었다. 죽이 되든 밥이 되든 친구들한테 밥 한 끼 차려주고픈 내 마음을 모를 리 없건마는 3백64일 쾌청한 우리 사이는 격한 농담도 용서되는 사이였다.

　　그러고 보니 하동에서의 1박 2일은 소소한 일상이 아니었다. 올 봄, 하동의 벚굴이 유명하다 하여 벼르고 있다가 J에게 말을 건넸더니 '기다리고 있었다는 듯' 흔쾌히 동행해주었다. J와 함께 가는 두 번째 하동행도 즐거웠다. 만개 시기는 지났지만, 벚꽃이 중간마다 피어있어 탄성을 자아내게 했다. 전주−순천 고속도로가 개통되어 하동 가는 길이 훨씬 가까워졌다. 손바닥보다 큰 벚굴의 크기에 놀라고, 별미에 즐거워하며 봄 반나절을 만끽하다 돌아오는 길에 언뜻 잠이 들었는데 J는 그 새 전남 순천 '화월당 과자점'에 차를 세우고 있었다. 그 집 팥빵이 전국적으로 유명하다는 내 말을 기억하고 있었던 게다. 이렇게 내 마음을 잘 읽어주는 고마운 친구다. 3백65일 날씨 맑음인 우리 사이.

제 2 부

어제, 오늘, 내일… 희망을 품다

매미

여름이 뜨거워서 매미가 우는 것이 아니라
매미가 울어서
여름이 뜨거운 것이다
매미는 아는 것이다
사랑이란, 이렇게
한사코 너의 옆에 붙어서
뜨겁게 우는 것임을

울지 않으면 보이지 않기 때문에
매미는 우는 것이다

- 안도현-

자전거 이야기

친구 M의 올케는 학원을 운영하고 있다. 아파트에서 학원까지 운동 삼아 자전거를 타고 다니는데 날씨가 추워서 며칠 자전거를 타지 않고 복도에 세워 두었단다. 자물쇠를 채우지 않은 것이 화근이었을까.

어느 날 자전거가 감쪽같이 사라진 것이다. 과히 비싼 것은 아니지만 이제 막 손에 익은 터라 잃어버린 아쉬움이 컸다. 아파트에 설치된 CC-TV를 확인했더니 마침 자전거를 가지고 가는 소년의 모습이 정확하게 찍혔더란다. 하필 CC-TV를 바라보는 천진한 얼굴이 선명하게 찍혔다고 했다. 올케는 자전거를 가져간 사람이 누구인지 금방 밝혀냈고 "자전거를 제 자리에 가져다 놓으면 학교나 경찰에 연락하지 않고 조용히 마무리 짓겠다"고 전했다. 깜짝 놀란 학생은 전화를 걸어와 백배사

죄하며 "엄마에게만은 말씀드리지 말아 달라"고 사정을 하더란다.

집에서 학교까지 꽤 먼 거리를 자전거로 통학하는 그 학생은 최근에 자전거를 잃어버렸다. 아버지와 이혼하고 식당에서 주방 일을 하며 어렵게 생활하는 어머니에게 사실을 말하기가 죄송했다. 몇 만원씩 하는 스쿨버스 비용도 감당하기 힘들었으므로 자전거는 절박한 이동 수단이었다. 며칠 동안 고민하던 그 학생에게 자물쇠가 채워지지 않은 자전거 한 대가 눈에 들어왔다……. 그렇게 된 거다.

문득 오래 전 국제영화제에서 본 영화 '북경 자전거'의 한 장면이 떠올랐다. 뺏고 뺏는 두 소년의 자전거 쟁탈전. 어려운 가정형편 때문에 고등학교에 진학하지 못하고 베이징 물품 배달원으로 직업을 구한 구웨이는 회사로부터 600위안짜리 실버 자전거를 대여받게 되고 자전거를 자신의 것으로 만들기 위해 열심히 일한다. 갖은 고생 끝에 600위안을 거의 모았을 무렵 구웨이는 그만 그토록 사랑하던 자전거를 도둑맞게 된다. 베이징 전체를 뒤져가며 자전거를 찾아 나선 '구웨이'는 어떤 소년이 그 자신의 자전거를 타고 다니는 것을 목격하게 된다. 행복하지 못한 가정환경 때문에 나쁜 친구들과 어울리는 고등학생 '지안'이 바로 그다. 자전거를 되찾기 위해 자전거를 훔치는 구웨이와 훔친 자전거를 지키려는 지안 사이의 뺏고 뺏기는 추격전, 그리고 그 과정에 솟아나는 묘한 우정. 두 소년의 자전거 쟁탈전을 지켜보며 아릿한 마음을 공유할 수 있었던 것은 자전거가 낭만이 아닌 '치열한 현실'이었기 때문이다.

올케의 자전거를 가져간 학생은 잃어버린 자전거가 현실이었고 대체수단이 절박했다. 힘들게 일하시는 어머니를 실망시켜 드릴까 두려워하는 소년의 애절한 마음, 엄마에게 절대 말씀드리지 말아 달라는 간곡한 하소연이 마음에 걸렸다. 올케언니는 생각에 잠긴다. 소년의 집에서 학교까지는 제법 먼 거리였다. "그럼 방학 전까지만 타고 방학하면 제자리에 갖다 놔라" 이 사실을 안 M의 오빠는 "그냥 주지 그랬냐"고 말했단다. 여기까지 전해들은 친구들은 그 자리에서 "십시일반해서 자전거를 한 대 사주자"고 의기투합했다. 어느 친구는 지갑에서 돈을 꺼내고 있었다.

　　M은 상황을 수습하며 말했다. "아냐, 모두들 성의는 고맙지만 그렇게 하지 않아도 돼. 언니가 알아서 한다고 했어. 올케 언니가 자전거 하나 새로 사 주겠대."

　　그 말을 듣는 순간 콧등이 시큰하면서 눈물이 핑돈다. CC-TV에 선명하게 찍힌 소년은 금방 꼬리가 잡히고 말았지만 그 덕(?)에 소중한 선물을 받았다. 자전거를 잃어버리고 대체 자전거를 구할 수 밖에 없는 상황에 대한 '이해'와 자전거를 들고 갈 수 밖에 없는 현실에 대한 '용서' 그리고 소년의 미래에 대한 '신뢰와 믿음'까지를 덤으로 얻었으니, 선물치고 꽤 큰 선물이 아닐까. 자전거, 그 이상의 것으로 말이다.

사과나무 심는 시인

사무실에 들어오면 가방을 던져놓기 무섭게 컴퓨터를 켠다. 코트를 벗고 의자에 앉아 결재 서류를 점검하다 보면 컴퓨터는 그사이 호흡 잘 맞는 비서처럼 안정적인 부팅을 마치고 다음 사항을 조용히 기다린다. 인터넷에 접속하고 제일 자주 쓰는 포털사이트를 열어서 '이메일을 확인하는 것으로 하루를 시작한다……'라고 쓰고 싶지만 이 행위는 매우 고상하다. 안타깝게도 '스팸 메일을 하나 하나 지우는 것으로 하루를 시작한다'고 표현하는 것이 맞다. 바빠서 그대로 닫아버리거나 출장 등으로 하루만 메일 점검을 늦춰도 금세 쌓이는 수십 통, 수백 통에 이르는 스팸 메일에 질식할 정도다. 삭제 버튼을 누르느라 손가락이 부러질 것 같다.

그래도 이 일을 방치할 수 없는 이유는 그중 정말 중요한 메일이 있을지 모른다는 기대와 책임감 때문이다. 어느 날, 이런 일상적인 행위 속에서 낯익은 이름이 들어있는 제목을 발견했다. "안도현입니다"라는 제목의 메일이었다.

안녕하세요?
시를 쓰는 안도현입니다.
몇 해 전부터 글 쓰고 학생들 가르치는 일 이외에 북녘 땅에 나무를 보내고 심는 일을 조금 거들고 있습니다.
올봄에는 평양 근교에 남쪽의 사과나무를 심어 〈평양어린이사과농장〉을 조성하려고 합니다. 사과농장은 10ha (3만평) 규모이며 1만 2천 그루의 사과묘목과 농기계, 농약, 비료 등이 필요합니다.
햇볕 쬐고 거름을 주면 3년 후에 연간 1백20만 개의 사과를 수확할 수 있습니다. 지금 남북의 상황은 혹한의 겨울이지만, 겨울에도 사과나무는 나이테를 늘려갑니다. 밤이 길고 힘들어도 겨레의 희망을 포기할 수 없습니다. 1만원이면 사과나무 한 그루, 10만원이면 열 그루를 여러분의 이름표를 달아 심을 수 있습니다.
사과나무의 꿈을 만드는 이 일을 주변에 널리 알려주시고 부디 힘과 정성을 보태주십시오.

한 통의 이메일을 읽으면서 감동을 느끼기는 오랜만의 일이었다. '시를 쓰고 가르치는 일' 이외에 북녘 땅에 나무를 보내고 심는 일을 '조금' 거들고 있다는 시인의 공식 직함은 평양어린이사과농장 설립 사업 공동본부장. (나를 비롯한) 많은 사람에게 일일이 메일을 띄우고 사업을 설명하는 것은 '조금' 거드는 일은 분명 아닐 터, 이 일에 대한 열정과 애정이 묻어난다. 활자로 된 이메일이 "꼭 도현이 형같이 말한 다" 싶으면서 괜시리 콧등이 시큰거렸다. 북한 어린이를 위한 사과나무 라⋯⋯.

　감히 시인의 인격이나 성품을 언급할 수는 없으나, 시인을 떠올 리면 내게는 그냥 시쓰는 '도현이 형'으로 기억되고 30년이 지난 지금 도 변함없이 청년 시인 도현이 형으로 생각된다. 내가 대학에 입학하던 해, 시인은 당시 학생 신분으로 동아일보 신춘문예 시 부문에 〈서울로 가는 전봉준〉이라는 시로 당선의 영예를 안았고 시인을 배출한 국문학 과와 대학교에서는 온통 축제 분위기였다. 내가 대학신문사 기자로 활 동할 때 안도현 시인을 비롯, 당시 최정주, 강태형, 원재훈, 이진영 등 기라성 같은 예비 문인들이 학보사 문예면을 장식해주었고 원고료가 나오는 날에는 그 덕에 어김없이 막걸리 집을 순회하던, '그래도 제법 멋스럽고 사람냄새 풍기던 시절이었다'고 생각된다. 인문대 등나무 벤 치 앞에서 해바라기를 하며 캠퍼스가 떠나가라고 껄껄 웃어 제끼던 재 연 스님의 호탕한 웃음소리, 지금도 귓가에 생생하다.

　각자 문단에서 왕성한 활동을 하면서 지면을 통해 시도 읽고 간 간히 작품집 발간 소식도 접하면서 반갑고 기쁜 마음 충만했는데 다행 히 안도현 시인은 전주에 터를 잡고 눌러 살면서 지리적으로 더욱 친근 함을 유지하고 있다. 몇 년 전 우석대 문예창작과 교수로 부임하면서 내

가 제작한 '라디오 에세이 – 느림에 대하여'와 '종이의 꿈' 같은 다큐멘터리에도 출연해주셨다. 하루 만에 만나든, 10년이 지나 만나든 여전히 나는 "도현이 형~"이라고 부르고 싶고 시인은 여전히 짧고 경쾌하게 "김사으은~" 하고 부른다. 세월이 무색하리만큼 여전히 순수하고 시에 대한 열정과 사람에 대한 진실하고 충만한 신뢰가 내게는 존경의 대상이다.

달포 전 시인의 신작 시집을 선물받고도 고맙다는 인사도 전하지 못한 터라 내친 김에 감사의 인사와 함께 캠페인으로 홍보하는 방법을 제안했다. 흔쾌히 수락을 해주어서 시인의 목소리를 담아 하루 두 번 '희망칼럼' 시간에 송출했다. 북녘 어린이들에게 영양 많은 사과를 급식하기 위한 '평양어린이사과농장'은 특히 전북 장수군에서 협력을 하고 있다. 우리 가족 역시, 평양으로 보낼 사과나무를 한 그루씩 심기로 했다. 시인의 사과나무는 각 매체를 통해 널리 널리 알려지고 국민들의 성원이 이어질 터이지만, 희망의 나무를 심고 통일의 물꼬를 트는 일에 지역 방송에서도 역할을 할 수 있어서 작은 보람을 느낀다. 더구나 우리 고장에서 기른 장수 사과나무에 내 이름표를 달아 평양 땅으로 보내진다니 기대가 크다. 장수 사과야 말로 맛있기로 소문난 사과가 아니던가. 3~4년 후 내가 보낸 나무가, 우리 아이들의 이름표를 매단 나무가 북녘 땅 어디에선가 희망의 열매를, 통일의 열매를 주렁주렁 매달고 있을 모습을 떠올리니 심장이 뛴다. 아삭~ 사과 한 입 베어물고 씨익 웃을 북녘의 아이를 생각하니 가슴이 벅차 오른다.

캠페인이 송출된 직후 전화를 받았다.

"거시기~ 시 잘 쓰는 안 선생있잖여, 그 양반이 평양에다가 사과나무 심는담서? 나도 한 그루 심을라고 하는디, 어떻게 하면 되야?"

"아, 예~ 여차여차하여, 저차저차하시면 됩니다."

이런 문의전화, 좀더 많이 걸려왔으면 좋겠다. 정말 특별하고 소중한 나무가 아닌가!

혹한의 남북 상황 속에서도 겨레의 희망을 포기하지 않고 나무를 심고 가꾸는 사람들이 있어서 고맙다.

사람들, 행복하게 해주는 일

어느 날 문득, 특별한 시가 가슴에 안기는 날이 있다. 마종기 시인의
〈우화(友和)의 강〉은 요즘들어 더욱 가슴에 많이 남는다.

> 큰 강의 시작과 끝은 어차피 알 수 없는 일이지만,
> 물길이 항상 맑게 고집하는 사람과 친하고 싶다.
> 내 혼이 잠잘 때 그대가 나를 지켜 보아주고
> 그대를 생각할 때면 언제나 싱싱한 강물이 보이는
> 시원하고 고운 사람을 친하고 싶다.
> 〈우화(友和)의 강 1〉 중에서

'물길이 항상 맑게 고집하는 사람'이 주변에 많다는 것은 큰 복이다. 내가 제작하던 프로그램 소개를 하는 원고 청탁을 계기로 만난 H 기자는 자주 만나지는 못하지만 평소 글의 흐름이나 진취적 기상, 인간미 등 호감이 가는 사람이었다. '물길이' 통하는 느낌이랄까. 어느 날 다니던 직장을 접고 북경으로 유학을 간다 했다. 왜 하필 북경이며 그곳에서 무엇을 할지 시시콜콜 묻고 대답하는 관계는 아니었으나 능히 그럴 만하다고, 그럴 수 있다고, 그럴 나이라고, 잘 다녀오라고 응원해 줬다. 딸랑 비상약 몇 개 들려 보내고 1년이 훌쩍 지났다.

마침 지인이 북경에 간다기에, H 기자에게 필요한 것이라도 챙겨 보낼 양 연락을 취했더니 한국에 돌아왔단다. 중국 꽃미남 가수들이 부른 CD를 내 선물로 사왔다나. 그 먼 곳에서 누군가가 나를 위해 뭔가를 준비했다는 말에 감동받았다. '막판에 환율이 뛰어올라 고생 많았겠다'는 내 말에 "환율도 환율이지만, 나중에 아는 이름 줄줄이 구속되고, 한국 기사가 웃긴 게 너무 많아 '쪽팔려서' 힘들었다"는 답변. "요즘 방송계 힘들지 않냐"며 외려 나를 위로하다가 자신도 직장 구하는 일이 시급하다고 걱정이다. "사람들 힘들게 하는 기자, 힘 팽기게 하는 기사를 쓰는 기자는 하고 싶지 않다"며 꺼낸 의외의 말.

"사람들 행복하게 하는 일을 하고 싶어요."

타국에서 바라본 조국의 모습은 상식과 도덕이 상실된 추한 모습이었을까? 오죽 이 나라 국민들이 가엾고 불행해보였으면 고국에 돌아와 '사람들 행복하게 하는 일'이란 화두를 내걸었을까. 지금 대한민국에선 신나고 재밌는 기사거리가 없는 게 사실이다. 새로운 직장에 대한 그녀의 의도가 차라리 '시원'하고 '싱싱'하다.

후배의 딸, 초등학교 3학년인 평화의 꿈은 요리사. 어느 날 후배의 홈페이지에 들렀더니 평화의 일기가 게재돼 있었다. 아주 재미있게 읽었다.

주제 : 요리학원의 기대

지금 막 두근거린다.
내일이면 바로바로 요리학원에 가기 때문이다.
난 요리학원이 귀찮지 않고 재미있다.
초보이긴 하지만 내 꿈은 요리사이다.
지금 이 마음에서 수호캐릭터가 나올 것 같다.
요리학원에서는 두 팀으로 나눠서 한다.
난 그 점이 좋다.
왜냐하면 요리를 잘해서 대회에 나가는 것 같기 때문이다.
'가을'이란 이름을 가진 언니가 있다.
마음도 예쁘고…… 내가 딱 닮았다.
요리를 해서 사람들을 행복하게 해주는 그런 요리를 개발해내겠다.

'내가 딱 닮았다'는 표현을 써놓고 살짝 무색해졌는지, 그 말을 삭제해달라는 평화의 강력한 요구를 무시해서 미안한 마음이지만, 사실 평화의 그 마음조차 예쁘다. 무엇보다 "사람들을 행복하게 해주는,

그런 요리를 개발해내겠다"는 의욕이 '시원'하고 '싱싱'하지 않은가?

대부분의 사람들은 "행복하게 살고 싶다"는 생각은 해도 "모두를 행복하게 하고 싶다"는 생각까지 미치지 못하는 것 같다. "행복하게 살고 싶다"는 건 다른 사람이야 어찌되든 나 혼자만 잘살면 된다는 이기심이 깔려 있고, "행복하게 하고 싶다"는 건 다른 사람을 위해 기꺼이 손해와 희생을 감수하겠다는 각오가 서려 있다. 전자는 욕심이고 후자는 서원이다.

원불교 2대 종법사 정산 종사께서는 "서원과 욕심이 비슷하나 천양의 차가 있나니, 서원은 나를 떠나 공(公)을 위하여 구하는 마음이요, 욕심은 나를 중심으로 사(私)를 위하여 구하는 마음"이라고 하셨다. 출발은 같을 수도 있으나 결과는 천양지차인 것이다. 국민과 나라를 위해 대의명분을 갖고 일하는 사람이야 당연히 욕심이 아닌 서원을 세우고 경건한 자세로 일해야 한다. 신문과 TV, 인터넷을 달구고 있는 작금의 사태들을 보면 행복하게 '하고' 싶다가 아닌 행복하게 '살고' 싶다가 빚은 결과다. 나라의 일 또한 그러하다. 일부 기득권층만 '행복한' 나라가 아닌, '국민 모두가 행복한' '국민을 행복하게 하는' 마음이 우선돼야 한다. 하기야 '모두를 행복하게 하는 요리를 개발하고 싶은' 열 살짜리 예비 요리사의 반만 닮았더라도 북경의 한국 유학생이 타국에서 '쪽팔리는' 사태는 없었을 터인데.

웃은 죄

스스로 나를 평가하건대 솔직히 '이쁘다'고 할 만한 구석이 하나도 없다. 동요로 말하자면 '사과 같은 내 얼굴 이쁘기도 하지요'가 아니라 '호박 같은 내 얼굴 미웁기도 하지요' 쪽이 가깝다. 약도 없다는 공주병에 걸린 것 보다 훨씬 현실적이긴 하지만 내세울 게 없다는 게 간혹 아쉬울 때도 있다. 아이들에게는 어려서부터 "엄마는 특히 마음이 이뻐, 마음이!"라고 세뇌(?)를 해놓은지라 두 아들은 세상에서 들여다보지도 않은 엄마의 마음을 포함하여 지들 엄마가 최고로 예쁜 줄 알지만 그것도 앞에서는 엄마 최고라고 해놓고 뒤돌아서 저희들끼리 킬킬거릴지도 모를 일이다. 그래도 내 얼굴 가운데 제법 맘에 드는 구석도 있다. 어려서부터 유난히 큰 코 때문에 삼촌으로부터 코주부라는 놀림을 받았는데 어릴 때는 그 말이 큰 상처가 되었으나 성장하면서 얼굴 가운데 오뚝하게 자리 잡은 코가 곧 나의 '복 코'임을 알게 되었다. 양미간으로부터 곧게 쭉 뻗은 콧대가 퍽 마음에 든다. 눈은 작지만 웃으면서 눈꼬리가 살짝 들리는 것도 나쁘진 않다. 무표정하게 있을 때는 쌀쌀해 보이지만 웃을 때 좋아 보인 다는 것이 지인들의 한결같은 평이다. 하기야 '웃는 얼굴에 침 못 뱉는다'고 웃는 얼굴 치고 밉게 보이는 얼굴은 없을 것이다. 눈이 맑다는 얘기를 20대 중반에 들었는데, 한 분은 요가를 지도하던 선배 언니요, 또 한 사람은 남편이다. 세계적으로 유명한 요기들을 만나고 요가에 관한 깊은 공부를 한 선배가 어느 날 "사은아, 네 눈이 참 맑구나"라고 말한 이 후 내 마음의 미혹이 걷히고 마음까지 맑혀주었다. 나의 '눈 맑음'을 알아차린 남편은 데이트하던 무렵 나에게 "눈이 참 맑네요" 라고 말했는데, 그 말은 곧 예쁘다는 말보다 더 큰 찬사였으므로 어떤 고백보다 진실한 믿음이 있었다.

예쁘지는 않지만 맑은 눈과 잘 생긴(?) 코와 제법 섹시한 입술을 포함해서 얼굴 근육을 한껏 당겨 올려 웃으면 그런대로 예쁜 얼굴이 만들어진다는 것은 방송국 스태프들을 통해 알게 되었다. 어려운 집안 사정 때문에 휴학하고 군 입대를 앞둔 상태서 방송국에서 작가로 아르바이트를 하던 K는 아무리 힘들어도 얼굴을 찌푸리는 일이 없었다. 나를 선생님이라고 부르던 그 친구는 내가 힘들어서 시무룩해 있거나 지쳐있을 때면 슬쩍 문자를 날리거나 원고 사이 쪽지에다 "선생님은 웃는 얼굴이 예뻐요. 아시죠?" 하면서 스마일 표시를 남겨두곤 했다. S 작가도 나에게 심각하게 고민하거나 고독에 빠져있을 기회를 주지 않고 끊

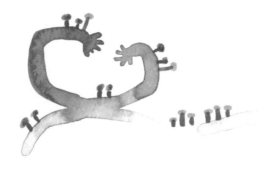

임없이 '웃을 것'을 독려했다. H 작가는 시종일관 실실 웃음을 날리며
나에게 방심할 틈을 주지 않는다. 이래서 웃고 저래서 웃는다. 삶이 행
복해서 웃는 게 아니라 웃다 보니 행복하다는 말도 그래서 나온 말인 듯
하다. 최근에 한 건물에서 일하는 분으로부터 느닷없는 질문을 받았다.
"김 피디님 혹시 결혼하셨냐고 묻던데요?" 어딜 봐서 내가 미혼으로 보
였을지 모르겠지만, 누군가 나를 미혼으로 보았다면 이 나이에 이게 웬
뜬금없는 소리냐 싶으면서도 이리 저리 재단해봐도 나쁜 소리는 아닌 듯
하여 기분이 나쁘지 않았다. 곰곰이 생각해 보니 아무래도 걸리는 게 하
나 있긴 하다. 너무 자주, 너무 밝게, 너무 해맑게 웃은 죄가 그것이다.

"지름길 묻길래 대답했지요.
물 한 모금 달라기에 샘물 떠주고,
그러고는 인사하기에 웃고 받았지요.

평양성에 해 안 뜬대도
난 모르오,

웃은 죄밖에. "
−김동환 〈웃은 죄〉

어제 점심 후에 회사 옆 찻집에 들렀다. 주인이 반가이 맞으며
손수 끓인 쌍화탕을 잔이 넘치도록 내어주더니 조용히 다가와서 물어

주신다. "한 잔 더 드릴까요?" 쌍화탕도 리필해주는 찻집은 처음이다. 웃으며 사양치 아니하였더니 역시나 두 번째도 잔이 철철 넘치도록 담아 주셨다. 따뜻한 마음이 전해진다. 단골도 아닌데 이렇게나 환대를 해주시는 이유가 뭘까 생각했더니 짚이는 게 한 가지 있다. 웃은 죄. 세상에 지어도 죗값이 더해지지 않는 것은 웃은 죄 밖에 없을 터이다. 괜찮다면, 웃은 죄…… 더욱 많이 짓고 살 일이다.

느리게, 그러나 치열하게

나는 참 게으르다. 누구에겐가 잘 보이기 위해 낮추어 보는 겸양의 미덕이 아니라 절실한 나의 실상이다. 행동도 굼뜨고 말도 느리다. 생각도 느리고 아는 게 없으니 판단도 느리다. 느린 것이 사는데 다소 불편하긴 하지만, 다행히 큰 지장은 없는 듯 하다.

나도 언젠가는 부지런하고 깔끔하게 살던 시절이 있었다. 친구들의 말에 의하면, 스카치테이프를 가지고 친구들의 발 뒤꿈치를 따라다니며 머리카락이나 먼지를 치우고 다녔다는 것이다. 그러는 동안 그 공간은 다소 쾌적해졌을지 몰라도 주위 사람은 매우 불편했을 거라는 사실을 안 것은 내가 게으름의 미학에 취했을 때였다.

내가 게으르게 된 것은 순전히 남편 덕이다. 결혼 무렵, 나는 하루에 청소 두 번, 빨래를 결코 미루지 않고 그 날로 해치우던 아주 바지런한 새댁이었다. 빨래 양이 적으면 세탁기를 돌리지 않고 손빨래를 했다. 그러다 보니 저녁 시간이 짧아 개인적으로 책 읽을 시간도 없었다. 어느 날 남편은 내게 충고했다. 청소는 필요한 때, 빨래는 모아서 세탁기에, 그리고 남은 시간을 자기계발을 위해 투자하라는 것이었다. 가사를 돕지는 못하지만, 집에서 주부의 역할을 강요하지는 않겠다는 뜻이었다. 하루에 청소 두 번은 누구의 강요가 아니라 결벽증에 가까운 나의 원칙이었다. 그 원칙을 조심스럽게 파기하는 순간 놀라운 일이 벌어졌다. 시간과 여유가 생긴 것이다. 다소 게을러진 대신 나는 평안함을 얻었다. 내가 편안해지니 주위도 평안해졌다.

평안함을 유지하려면 제법 노력이 필요하다. 게으름을 피울 시간을 벌기 위해 역설적으로 게으름을 피우지 않고 일해야 한다. 느림의 미학에 천착하되 조금은 더 치열해져야 한다.

'느림에 대하여'라는 라디오 에세이 2부작을 제작하면서 느리게 살되, 참으로 치열하게 사는 사람들을 만나게 된 것은 대단한 행운이었다. 어느 시인은 원고 마감에 쫓겨 촉박하게 쓴 글 보다 느리게, 다소 게으름을 피우며 쓴 시가 좋은 시로 기억된다고 고백했고, 전통한지공예를 하는 분은 "아주 얇은 한 장의 종이가 탄생되기까지의 과정을 생각한다면, 종이 한 장도 결코 허투루 대할 수 없으며 평생을 다해 온 힘을 쏟아 부은 후 죽을 때가 되어서, 혹은 죽어서 이름이 남는 것이 예술"이라고 말했다. 한 명창은 "진양조라고 하면 가장 느린 가락으로 알고 있지만 사실은 양기를 다해 부르는 소리"라고 역설했다. 한 시대를 풍미

하는 그들은 분명 느리게 황소걸음으로 우직하게 살아온 분들이었다.

솔직히, 느리게 혹은 게으르게 산다고 하면 시대에 뒤떨어지지 않을까 우려되지 않는 바 아니다. 그러나 빠른 것은 빠른 대로, 느린 것은 느린 대로 조화를 이루며 사는 것도 나쁘지 않다고 생각된다. 느린 내가 있으니 빠른 누군가가 돋보이지 않겠는가? 나는 굼뜨고 느린 대열에 속해있지만, 쉬지 않고 목적지를 향해 가는 달팽이처럼 살고 싶다. 목적이 분명하면 다소 느려도 다소 늦어도 크게 개의치 않으리라. 주위를 의식하지 않으며 느린 사람을 탓하지 않고 빠른 사람도 부러워하지 않으리라. 더 느리게, 그러나 진양조처럼 더 치열하게 사는 것, 그것이 나의 목표다. 만일 그대가 이 대열에 합류한다면 기꺼이 그대의 손을 잡고 천천히 호흡을 고르며 발 맞추어 함께 가리라. 그대의 걸음이 나보다 더 느리다면 기꺼이 걸음을 늦출 것이다. 우리는 경쟁자가 아니라 동반자이기 때문이다.

나의 독서 유랑기

어릴 적, 책은 부富의 상징이었다. 글을 깨치게 되었을 무렵부터 종류를 가리지 않고 책을 좋아했지만 실제 책을 구할 기회는 많지 않았던 것 같다. 우리 집 형편에 전집은 꿈도 꾸지 못했다. 도서관 대여 역시 지금처럼 자유롭지 못했던 시절이었으나, 그래도 독서의 중요성을 간파한 엄마는 일찌감치 어깨동무를 정기구독 시켜주는 용단을 내리셨다. 참으로 획기적인 결정이었다. 하지만 월간지는 도착하자마자 한 시간여에 독파해버리고 다시 읽을거리에 목말라 했으니, 엄마는 그 다음 단계로 읍내 유일한 서점에 가서 책을 고르는 즐거움을 알려주셨다. 이것저것 뒤적이다가 꼭 읽고 싶은 책을 한 달에 한 권씩 사주셨다. 내가 처음으로 고른 책은 '로빈슨 크루소의 모험'이었다. 책이 닳도록 읽어도 흥미가 줄어들지 않았다.

　나는 언제나 책을 갈구했고, 책을 많이 소유한 친구가 최고 부러움의 대상이었다. 신작로 건너 치과 병원 집 딸 화진이는 신작로를 경계로 동이 나뉘는 바람에 초등학교를 함께 다니지 못했지만 나의 가장 친한 친구였다. 서쪽으로 창이 난 화진이네 2층 방 한켠에는 계몽사에서 나온 양장본 세계문학전집이 있었다. 누르스름한 색깔의 딱딱한 커버를 넘기면 반짝거리고 촉감 좋은 종이 위에 세계의 전래동화와 명작들이 들어앉아 있었다. 내가 그 책들에 흥미가 있음을 알아차린 화진이는 인형놀이를 중단하고 내게 독서의 즐거움을 기꺼이 누리게 해주었다. 너그러운 성품의 화진이는 언제나 나를 따뜻하게 맞이해주었으며 꿈의 공간으로 안내해주었다. 그녀의 안내로 만난 신밧드, 이솝우화의 동물들, 피터 팬, 괴도 루팡, 명탐정 셜록 홈즈 등이 책장 사이사이에서 우르르 쏟아져 나와 시간 가는 줄 모르고 수다를 떨었다. 때론 용감하게, 때론 손에 땀을 쥐게 하는 박진감으로 무용담을 늘어놓으며 숨 쉴 틈을 주지 않았다. 소공녀, 신데렐라, 빨간머리 앤……. 소녀들은 눈물과 웃음을 함께 알게 했고, 장화홍련의 비극은 화장실을 두렵게 했다. 화진이는 설령 자신이 집을 비울 때도 언제든 집에 와서 편안하게 독서에 몰입할 수 있도록 배려를 잊지 않았다. 지금 생각해보니 신작로 건너 화진이네 2층집이야 말로 독서의 산실이 아니었나 싶다.

　아들이 많은 외삼촌 댁에는 김삼 화백의 소년 007이 있었다. 명절 때마다 찾아가서 사촌끼리 먼저 보려고 적잖은 다툼도 있었지만 곁눈질로 보고 내 순서에 다시 보는 재미가 삼삼했다. 만화 이야기를 하니까 이즈음 고백할 게 하나 있다. 우리 동네 제빙공장 입구, 좁고 삐걱거리는 의자, 어둡고 침침한 조명 아래 목이 휘도록 만화에 몰입했던 양갈래 머리의 소녀가 있었으니, 그가 바로 나였다는 것을……. 그 조그만 만화 가게를 떠올리니 감회가 새롭다. 만화에 탐닉해서 저녁시간도 놓치고 일일문제집도 슬그머니 찢어버리고 숙제를 밀려서 날을 새기도 했지만, 지금으로 치면 액션, 멜로, 공상과학 등 장르를 망라해서 다양한 스토리가 있었던 곳이니 이야기꾼으로서 자기계발에 많은 도움을 주었으리라 믿는다. 어쩌나! 그 추억마저도 감미롭다. 몰래 본 책이 더 맛있었나 보다.

매일 첫사랑에 빠지다

후배로부터 책을 한 권 선물 받았다. 이종국 지음《잘 있나요 내 첫사랑들》제목이 퍽 감상적이다. '잘 있나요'라는 정겨운 대화체도 마음에 들고, 무엇보다 '첫사랑'이라는 단어에서 벌써 가슴 한켠이 저릿하다. 사춘기 지낸 호모 사피언스치고 '첫사랑'에 전율하지 않을 사람이 어디 있으랴. 그런데 첫사랑 '들'이라니, 복수형은 뭘 의미하나?

　　다큐멘터리 촬영차 네팔을 방문한 저자는 그곳에서 만난 네팔 여인과의 운명적인 사랑을 비롯해 다양한 부류의 사람들과의 만남과 삶을 다큐멘터리와 같은 화법으로 전하고 있다. 책을 덮을 즈음 '첫사랑'이라는 제목에 속아(?) 애틋한 로맨스를 기대했던 나의 저속함이 민망할 정도로 이 책은 히말라야 설산처럼 순수하고 순백의 인간미로 독자를 정화시켜 나간다.

진한 휴머니티의 발로에서 시작된 소통과 삶의 동화, 인간애가 뭉쳐 감동을 불러온다. 저자에게는 한 사람 한 사람이 첫사랑이자 거기에서 일어나는 모든 일이 첫 경험인 셈이다. 그러니까 '첫사랑들'이라는 복수형이 틀린 표현은 아니었다. 심지어 저자가 정情을 준 강아지마저도 '첫사랑'임에 분명하다.

나 역시 사랑하는 사람이 많다. 사랑의 유형과 종류는 기하급수적으로 늘어난다. 가장 친한 친구 세 명을 두고도 그들의 특성과 장점, 내가 그들과 주고받는 사랑의 무게와 감정은 삼인삼색, 이종국 식 사랑법을 적용한다면 한 사람 한 사람이 특별한 사랑의 유형에 대한 첫 경험이자 첫사랑이라 할 수 있지 않을까?

어디 사람뿐이랴, 일에 대한 감정도 그러하다. 책을 읽다가 새로운 사실을 발견했을 때의 기쁨을 '첫 경험'이라 할 수 있을 것이고 더욱 몰입하다보면 사랑이 움틀 수도 있을 것이다. 출근길 무심코 코끝에 전해진 향에 취해 천리향의 진가를 알았으니 천리향과의 첫사랑이 그렇게 시작된 것이고 산책길에서 마주친 돌 한포기 풀꽃 한송이에 애틋함을 느낀다면 그 또한 첫사랑이다. 미지의 세계와의 조우를 통해 얻은 희열과 환희를 기꺼이 첫 사랑으로 표현해도 좋으리.

방송을 하면서 사람들을 만날 때마다 나 역시 그들을 사랑하고 있다는 걸 느낀다. 지난 봄 개편부터 콘셉을 바꿔 지역 정보와 출연자 인터뷰 코너를 늘려 제작하고 있는데 하루 두세 명 이상 전화나 스튜디오 초대 형식으로 아이템을 찾고 있다. 좁은 지역사회에서 이렇게 이야깃거리가 많은지 새삼 감탄하고 있다. 더욱이 출연자 한 사람 한 사람, 저마다 각 분야에서 성실하게 살면서 최선을 다하는 모습은(삶에 대한 진지한 자세에 대한) 존경과(사회 구성원으로서 책임과 의무를 다한다는 점에서) 감사의 대상이 된다.

뜨거운 여름 휴가도 반납한 소비자운동가, 자기 지역을 조금이라도 더 소개하고자 노력하는 정직한 공무원들, 양심 바른 상인, 지역사회 살리기 실천가, 학생을 위해 헌신하는 교사, 사재를 털어 사학육성에 심혈을 기울이는 교육자, 병원 한 켠을 갤러리로 꾸며 시민을 위한 문화공간으로 내놓은 병원의 의사이자 화가, 대한민국 최초로 독도지도를 만든 지도 제작자, 장애인 인권복지에 평생을 바친 분들, 다문화 가족을 위해 헌신하는 사람들……

요 근래 방송을 통해 소개한 사람들만 해도 주어진 7~8분의 인터뷰 시간이 야속하리만치 그들의 삶이 보배롭고 경이롭다. 발굴하면 발굴할수록 이렇게 스스로 낮아지면서 주위를 빛나게 하는 분들이 수두룩하다. 그들은 한결같이 말한다.

"뭘요. 당연히 제가 할 일을 하는 것 뿐이죠"

어찌 이들을 사랑하지 않을 수 있단 말인가. 이들은 모두 내게 있어 첫사랑임에 분명하다.

100초의 만남, 100년의 약속

어쩌면 이렇게 일사분란하게 움직일 수 있을까. 마치 오랫동안 연습에 연습을 거듭한 것처럼……. 조용한 기다림, 몇 발자욱 앞으로, 헌화, 묵념, 오른쪽으로 돌아서 상주와 인사, 조용히 빠져나가는 인파 뒤로 다시 한 무리의 추모객이 같은 순서대로 들어선다. 2분도 걸리지 않는 시간, 100초를 위해 기다리는 시간은 셈할 수 없다. 사랑은 시간으로 환산할 수 없기에. 그렇게 그분과의 마지막 만남을 준비한 사람은 국민장 기간 줄잡아 100만 명. 김해 봉하 마을 분향소를 다녀간 추모인파의 숫자다. 무엇이 이토록 국민들의 마음을 묶어두는가. 봉하로, 봉하로, 무엇이 이토록 발걸음을 재촉하게 하는가. 가기 전에는 몰랐다. 거기 무엇이 있는지.

전주에서 새벽 6시에 출발해 봉하 마을에 도착한 시각은 오전 9시30분경. 분향소 앞에는 이미 200여 명의 조문객이 순서를 기다리고 있다. 경향각지에서 날을 새가며 봉하로 온 사람들이다. 자원봉사자들의 조용하면서도 절도 있는 행동은 오랜 시간 호흡을 맞춰온 사람들 같았다. 매일 30도를 웃도는 오뉴월 땡볕에서 20여만 명의 조문객을 맞이하면서도 각자 맡은 역할과 책임 공간에서 전혀 흐트러짐 없는 봉사자들의 모습에 경의감을 표하지 않을 수 없었다.

부엉이 바위를 올려보니 마치 그분의 넋이 그곳을 배회하고 있는 것 같아 가슴이 미어지는 것 같다. 세상을 내려다 보며 마지막으로 그분은 무엇을 생각했을까.

봉하 마을에 오고 싶어도 올 수 없는 청취자들을 위해 마이크를 꺼내들고 봉하 마을을 담기 시작한다.

'오고 싶었는데 늦게나마 와서 마음이 놓인다'고 비교적 편안하게 인터뷰를 시작한 50대 여성. 충북 제천에서 왔단다. 여기서 제천이 어디란 말인가. "가슴이 너무 아프죠. 평소에 너무 존경했고, 정말 보통 사람 같은 분… 4월에 뵙고 갔어요. 꽃이 피면 또 보자고, 오라고 그랬거든요." 울음을 터뜨린다. "결국 지켜드리지 못했어요." 오열하는 그녀와 손을 붙잡고 함께 울었다.

부산에서 혼자 왔다는 60대의 남성. 기념관에서 우두커니 희망돼지를 보고 있다가 조심스럽게 마이크를 내밀었더니 울음부터 터뜨린다. 얼마나 참았을까. 생전에 뵌 적도 없고, 국회의원 선거 때도 좋아하지 않았다고 한다. 지역감정이 극에 치닫던 시점에 늘상 그랬듯 영남에 한표 찍었는데 대통령 되고 나서 지켜보니 그렇게 양심적일 수가 없더라는 것. 노무현 전 대통령의 서거가 '정말 꿈같은 이야기같다'며 존영 앞에서 성실히 살겠다고 맹세했단다. "정말 성실히 살겠다고 맹세했습니다"라고 말할 때는 거의 오열했다. 간간히 말을 멈추던 이 분, "내것 버리고 남을 위해 사는 사람 있구나 하는 걸 알았습니다." 이 말을 남기고 마이크를 손으로 잡는다. 그만하라는 뜻이다. 이보다 더 중요한 메시지가 어디 있을까.

충남 홍성에서 온 여고 1학년 여학생은 "꼭 와봐야 할 것 같아서 부모님과 함께 왔다"며 언론에 따끔한 일침을 가한다.

"새벽에 내려왔어요. 영정사진에서 웃고 계시는 모습이 너무 가슴 아파요. 안타까워요. 제가 초등학교 3학년 때 대통령되신 분인데요, 그땐 어려서 잘 몰랐거든요. 근데 중학생 되고 많은 걸 알게 되고 정치가 뭔지 깨닫게 되면서 진실을 알게 됐어요. 많은 일을 하셨는데 언론에서 얘길 안 해주더라구요. 돌아가시고 나서 TV에서 업적 얘기, 이런 얘기 아이러니해요. 돌아가시고 나서 대접해 드리는 게 웃기더라구요."

이 학생은 "현 정권에서 언론의 자유 막잖아요. 그런 거 느끼거든요"라고 또박또박 말했다. 고등학교 1학년의 눈에 비친 대한민국 언론의 한 단면을 보는 것 같다. 정치인이 꿈이라는 이 소녀는 노무현 대통령처럼 국민들에게 다가가는 그런 정치인이 되겠다고 밝혔다.

충남에서 온 50대의 주부는 "평상시 신문과 TV를 통해 봉하마을 봤지만 생각보다 그들이 '아방궁'이라고 말하는 테두리에 어긋나는 현실을 보면서 억장이 무너졌다"며 전직 대통령에 대한 예우가 고작 이 정도였냐며 분통을 터뜨렸다. 나머지 말을 직접 옮겨본다.

"이 시대를 숨쉬고 살아가면서 앞으로 얼마나 대통령을 제 손으로 뽑을지 모르겠지만, 이렇게 아버지 같고, 흙냄새 나는…… 못사는 사람 입장을 생각하는 대통령이 탄생하기란 어려울 것입니다. 그런 분들 탄생하면 누구라도 지지할 것입니다.(격정) 더 이상 가신 님에 누가 되지 않도록 이 아픔을 쉽게 쉽게 잊어버리는 현실이 가슴 아프구요, 잊지 말으셔야 합니다. 잊지 않으셔야 합니다. (울음) 노무현 대통령님 진심으로 사랑합니다."

평소 마이크에 대한 거부감이 있는 사람들도 "봉하 마을에 오지 못한 국민을 위해" 거침없이 한마디씩 동참했다. '손대면 톡! 하고 터질 것만 같은' 게 아니라 아예 '펑!' 터질 것 같은 가슴속 분노와 회한, 격정이 가슴에 가득 담겨 있었다. 마이크만 갖다 대면 눈물을 쏟아냈다. 고인에 대한 존경과 사랑이 얼마나 깊은지 현장에서 더욱 절실히 느낄 수 있다.

이분들이 왜 봉하 마을로 왔는지 비로소 알 것 같았다. 사람들은 봉하 마을에서 노무현 전 대통령에게 말하고 싶은 것이었다. 당신이 얼마나 외로웠는지, 얼마나 고통스러웠는지 잘 안다고, 늦게 와서 미안하다고, 그리고 우리가 얼마나 미안해하고 있는지 용서해달라고, 마지막으로 우리가 얼마나 사랑하는지 그걸 확인해주고 싶은 것이었다.

그리고 서로가 서로에게 눈빛으로 이렇게 말하고 있었다. 당신이 몸을 던지신 그 뜻…… 잊지 않겠다고. 그렇게 '노무현'이라는 이름 앞에서 하나가 됐다.

네 꿈을 펼쳐라

사람마다 성격도 다르고 취향이나 지향하는 가치관도 각양각색이다. 성격 따라 취향 따라 가치관에 맞는 일을 직업까지 연계해서 한평생 그 일만 하고 살아가면 얼마나 좋을까마는, 때론 이런 이상과 무관하게 직업이란 걸 밥벌이 삼아 보내기도 한다. 어린이와 관련된 일이나 복지 분야에서 종사하는 분들은 소명감이 투철한 사람들이라고 감탄하곤 한다. 사실 내 아이도 기르기 힘든데 남의 아이를 변함없는 사랑으로 품고 가르치는 일이 그리 쉬운 일이겠는가? 일찌감치 결혼해서 연년생으로 딸 아들 기르던 친구는 항상 이렇게 단언하곤 했다.

"야, 애 낳고 기르는 거, 그거 드라마처럼 고상하고 우아하게 '그랬니? 저랬니?' 이렇게 안 된다. 뭐 교양? 애가 말 안 듣고 징징거려봐

라. 말보다 주먹이 먼저 나가는 게 애 키우는 거다. 애 키우는 건 전쟁이야 전쟁!"

　결혼 전, 전주에서 서울까지 주말마다 오르내리며 유명한 교수님으로부터 일정 기간 부모교육 훈련도 받았지만 결혼해서 출산하고 기르다보니 학벌도, 교양도 여지없이 무너지는 게 친구 말처럼 바로 애 키우는 일이란 걸 실감했다. 아이들이 어릴 때는 아들 둘 데리고 약속시간 맞추려다보면 진을 빼기 일쑤이고 예정된 시간보다 한 시간쯤은 늦는 게 다반사였다. 한번은 이런 속상함을 토로하다 사회복지기관에 근무하는 선생님이 얼마나 기다렸느냐고 물어보기에 한 시간이라고 대답했더니 그 선생님, 빙긋이 웃으며 이렇게 말씀하는 것이었다.

　"두 시간은 기다려줘야지요"

　부모라면 두 시간은 기다려 줘야지 고작 한 시간 가지고 그렇게 호들갑을 떠느냐는 질책으로 받아들여져 내심 부끄러웠다.

　유난히 부산스러웠던 두 아들을 어린이집에 보내면서 나는 새삼스럽게 아동을 대상으로 교육하는 사람들의 위대함을 깨달았다. 자유로운 영혼을 구속하지 않고 낮은 자세로 아이들의 눈높이에 맞추고 들어주고 기다려주는 어린이집 선생님들을 보면서 유치원 교사야말로 적성에 맞아야 하는 일이라고 생각했다. 나처럼 인내심과 이해력이 부족한 사람은 절대 감당하지 못할 일이어서 거듭 존경심이 일었다.

　최근 건강검진을 받기 위해 종합병원에서 순서를 기다리던 중 장애인들 검진을 도와주는 사회복지사를 만나게 되었다. 그 가운데 40대 여성 지체장애인이 검진을 거부하며 작은 소동을 일으키는 중이었고 20대의 여성 복지사는 침착하고 차분하게 설득하고 있었다. 그 상황은 내가 분야별로 검진을 마치고 돌아올 때 까지 30여분 동안 계속되고 있었다. 장애인을 인솔하고 온 서너 명의 복지사들을 찬찬히 눈여겨보았더니 어쩜 그렇게 한결같이 착하고 준수하게 생겼는지 진실로 선함이 몸에 가득 배어 있었다(정말이다. 복지기관에 근무하는 분들의 인상은 대체로 선량하고 표정은 온화하다). 타고난 성품이 착한 사람들이려니 싶었다.

방송에 있어서도 이처럼 공익분야에 종사하는 분들과는 더욱 허물없이 지낸다. 출연 요청에 아무리 바빠도 흔쾌히 응해주고 나 또한 물질로 도와드리지 못하는 부분은 어떤 방법이든 기여하려고 노력하곤 한다. 얼마 전 이런 인연으로 만난 한국어린이재단 전북지역본부 나눔플래너 백승일 사회복지사가 전북도민일보와 함께 전북아이(I) 사랑(LOVE) 캠페인을 펼치고 있다며 도움을 요청해왔다. 장래의 꿈을 이루기 위해 생활하는 아동들 가운데 빈곤을 이유로 꿈을 포기하는 일이 없도록 적극적으로 동기부여를 해서 미래에 대한 희망을 가질 수 있도록 돕는다는 기획 의도 아래 멘토를 주선해서 아동과 함께 유익한 시간을 보내는 일이란다. 시행 중이거나 계획 중인 내용으로 아나운서와 간호사를 지망하는 학생들이 이미 만났고 축구선수와 양궁선수, 작가 등을 지망하는 학생들이 멘토와의 만남을 기다리고 있는 중이었다.

방송을 계기로 나와 인연을 맺은 백승일 씨는 이후 여러 보도자료와 인터넷 사이트 등을 통해 전북여류문학회장으로도 활동하고 있다는 사실을 알게 되었다며 작가 지망생의 멘토가 되어달라고 부탁해왔다. 백승일 씨는 "캠페인을 진행하면서, 어려운 가정환경 속에서도 꿈을 가지고 생활하고 있던 아이들이 멘토를 만나 좀더 확실하고 선명하게 꿈을 꾸기 시작했음을 느꼈다"며 "작가를 꿈꾸고 있는 현주가 피디님을 만나뵐 수 있다면 아이가 밝고 건강하게 성장하여 꿈을 이루는데 큰 도움이 될 것이라고 생각한다"고 간곡하게 부탁해왔다. 훌륭한 작가들도 많은데 내가 이 아이를 만나 어떤 도움이 될 수 있을지 부끄러웠지만 담당자의 정성에 굴복해서 작가 지망생인 여고 2학년 현주를 만나보기로 했다.

초등학교 때 어머니가 가출하고 중학교 때 아버지는 기차 사고로 사망, 졸지에 소녀가장이 되어 동생 양육의 부담까지 안게 된 현주. 작가가 꿈이라는 이 소녀에게 무슨 말을 해줘야 할지, 사뭇 긴장도 되고 만남에 대한 기대와 설렘도 있었다. 현주도 나와 같았을까?

음식점에서의 첫 만남, 수줍음을 많이 타던 현주는 쑥스러움에 고개도 들지 못하다가 마음을 열고 서서히 미소로 화답했다. 초등학교 때 인터넷에 소설을 게재하고 현재도 글짓기 등 각종 대회에 입상한 전력이 있는 현주는 동생을 위해 실업계 고등학교에 진학했다가 지금은 문예특기생으로 대학 진학의 꿈도 조심스럽게 키우고 있다. 작가의 종류도 많은데 어떤 작가가 되고 싶냐는 질문에 현주는 뜻밖에도 "작사가가 되고 싶다"고 말했다. 내가 여고시절에 알고 있는 작가는 시인, 소설가가 전부였는데 현주는 중학교 때부터 좋은 가사를 쓰고 싶다는 꿈을 갖고 있다고 털어놨다. 어려운 가정환경 속에서 라디오를 통해 들은 노래가 큰 힘이 되었다며 자신도 남에게 노래를 통해 힘을 주고 싶단다.

가장 좋아하는 가수는 H.O.T, 그들의 노래에서 감동과 위로를 받았다고. 목표가 선명한 현주를 보니 생각보다 마음이 많이 놓였다. 방법과 절차는 달라도 결국 글을 통해 감동을 준다는 점에서 다른 게 없다는 생각에 우리는 의기투합해서 서로 '감동을 주는 글'을 쓰자고 다짐했다.

　나는 현주에게 김충현 춘천불교방송 피디가 쓴 명상만화 〈마음공부〉와 지난해 전북여류문학회 동인지 〈결〉, 그리고 최근에 전주풍물시 동인회와 함께 작업한 시각장애인을 위한 〈전주풍물시동인회 시낭송 CD〉를 선물로 주었다. 〈마음공부〉는 친구이기도 한 김충현 피디가 자신의 아들에게 주려고 쓴 글을 만화로 엮은 것이라서 현주의 아버지 마음과 같지 않을까 생각되어 준비한 것이고 동인지나 CD는 내가 직접 작업한 것이라서 의미가 있을 것 같았다. 그 선물을 소중하게 가슴에 품고 있는 현주를 보니 이 일을 함께 해서 보람있다는 생각이 든다.

　며칠 뒤 백승일씨는 현주와 담소를 나누는 장면을 촬영한 사진을 액자에 넣어 신문과 함께 보내왔다. 사진 속 현주는 환하게 웃고 있다. 아마도 헤어짐이 임박한 무렵에 찍은 사진 같다. 그즈음 우리는 제법 친해져서 농담도 주고 받았으니까. 사진을 들여다 보니 방송으로만 떠들지 말고 이렇게 뭔가를 실천하면서 살아가라는 뜻이 전해온다.

여고 2학년 현주, 소녀가장의 삶의 무게에 짓눌려 자칫 희망을 포기한건 아닐까 우려되었으나 그는 꿈많고 아름다운 미래를 설계하는 평범한 소녀였다. 사람들에게 꿈과 희망을 주는 노랫말을 만들고 싶다는 현주, 그녀가 만든 노래가 라디오를 통해 또 다른 제2, 제3의 현주에게 새로운 희망이 되었으면 좋겠다. 현주를 만나게 해준 한국어린이재단 전북지역본부 나눔플래너 백승일 사회복지사에게도 고마움을 전한다.

현주야, 얼른 네가 만든 노래를 선곡해보고 싶구나.

연아에게 배운 것

부끄럽지만 2010년 동계 올림픽 중계방송이 진행되는 동안 맘 편히 경기를 관람하지 못했다. '강력한 메달 후보', '000선수 금메달 도전' 등 비교적 확실한 메달권 진입의 가능성이 있어도 마음속의 소심함이 갖가지 이유를 만들어 생방송 관전의 용기를 막고 있었다. 일테면 (애국심으로 포장하기도 민망하지만) 김동성의 금메달을 뺏아간 오노에 대한 미움으로 또다시 이런 사태가 벌어지지 않을까 지레 불안해진다. 또 우리 선수들이 메달에 대한 강박증으로 경기를 제대로 진행하지 못하면 어떡하나 걱정도 되어서 생중계를 마음 편히 볼 수 없었던 것이다. 이런 종류의 심리상태를 분석해 놓은 게 있는지 모르겠지만 급기야 '내가 경기를 안 봐야 선수들이 이길 것'이라는 얼토당토않은 이유까지 만들어

놓고 결과에 만족하자는 게 일관된 관람태도였다. 그 가운데 '되도록 언론이 부추기는 메달 경쟁에 편승하지 말고 스포츠 본연의 정신을 되살려 보자'는 고상한 이유가 가장 마음에 들었다.

이런 상황이니 세계가 주목한 김연아의 올림픽 금메달 도전은 심장이 벌떡벌떡 요동을 치고 손발이 오그라드는 극도의 긴장감으로 피겨 스케이팅 쇼트 프로그램 2분 30여초를 눈 뜨고 볼 용기가 생기지 않는 것이었다. 아, 우리의 연아가 점프를 하다 삐끗하여 착지가 불안전하다면, 최악의 경우 엉덩방아라도 찧는다면 그 안타까운 광경을 어떻게 넘길 것인가? 그리하여 모든 직원이 주조정실 TV 앞에 모여 중계방송을 보는 동안 나는 사무실에서(혹시 나와 같은 생각을 가진?) 다른 두 사람과 한담을 나누는 중이었다. 스튜디오에서 울려 퍼지는 힘찬 박수 소리, 드디어 연아가 경기를 시작한다는 신호다.

"음~ 박수가 터질 때 마다 연아가 점프에 성공한거구요, 마지막에 함성이 들리면 경기를 무사히 마친 겁니다. 우린 그때 결과를 확인하면 되는 거예요."

사무실에 함께 있던 직원이 크게 웃었다. 2분 40여초 후, 우려했던 탄식 대신 힘찬 박수소리와 환호가 뒤섞였고 마침내 경기가 끝날 무렵 직원들의 함성이 터졌다. 감이 좋다! 이때 당당하게 등장하는 비겁자, 용감하게 경기를 관람한 후배에게 묻는다.

"어떻게 됐어?"

"아사다가 너무 잘해서 연아가 긴장할까 봐 걱정했거든요. 연아가 정말 잘했어요. 최고예요 최고!"

점수 집계를 기다리는 연아 표정을 보니 만족한 느낌이다. 결과는 세계 신기록! 역시 우리 연아다.

재방송되는 연아의 경기를 여유있게 보면서 김연아의 연기는 정말 품격있다는 생각이 들었다. 아사다의 경기가 끝난 후 높은 점수를 받고 환호하고 있을 때 화면에 잡힌 김연아의 묘한 미소가 재미있었고, 오서 코치의 넉넉하고 편안한 미소는 감동을 주었다. 후에 네트즌들이 붙여준 '미륵 오서'라는 별명이 어쩌면 그리 적절한지 감탄했었다. 그리고 나는 그런 스승이 있는 연아가 크게 부러웠다.

드디어 메달의 색깔을 결정짓는 프리스케이팅 결전의 날! 메달에 대한 기대보다도 그저 연아가 최선을 다해주기를 바라는 순일한 마음으로(연아처럼 금메달에 대한 마음을 비웠다고나 할까?) 운행 중이던 자동차를 주차장에 세우고 혼자서 DMB를 통해 경기를 지켜보았다. 이번에는 김연아가 먼저 연기를 하고 아사다 마오가 뒤이어 경기를 치르는 상황. 고난도 기술의 채점방법까지야 알 수 없지만 누가 봐도 완벽한 연기였다. 음악이 흐르는 동안 연아는 한치의 오차도 없이 몰입 그 자체였다. 가장 우려했던 점프 역시 우아하게 날아 올라 기품있게 내려왔다. 한 가지 동작을 할 때 마다 가슴을 졸이며 박수를 치다 혼자서 '꺼이꺼이' 울고 있는 나를 발견했다. 연기를 마친 연아도 감정이 복받쳤는지 울고 만다. 연아가 우니까 눈물이 걷잡을 수 없이 쏟아져 엉~엉 울고 말았다. 후에 그녀는 인터뷰에서 "자신도 왜 울었는지 모르겠다"며 "올림픽을 기다려왔고, 준비를 철저히 잘했고, 준비한 것을 다 보여줄 수 있어서 행복했다"고 정리를 했다.

나 역시 처음에는 무엇 때문에 우는지도 모르고 화장지로 눈물 콧물을 닦아 내다가 연아와 감정의 선이 이어져있음을 알게 되었다. 저 무대를 준비하기까지 얼마나 많은 시련을 견디어 냈을지 고통의 무게가 감지되었다. 그 시련을 감내하며 준비한 과정이 마치 내 일처럼 주마등처럼 스쳐갔다. 이윽고 목표를 달성했을 때의 성취감은 평가에 앞서 스스로 대견하고 감격스러웠을 것이다. 세계가 지켜보고 있다는 중압감, 언론이 만들어낸 아사다 마오와의 경쟁구도의 부담감, 동포들이 기대하고 있는 금메달의 무게감 등…….

그동안 어깨에 짊어졌을 삶의 무게가 얼마나 힘들었을까. 하지만 연아는 이 모든 것을 충분히 '감내'하며 훌륭하게 미션을 성공시켰다. 처음부터 금메달을 염두에 두고 시작한 일은 아니었을 것이다. 이 점은 오서 코치도 언론을 통해 여러 번 언급했던 바다. 중요한 것은 '행복한 스케이터'가 되는 것, 오서는 그 점을 주문했고 연아는 스승의 의도에 충실하게 화답했다. 이 팀은 언론 플레이가 아닌 스포츠 본연의 자세를 지향하고 있었던 것이다. 이 점이 매우 나를 안도하게 했다.

어쨌든 연아는 프리스케이팅 연기를 마쳤을 때 경기 결과에 상관없이 스스로 매우 만족해했고 충심으로 기뻐했다. 결과는 세계 최고 신기록을 갈아 치우며 금메달 확보! 물론 아사다 마오의 경기가 남아있긴 했지만 김연아의 경기를 눈 뜨고 관람할 수 있었다는 것만으로도 충분히 행복했다.

집계 발표 후 다시 한번 열광하는 관객들! 환호와 열광의 도가니, 연아의 독무대였다. 뒤이어 경기에 나선 아사다 마오, 며칠 전 쇼트 프로그램과 비슷한 상황이었지만 결과는 정반대였다. 김연아의 페이스에 밀린 아사다 마오는 중압감 앞에 스스로 무릎을 꿇고 말았다. 독일의 전설적인 피겨여왕으로 올림픽 금메달을 2번씩이나 목에 걸었던 카타리나 비트는 이렇게 말했단다.

"기량이 뛰어난 선수는 챔피언이 될 수 있고 이것과 함께 흔들리지 않는 정신력을 갖춘 선수는 올림픽 챔피언이 될 수 있다."

아사다 마오가 기량이 뛰어난 선수임에는 분명하지만 김연아야말로 진정한 챔피언임이 분명하다.

여기서 다시 한번 오서 코치의 지도력을 거론하지 않을 수 없다. 오서 코치가 김연아를 만나고 제일 먼저 한 일은 김연아를 웃게 하는 것이었다고 한다. 오서는 "처음 만났을 때 연아는 무표정한, 아니 거의 화난 사람 같은 얼굴로 스케이트를 타고 있었다. 재능은 빛나고 있었지만 그녀의 불행해 보이기까지 하는 얼굴이 내내 마음에 걸렸다"고 회고했다. 연아의 불행해 보이는 얼굴은 수줍음에서 비롯된 것이었다지만 내면의 갈등이 무엇이건 간에 그것을 진정한 예술혼으로 승화시켜 낼 수 있었던 것은 참으로 탁월하다.

동계 올림픽의 상업성이나 금메달리스트의 처우, 금메달 이후 쏟아질 후광 효과에는 관심이 없다. 다만 내가 개인적으로 이번 올림픽에서 김연아를 주목했던 것은 연아가 일구어 낸 신화창조의 과정이다. 그녀가 일곱 살 어린 나이에 처음 피겨를 시작했을 때 피겨는(대한민국에서) 스포츠의 주류가 아니었으며 척박한 불모지였을 따름이다. 13여 년 동안 경제적 어려움을 포함해 피눈물을 쏟아가며 한 단계씩 성장한 그녀, 시작은 미약했지만 세계 스포츠사에 빛나는 위대한 업적을 이뤘다. 그 희망이 없었다면 굳이 가슴을 졸여가며 중계방송을 보지 않았을 것이다.

누군가 가지 않은 험난한 길, 방법도 모르고 요령도 없는 미혹의 터널에서 손으로 더듬어서 스스로 밝힌 길이기에 더욱 고귀하고 가치 있다고 평가하고 싶다.

지역방송의 척박한 현실과 알 수 없는 미래를, 피겨 스케이팅 김연아의 올림픽 금메달 도전기와 비교하기에는 무리가 따르겠지만 김연아 역시 처음부터 주류로서 대접받으며 올림픽 금메달을 눈높이에 두고 성장한 것은 아니었을 것이다. 준비와 연습, 도전과 실패를 거듭하며 성장했기에 그녀의 아름다운 도전을 응원한 것이다.

김연아가 스스로 행복한 스케이터가 되어서 메달과 관계없이 최선을 다해 관객들에게 연기를 보여주고 '스스로 행복했던 것' 처럼, 지역방송도 여러 번 엉덩방아 찧으며 점프연습을 계속하다보면 어느 날 수준 높은 연기를 구사하며 스스로 행복하고 청취자들로부터 각광받을 날도 오지 않겠는가? 메달 따윈 관심이 없다. 그저 행복한 방송인이 되어서 나도 기쁘고 더불어 남도 행복했으면 하는 소박하지만 간절한 바람만 있을 따름이다.

10여 명 목숨 살린 탑차 기사

에어콘 팬 돌아가는 소리와 자판기 소리만 또드락 또드락 공간을 휘젓는 오후, 방송국으로 전화가 걸려왔다. 먼저 전화를 받은 기획운영팀 김 차장은 몇가지 얘기를 나누더니 "팀장님, 애청자라는데요, 전화 좀 받아보세요"라며 전화를 연결해줬다. 대뜸 "지난번 비 많이 온 날 있잖여~"로 시작된 이 전화, 밑도 끝도 없다. 잠시 갈등이 인다. 계속 대응해야 할지, 말아야 할지…….

　　방송국에 걸려오는 전화는 다양하다. 간혹 애청자를 빙자한 스토커가 업무를 가로막기도 하고 물건 판매, 월간지 주간지 권유 등 생산적인 일보다는 시간적 경제적으로 소모적인 일도 많다. 먼저 전화를 접수한 김 차장은 그래서 더욱 심사숙고했으리라. 의자에 깊숙이 앉아 펜을 준비하고 차분한 마음으로 들어보기로 했다.

"긍께 3~4일 전에 익산에 비가 겁나게 왔잖여요."

"네, 지난 주말에 폭우가 쏟아졌죠"

"나도 화물차 운전하는 사람인디, 왕궁 신정부락에서 궁평으로 가는 다리가 있어요. 내가 새벽에 갔는디 내가 갔을 때는 다리가 끊어져 부렀어요."

"예, 그때 궁평교가 붕괴됐다고 하네요."

"맞아 맞아 내가 그 다리를 갔다니께. 근디 5톤 화물차 탑차 기사가 처음 지나다가 그 다리가 무너지는 바람에 차하고 같이 빠져버렸대요. 근디 그 운전자가 차하고 한 300미터쯤 떠내려갔다는구만요. 그러다가 겨우 차에서 빠져 나왔는디, 다리가 끊어져 부러서 위험허잖요. 긍께 다시 그 자리로 돌아왔시요. 그래가지고 수신호로 차를 막았다니께."

"그때 날짜와 시간을 확인할 수 있을까요?"

"비가 겁나게 온 날이었당께. 시간은 새벽 4시 50분이여. 일요일이여. 나 말고도 새벽기도 간다고 나온 사람들도 그 사람이 말렸당께. 그러고 나서 사람들이 신고해가지고 경찰이랑 오고 그런 거여."

제보자의 용건은 이랬다. 그때 그 사람 덕분으로 큰일을 면했는데 생각해보니까 그 사람 연락처도 모르고 물에 젖은 채 바들바들 떨면서 오는 차량을 막았는데 그런 사람을 찾아서 칭찬해줘야 하지 않겠느냐. 그때 사고일지도 있을 거니까 차량 번호만 확인하면 금방 사람을 찾을 수 있을 것 같다. 방송국에서 이 사람을 찾아서 널리 알려 달라…….

제보자 소정섭 씨의 사연을 들으니 그날의 상황이 눈에 선하게 그려진다. 칠흙같이 어두운 새벽, 한 운전자가 궁평교를 지나다가 다리가 붕괴되는 바람에 300여 미터를 떠내려간다. 운전자는 기를 쓰고 차에서 빠져나와 목숨을 보전하지만 다른 사람의 안전이 걱정되어 다시 사고 현장으로 돌아가 수신호로 차량을 통제한다. 그 덕에 소정섭씨와 교회 가던 주민 등 다른 사람들도 위험에서 벗어날 수 있었던 것이리라. 경황이 없어 자신을 구해준 사람이 누구인지 알지도 못하고 제대로 감사 인사도 못했다는 소정섭씨는 운전자의 선행을 알리고 싶었던 것이다.

나는 아침의 향기 오프닝으로 이 사연을 소개하고 연합뉴스 임청 기자에게 전화를 걸어 상황을 설명했다. 임 기자는 "그런 일이 있었다면 뉴스감"이라며 취재를 시작하더니 몇 시간 후 제보보다 더욱 감동적인 소식을 기사로 전해왔다.

화물운수업을 하는 44살의 진승용 씨, 경기도에 사는 그는 초행지인 궁평교를 지나면서 다리가 붕괴된 사실을 모르고 탑차와 함께 다리 밑으로 추락했다. 300미터를 떠내려가다 겨우 유리창을 깨고 밖으로 나왔지만 거센 물살 때문에 또다시 500미터가량 떠밀려가던 중 필사적으로 헤엄쳐 둑에 올랐다. 두 번씩이나 사경을 헤맨 진씨, 겨우 목숨을 건졌지만 천근만근 무거운 몸을 이끌고 다시 현장으로 내달린다. 얼핏 생각해도 1킬로미터 남짓한 거리다. 폭우를 뚫고 현장으로 돌아와 차량 7대를 제지하고 10여명의 목숨을 구했다. 그런데 사태가 수습되고 긴장이 풀리자 갑자기 통증을 느끼게 되었고 궁평교에 추락할 때 장기가 손상되었다는 것을 알게 되었다. 그는 익산병원에서 치료중이다…….

연합뉴스 임청 기자는 진승용 씨를 취재하면서 익산시청에 건의를 해 표창장을 수여하는 것을 검토 중이라고 전해왔다.

이 기사가 보도되고 포털에 알려지면서 네티즌들의 반응은 뜨거웠다. 감동과 찬사가 이어졌다. 정말 내가 봐도 이 시대의 진정한 영웅이 아닐 수 없다. 지역신문도 연달아 미담을 게재하면서 진 씨의 살신성인에 박수를 보냈다. 반가운 소식이 또 전해졌다. 진 씨가 입원해 있는 익산병원에서는 급류에 휘말려 부상을 당하고 간신히 빠져나와 더 큰 인명피해를 막은 진씨의 정신이 귀감이 되도록 병원비 전액을 후원해 주기로 결정했다는 것이다. 진 씨는 정밀검사를 받고 있으며 결과에 따라 가까운 시일내 퇴원날짜를 결정할 거라고 한다. 진승용 씨의 목소리는 10여명을 구한 영웅답게 깊이 있고 신뢰감이 있었다.

소정섭 씨에게 이 사실을 알려주자 그 역시 "정말 잘됐다"고 크게 기뻐했다. 수희공덕隨喜功德이라는 말이 있다. '다른 사람이 잘 한 일을 내가 잘 한 것처럼, 다른 사람의 좋은 일을 나의 좋은 일처럼 같이 따라서 좋아하고 기뻐하는 것'이라는 뜻이다. 그렇게 더불어 기뻐해주면 바로 그것이 나의 공덕으로 쌓인다는 것이다. 죽을 힘을 다해 10여 명의 목숨을 건진 진승용 씨가 살신성인의 정신으로 공덕을 쌓았다면 이런 사실을 알리고 함께 칭찬해줘야 한다고 생각한 소정섭 씨 역시 수희공덕을 행한 것이다.

폭우로 인해 익산 지역에는 최고 300㎜가 넘는 집중 호우가 쏟아지면서, 자치단체 추산 130여억 원의 피해액이 발생, 이와 관련 특별 재난지역으로 선포되었다. 이 지역은 폭염에도 불구하고 수해복구가 한창이다. 그 와중에 인명피해가 적었던 것은 사력을 다해 위험을 알린 진승용 씨의 희생이 있었기 때문이다. 두고 두고 감사한 일이다.

순창에서 '킹콩을 들다' 주인공을 만나다

내게 있어 운동이란 숨쉬기가 고작이다. 최근 들어 점심 후 두어시간 지나 사무실 직원들과 함께하는 국민체조가 근래 시작한 운동이라고 한다면 나의 스포츠 이력은 초라하기 그지없다. 직접 체험하지 못하면 응원이라도 열심히 해야 할 터이나, 어찌나 간덩이가 좁쌀인지 두 손 불끈 쥐고 숨죽이며 응원하는 '빅 경기'도 즐기지 못하는 소인배다. 올림픽이나 월드컵은 승전보를 간절히 염원하며 짐짓 딴전을 피우다 승리의 기운이 완연한 다음에야 슬며시 엉덩이를 들이밀거나, 그도 아니면 감동의 순간을 '리플레이'의 기쁨으로 재생산해서 뒤늦게 박수 치는 엇박자의 썰렁한 세레머니를 연발, 앞서 탄식과 환호를 공유하던 사람들이 일제히 뒤돌아보며 '뭐야?'하는 썰렁한 눈총 세례도 많이 받았으니 짐작

컨대 내 명命은 '욕먹어' 길게 살 거라고 자부해본다. 이처럼 길게 고해성
사를 늘어놓은 이유는 스포츠에 관심없던 내가 스포츠 영화에 감동먹
은 덕분이다.

　　영화 〈우생순〉이 있기 전 '핸드볼'이라는 구기 종목이 그러하듯,
'역도'라는 스포츠 종목 또한 그리 친근하지는 않았다. 적어도 〈킹콩을
들다〉라는 영화를 보기 전까진 말이다. 솔직히 〈킹콩을 들다〉라는 영화
역시 정보를 가지고 선택한 것은 아니고 어찌 상영관을 서성이다 시간
이 맞아떨어져 별 기대없이 본 영화다. 그런데 이 영화, 보통 내공이 아
니었다. 연발탄으로 웃음을 쏘아대더니 지루할 무렵 눈물 세례와 코미
디를 번갈아 강타, 엔딩 무렵 감동으로 오래오래 자리를 일어서지 못하
게 했다. 엔딩 크레딧을 보다가 이 영화가 정인영, 윤상윤, 김용철 선생
님의 지도 아래 2000년 전국체전에서 14개 금메달을 휩쓴 순창의 중고
등학교 역도부를 모델로 하고 있다는 것, 정인영 선생님은 이듬해 뇌출
혈로 작고하셨다는 사실을 알게 되었다. 이튿날 인터넷 검색을 하다가
새로운 정보도 얻었지만 황당한 사실도 많이 발견했다. 확실한 것은 금
메달 14개의 주인공이 전북 순창고등학교 학생들이라는 것, 그런데 일
부 기사에서는 '시골 중'으로 대충 표기되거나 '전남 순창고'로 씌여지기
도 했다. 촬영의 대부분이 보성에서 이뤄져서 그런지 보성중학교로 오
인하는 사례도 있었다. 어쨌거나 '킹콩'으로 유발된 관심은 역도 명문의
기적을 추적해 보게 했다. 최소한 '킹콩'이 계속 회자되는 동안 '전남 순
창'이라거나 '어느 시골학교' 같은 오류는 막아보자는 지역 언론인으로
서 소명감도 있었다.

전라북도 순창, 고추장으로 잘 알려진 이 곳은 인구 3만 명을 오르락내리락하는 소규모 도시다. 순창북중, 순창고등학교는 같은 재단에 속한 사립학교다. 1991년 대학에서 역도를 전공한 윤상윤 교사 부임과 동시에 이 학교에 역도부를 창설하게 된다. 시골학교 역도부는 뻔하디 뻔한 상황이어서 먼지투성이 창고에서 변변한 기구도 없이 막대나 대나무로 연습을 해야 했고 시멘트 바닥이 깨지거나 파여 연습장도 확보하기가 힘들었다고 한다. 그렇게 초창기 어려움을 겪다가 이 학교 선생님들이 매달 5천 원씩 역도부 육성 자금으로 지원해줬고 순창군 유지들이 고기를 지원하는 등 꾸준한 관심과 지원 속에 성장해나갈 수 있었다. 이듬해인 1992년 3월 순창북중학교에 이배영이라는 학생이 입학한다. 또래 아이들보다 훨씬 연약하고 왜소한 소년은 윤상윤 감독의 눈에 띄었다. 될성부른 나무 떡잎부터 알아본다던가! 윤 선생님의 권유로 역도부에 둥지를 튼 이배영은 소년체전 3관왕에 오르는 등 두각을 나타내기 시작했다. 고난 속에서도 아름다운 미소로 국민들에게 감동을 준 올림픽 은메달리스트 이배영이 바로 이 소년이었던 것이다.

진안 마령중학교에서 역도부를 창설하고 역도 영웅 전병관을 발굴한 정인영 교사가 1994년 공립학교인 순창여중으로 부임, 4명의 선수와 함께 역도부를 창설했고 이미 역도연습장이 마련된 순창북중, 순창고등학교 역도부와 함께 훈련을 실시했다.

그로부터 6년 후 기적이 일어났다. 2000년 부산에서 열린 전국체전 역도 부문에서 초유의 사건이 벌어진 것이다. 이 대회에 5명의 선수를 출전시킨 순창고등학교 역도부는 총15개의 금메달 중 14개를 차지

했고 은메달 1개를 따냈다. 이 또한 동점이었으나 체중에서 밀려 은메달을 딴 것이라고 한다. 4명이 3관왕에 올라 MVP가 됐고, 전국체전 사상 처음으로 단체에게 MVP도 수여됐다. 순창여중에서 탄탄한 기량을 쌓은 학생들이 순창고에서 실력을 발휘할 수 있었으니 정인영, 윤상윤, 그리고 당시 코치로 활동했던 김용철(현 보성군청 역도부 감독) 선생님이 함께 일군 승리이자 기적이다. 이 기록은 지금도 깨지지 않고 있다. 그러나 1년 후 정인영 선생님은 아쉽게도 뇌출혈로 세상을 떠나고 만다.

전국체전 당시를 회고하며 윤상윤 선생님은 "세 사람이 열정과 패기로 이룬 성과였다"고 말한다. 정인영 선생님에 대해 "정말 훌륭하고 본받을 점이 많은 교육자였다"며 "주말에 익산집에 가는 것을 제외하곤 24시간을 학생을 위해 헌신하는 분이었다"고 기억한다. 심지어 방학 기간 교사들이 2~3일 여행가는 것 조차 '내가 자리를 비우면 학생들을 돌볼 사람이 없다'며 고사했다고 하니 영화 속 이지봉 선생님(이범수 역)의 희생정신을 그대로 옮겼다고 해도 크게 다르지 않을 것 같다. 그런가 하면 윤상윤 선생님은 '운동선수들이 실력없다는 말을 들으면 안된다'고 꼬박꼬박 정규수업을 받게 했다. 수업후 오후 5시에 연습장에 모여 연습이 무르익을 만하면 7시 30분 군내버스 막차 시각이 다가오는지라 항상 연습시간이 아쉬웠다는 것. 그 와중에 꾸준히 각종 대회에서 메달을 휩쓸며 순창역도의 명성을 이어갔다.

다시 영화 얘기. 영화속 이지봉 선생님(이범수 역)의 모델은 정인영, 윤상윤, 김용철 선생님의 이야기를 한 인물로 담아낸 것이다. 극중 선수들 중 박영자, 서여순, 이현정이란 이름은 실명이나 캐릭터를 살려 재미있게 재구성했다. 윤상윤 선생님의 말에 의하면 14개 금메달 신화의 주역인 서효순, 손지영 선수는 결혼해서 행복한 가정을 꾸리고 있고, 이현정 선수는 직장생활을 하고 있으며, 기귀순 선수는 울산시청 소속으로 지금도 활발한 활동을 하고 있다고 한다.

주인공인 영화배우 조안이 이 영화에서 박영자라는 이름의 선수로 나오는데, 박영자라는 선수도 궁금했다. 지난 2001년 전국체전 당시 전북체고의 박영자 선수는 48kg급에 출전해 3관왕에 올랐다. 이 선수 역시 순창여중 시절 정인영 감독의 지도를 받았고 전북체고로 진학해 여자 역도 유망주로 명성을 떨쳤다. 현재 순창군 소속으로 활동하고 있는 박영자 선수는 "전국체전 신화의 주인공들은 선배 언니들인데 왜 제 이름이 주인공으로 되었는지 모르겠다"며 아직 영화는 보지 못했다고 수줍게 웃었다. 박 선수 역시 중학시절 홀어머니와 함께 어렵게 생활하며 역도를 했다고 한다. 한 사람 한 사람 선수들의 어려운 속사정을 알았던 정인영 선생님은 더욱더 선수들에게 애정을 쏟았고, 선수들은 그런 정인영 선생님을 '아버지'처럼 따랐다고 하니 선생님의 존재가 더욱 그립다.

역도 명문 순창의 명성은 계속될 것인가? 윤상윤 선생님은 이 질문에 대해 긍정도 부정도 하지 않는다. 생활수준이 높아지면서 예전과 같은 헝그리정신은 사라졌고, 공립학교인 순창여중은 체육교사의 전입 전출에 따라 해체된 상태이며, 선수들도 2000년 당시보다 절반 이상 줄었다. 하지만 순창북중과 순창고 역도부를 중심으로 소년체전과 전국체전에서 꾸준히 메달을 획득하고 있고 아직도 꿈나무들이 많다. 순창고 3학년인 서희엽 선수는 81회 전국역도선수권대회에서 대회신기록을 수립하며 금메달 2개와 동메달 1개를 획득하는 기염을 토하며 남자고 등부 MVP를 받았다. 장래 꿈이 뭐냐는 질문에 '개그맨'이 되고 싶단다. '올림픽 금' 정도의 대답을 기대했던 것에 비하면 의외의 답변이었다. 순창북중에는 박무정 박무성 쌍둥이 형제가 있다. 소년체전에서 나란히 동메달을 차지한 이 소년들은 체계적인 역도 훈련을 받기 위해 면 단위에서 '역도명문'으로 유학(?)왔다. 그들은 이 사실을 매우 자랑스럽게 생각하고 있으며 역도를 하게 된 것을 진심으로 행복해하고 있다.

윤상윤 선생님의 장남으로 이 학교 출신 윤범석 선수 또한 아버지이자 스승인 윤 선생님의 지도로 한국체육대학교에 진학, 국가대표와 지도자의 꿈을 키우고 있다.

〈킹콩을 들다〉라는 멋진 영화가 이왕 순창에서 촬영되었더라면 얼마나 좋았을까. 개인적으로 아쉽고 섭섭하지만 그 영화 덕에 순창 역도의 맵고 깊은 맛을 알게 되어 고맙기도 하다. 이 영화를 계기로 비인기 종목이라는 역도에 대한 인식도 바꾸고 역도 메카 '전라북도 순창'의 진면목을 알아주었으면 하는 바람 간절하다. 순창이 낳은 이배영 선수의 미소도 덤으로 기억하고.

시^詩로 희망을 나눕니다

올해 방송 사업 목표가운데 하나인 시각장애인을 위한 시 낭송 CD 제작 작업이 시작되었다. 전북 진안에 거주하는 시각장애인 유승렬 씨의 방송 참여를 계기로 전주에서 활동하는 시인 〈풍물시동인〉, 전북원음 방송이 함께하는 일이다.

비록 앞을 보지 못하지만 문화적 혜택을 누리고 싶다는 승렬 씨의 사연이 소개되면서 풍물시동인 회장인 조미애 시인이 적극 나서 동인지 회원 23명이 자작시를 낭송한 CD를 제작하게 되었다. 이번 CD 작업에 참여한 풍물시동인은 모두 23명. 소재호, 진동규, 우미자, 최영, 조미애, 조기호, 신해식, 김영, 김남곤, 심옥남, 심의표, 박은주, 박영택, 최만산, 정군수, 유인실, 조정희, 문금옥, 정희수, 장교철, 이동희,

박철영, 장욱 시인 등이 참여하고 있다. 시 낭송 CD는 풍물시동인을 통해 시각장애인들에게 전달할 예정이다. 그 첫 작업으로 지난 21일 풍물시동인 회원 가운데 최영, 조미애, 정군수, 조정희, 이동희 시인 등 다섯 명의 시인이 방송국을 방문했다.

　　중견 시인들이지만 이번만큼은 낭송 작업에 임하는 자세가 새롭다. 여러 번의 연습 후에도 막상 〈ON-AIR〉 상태에서는 NG가 잦다. 그만큼 긴장한다는 뜻. 분위기가 무르익고 음악에 취해, 시에 취해 녹음 속도가 빨라졌다. 그날 분량의 시 녹음을 마쳤을 때는 녹음 시간에 비해 나도 엔지니어도 기진맥진한 상태. 한 마디, 한 구절, 한 연, 한 작품마다 시인들과 같이 호흡하다 보니 마무리할 즈음에는 큐 사인할 때마다 팔이 덜덜 떨렸다. 이 작품 하나 하나에 시인과 시각장애인이 영혼을 교감하며 소통한다고 생각하면 쉽지 않은 작업이다. 마음이 전해져

야 한다.

　　미리 전달받은 시 작품 모두 감동적이었는데 특히 이날 녹음한 시 가운데 조정희 시인의 〈소아마비에 관한 명상〉에 마음이 간다. 소아마비를 앓고 있는 시인의 마음이 고스란히 건네진다.

　　소아마비에 관한 명상

　　절룩이는 것도 때론
　　아름다울 수 있지
　　음악 속에선
　　당김음ᵖ 주법으로 절룩이는 음표가 있어
　　쇼팽도, 라흐마니노프도.
　　베토벤도 싱코페이션(당김음)으로 아름다운 曲들을 작곡하여
　　가쁨과 슬픔을 노래하게 하였지

　　버림받은 것이 아니고
　　상처도 아니고
　　상처 안에 숨어 있는 골목도 결코 아닌

　　내 삶과 육체 속에 살아
　　죽을 때 까지 함께할
　　지독한 아름다움이지

조정희 시인은 동병상련[同病相憐]의 심정으로 한 구절 한 구절 최선을 다했다고 한다. 어떤 시작[詩作] 활동보다 의미있는 작업이었다며 살풋 홍조를 띤 볼을 감쌌다. 아름다웠다.

전 전북일보 사장 김남곤 시인의 〈묵은 수첩〉은 개인적으로 너무 좋아서 감히 내 목소리를 넣어보겠다고 욕심을 부렸다.

묵은 수첩

나는 아직도 지우지 않고 있네

차마 먹줄을 죽 그어

그대 모습 지울 수가 없다네

펼치기만 하면

그 순간 화들짝

내 눈썹 끝에 매달려

이슬로 젖어드는 그대

그대는 새파랗게 웃고 있구나

그대는 새파랗게 울고 있구나

그렇게 울고 웃는 그대와

이승을 한 치도 헐지 않고 동행하면서

나는 언제까지나 그대를 먹줄로

죽 긋지 않을 생각을 하고 있을지

그 생각조차도

먹줄로 죽 그을 수가 없다네

풍물시동인 조미애 회장은 "시를 매개로 한 사랑의 행위들이 시각장애인과 우리의 가슴을 열게 하고, 안 보이지만 보게 하고 사랑하게 할 것"이라며 "우리 사회에서 감동으로 흘러가 나라를 아름답게 할 것"이라고 말한다. "장애인과 시인들의 마음을 한데 모아 시각 장애인을 위한 시 녹음집 만들기가 오래 가도록 노력하겠다"며 "풍물시동인 23명의 작은 사랑의 마음이 시각 장애인들에게 꿈과 용기를 주는데 도움이 되길 바란다"는 소망도 덧붙였다.

시각장애인을 위한 시낭송 CD는 7월과 8월 한 달 동안 더 작업을 거쳐야할 것 같다. 앞으로도 몇 차례 녹음과 편집을 반복해야 할 일이지만 첫 작업이 순조롭고 행복했으므로 이어지는 작업도 기대가 된다. 시각장애인을 위한 시 낭송 녹음 CD 제작, 내가 먼저 행복해진다.

나도 한때는 초보였다

오늘도 쏟아지는 졸음과 처절한 싸움을 하며 출근했다. 자동차가 밀려서 신경써야 할 때는 졸릴 틈도 없는데 병목 구간을 통과하고 자동차 전용도로로 접어들어 회사에 도착하는 20여 분간 쏟아지는 졸음으로 인해 몸부림을 친다. 라디오 볼륨을 크게 높이기도 하고 버럭버럭 소리를 지르기도 하고 허벅지를 두들겨보기도 하지만 별로 효과가 없다.

이 바쁜 아침에 '내가 졸려서 그러니 전화로 잠시 노닥거리자'고 청할 사람도 없고 방송 시간에 도착하기도 빠듯하니 길가에 세워놓고 잠시 눈 붙일 시간도 없다. 이와 반대로 출장을 가야 한다거나 다른 용무로 가끔 내 차를 두고 다른 사람의 차를 얻어 타고 가야할 때는 전날 다소 무리한 작업을 진행하기도 한다. '아침에 출근하면서 한숨 눈 붙이면 되겠지' 싶은 여유로움 때문이다. 내가 운전을 하지 못했을 때는 다른 사람의 차를 얻어 타는 것이 그렇게 고마운 일인지 별로 느끼지 못했다. "어차피 자동차가 가는 건데 뭐 어때?" 이런 뻔뻔함에 목적지에 못 미처 내려주면 섭섭해하기도 했다.

전주의 집에서 익산의 방송국까지 시 경계를 지나 대중교통을 이용해 통근이라는 걸 하면서 운전하는 분들의 고마움을 깊이 알게 되었다. 그래서 어느 날부터인가 나의 안전을 보장해주고 생명을 하루하루 연장해주는 버스 운전자들께 진심으로 감사하는 마음을 갖게 된다. 지금 생각해보니 그 분들도 가끔 졸려서 눈을 부릅뜨거나 라디오 볼륨을 올리거나 허벅지를 두들겼을지도 모르겠다. 크게 소리치지는 못했겠지만.

초보운전 시절 감히 졸음이 몰려올 틈이 있었던가? 제 차선을 속도 유지하며 오롯하게 지키기도 힘들었다. 하루하루 긴장의 연속에서 능숙한 운전자들의 솜씨를 우러러보며 그들의 황홀한 끼어들기의 곡예에 감탄하며 나는 언제나 저렇게 운전할 수 있을까 부럽기만 했다. 나에게 운전을 가르쳐준 분은 거듭 강조했었다.

"초보시절에는 서툴기는 해도 오히려 조심하니까 사고가 없는 편인데요. 운전 시작하고 3년이 제일 위험해요. 조금 능숙해지면 방심하다 사고가 많이 나거든요."

보호자 없이 혼자서 집에서 회사까지 처음으로 자동차를 운전해서 출근하던 날, 남편은 "자동차는 망가져도 사람만 다치지 않으면 되니까 마음 놓고 운전하라"며 격려해주었다. 그 말 한마디가 자신감을 불어넣었다. 시속 90킬로미터의 자동차 전용도로 규정 속도 표지판을 보면서 겁이나서 시속 90킬로미터도 밟을 수 없었던 나는 인생에서도 시속 80킬로미터의 겸손한 자세를 지향하겠다고 굳게 다짐하며 〈초보운전 1〉이라는 수필을 쓰기도 했었다. 그 후 초보운전에 대해 몇 편의 연작 수필을 쓰려고 계획했지만 마음 같지 않게 〈초보운전 2〉는 쓰지 못한 셈이니 굳이 의미를 부여하자면 이 글이 〈초보운전 2〉의 성격을 띄는 것이라고 할 수도 있겠다.

겨울철 눈길 운전은 여전히 부담스럽지만 어쨌든 그 3년이 지나고 제법 운전에 익숙해졌을 때, 어느덧 바쁜 출근길 흐름을 가로막는 운전 연습생이나 초보 운전자를 무시하고 짜증을 내고 있는 나를 발견한다. 물론 나 역시 한 때 초보였음을 상기하며 마음을 추스르곤 하지만 인내가 줄어든 것만큼은 확실하다.

지역에 위치한 우리 방송은 도청 소재지에 있는 방송사보다 훨씬 불리한 여건이다. 프리랜서들은 좀 더 안정적인 직장을 선호하고, 같은 조건이면 익산보다는 전주를 선호한다. 게다가 요즘같이 고유가 시대에는 출연료에 비해 기름값도 만만치 않다. 타 방송과의 교류, 출연의 기회 등 여러 가지 면에서 전주 쪽이 기회가 훨씬 많을 거라고 생각해서인지 전주 쪽으로 이동이 많다. 4~5년 전에는 한꺼번에 두어 군데 방송사가 전주에 생겨서 이쪽 프리랜서들이 한꺼번에 빠져나가는 현상도 생겼다. 방송사가 늘어나면 프리랜서들에게는 기회가 되겠지만 약소 방송국은 그만큼 불리하다.

그런가 하면 도청소재지에 있는 방송사에서는 그 나름대로 '키워서 쓸만하면' 수도권으로 진출하는 바람에 "여기가 무슨 아카데미냐"는 자조 섞인 푸념도 나온다. 하물며 우리처럼 지역에 위치한 종교방송은 외부에서 모셔오기보다는 자체 발굴, 생산해야 하는 과정이 되풀이된다.

피디에게 있어 가능성 있는 사람을 발굴해서 꽃피우는 것만큼 보람된 일도 없을 것이다. 순전히 '감' 하나로 '방송'의 '방'자도 모르는 '생짜'를 훈련시켜서 완제품을 만들어내는 일, 분명 보람이 있긴 하다. 그러나 어찌하다 보니 매번 초보와의 호흡을 맞추는데 기력을 쏟는 일이 다반사여서 슬슬 지쳐갈 때도 있다. 열심히 뛰어주던 리포터가 수도권의 교통방송 리포터로 옮겨갔고(그 친구는 집이 서울이다), 그 전 리포터는 케이블 TV의 아나운서로 이동했다. 공석이던 리포터 자리를 대학생 두명이 메워주고 있다. 이들은 방송에 처음 입문한 초보이다.

지난 가을 개편부터 호흡을 맞춰온 아침방송 진행자가 갑자기 방송을 그만두겠다고 했을 때 미리 예상치 못한 일이어서 당황스러웠다. 개편도 아닌데 중간에 이렇게 갑자기 그만두겠다는 것은 그로서도 매우 중요한 일이 생겼기 때문이리라. 방송을 모르는 사람도 아니고 그만큼 많이 고민했을 것이라고 생각되어 잡지 않았다.

좋은 진행자를 잡아놓을 수 없는 여건은 내 능력 밖의 일이다. 치열한 경쟁을 뚫고 전공을 살려 전문 계약직 공무원으로 당당히 합격한 것은 백번 축하할 노릇인데 이 와중에 다른 사람처럼 "그래도 개편은 채워야 되는 거 아냐?"와 같은 말은 할 수가 없었다. 그에게는 '지금 이 순간'이 절호의 기회일 수도 있기 때문이다. 그 기회를 '개편'의 책임을 물어 묶어두기에는 우리의 여건이 너무 열악하다. 그래서 십분 이해할 수 있었다. 다만 그 친구가 그토록 자신의 인생에 대해 고민하는데 큰 도움이 되지 못해 미안할 따름이었다.

다른 후임 진행자를 물색하는 것이 더 큰 문제였다. 몇 번의 경험을 거쳐 소위 '잘한다'는 진행자는 반드시 오래 머무르지 않는다는 것을 알기에 몇 명의 후보자를 대상으로 오디션을 하면서 다소 부족해도 천천히 오래 갈 수 있는 진행자를 찾기로 했다.

데일리 방송은 처음이라는 새로운 남자 진행자와 방송을 한 지 3주째 되어간다. 방송을 통해 어진 벗이 되라는 뜻을 담은 현우(賢友)라는 법명도 받았다. 품성 좋아 보이는 그는 그야말로 방송의 '생짜'다. 두 배 세 배 더 챙기고 신경써야 한다. 어쩌면 좀 더 넉넉한 준비 기간이 있었으면 훨씬 더 능력을 발휘할 수 있었을지도 모르는데 갑자기 닥친 현실에 본인도 부담이 클 것이다. 그래도 '방송은 보람되고 재밌다'며 환하게 웃으니 그 환한 웃음에 내가 웃고 만다.

돌이켜 생각하면 나 역시 언제나 일을 시작할 때는 초보였다. 초보 운전때는 말할 것도 없고 방송에서도 실수를 많이 했을 것이다. 큐시트 쓰는 법을 몰라 당황한 일, 녹음하러 갈 때 테이프를 놓고 간 일, 마이크 건전지 확인한 것을 빠뜨려 녹음이 위태로웠던 일, 방송 마치는 시간 계산을 못해서 블랭크가 생겨 당황한 일……. 다행히 노련한 동료들이 있었기에 크고 작은 실수들을 만회하며 초보의 딱지를 벗게 되었다. 아니, 초보여서가 아니라 능숙해서 생기는 실수들도 많을 것이기에 영원히 '초보'의 틀을 벗어날 수 없을지도 모른다.

앞으로도 얼마나 많은 초보들이 방송국을 거쳐갈지 모른다. 그

때 마다 "이것도 몰라?"라고 절대 다그치지 않기로 다짐한다. 나도 한 때는 남들이 다 아는 '그것'을 몰라 당황한 때가 있었을 터이니 내가 아는 것 만큼은 기초부터 전해주자고 마음먹는다. 솔직히 그런 기회가 자주 없었으면 좋겠지만 현실을 외면할 수는 없을 것이다. 내가 초보였을 때도 누군가는 분명 초보인 나에게 '기회'를 주고 기다려 주었을테니, 나역시 그 기회와 기다림의 미덕을 초보인 누군가를 위해 제공해야 한다.

설령 그들이 초보딱지만 떼고 갈지라도 그것 또한 보람으로 삼아야겠다. 빠른 템포로 숨가쁘게 돌아가는 방송 환경속에서 유난히 '쉼표'를 강조하는 기다림의 미학에 익숙한 우리 청취자들도 참 대단한 품성의 소유자들이다. 다그치지 않고 넉넉하게 지켜보고 품어주는 청취자들이 있기에 용기를 갖고 더 많은 초보들과 교류할 수 있을 것 같다.

당첨의 기쁨

대학교 4학년 때, 심야 라디오 방송 클래식 프로그램에서 퀴즈가 나왔다. "뽑힌 분에게 AM, FM 겸용 라디오를 준다"고 하기에 얼른 엽서를 찾아서 답을 적었다. 나는 '정답: 아람브라 궁전의 추억'이라고 써놓고 엽서 뒷면이 너무 공백이 많아서 붉은 형광펜으로 한 겹인가 두 겹 쯤 정답 주변을 견고한 성곽처럼 그어놓았다. 정답임을 믿어 의심치 않는다는 확고함과 더불어 '이렇게 해놓으면 좀 더 눈에 띄지 않을까' 하는 얄팍한 생각도 있었다.

　　며칠 뒤, 정답을 발표했는데 신기하게도 '아람브라 궁전의 추억'이 정답이었고 이어 당첨자 발표의 시간, 내 주소와 이름이 불리어지는 것이 아닌가! 라디오를 타고 흘러나오는 이름 석 자가 그렇게 신기할 수 없었다. 아마 그것이 방송사에 엽서를 보낸 나의 처음이자 마지막 이력이 아닌가 생각된다.

나보다 더 적극적이고 열성적인 청취자들은 DJ의 마음을 흔들어놓을 만큼 예쁜 엽서를 보내 너도 나도 라디오에 소개되기만을 손꼽아 기다렸을 터인데 이름이 특이해서였을까, 나같이 담백한 엽서가 뽑혔다는 것이 신기했었다. 아무튼 이름이 불리우는 순간 야밤에 하숙집을 휘젓고 뛰어다니며 "내가 뽑혔다"고 방마다 자랑을 했다. 그만큼 기분이 좋았다. 며칠 뒤 내 이름이 적힌 손바닥만한 빨간색 AM, FM 겸용 라디오가 집으로 배달되었고 그 상품을 아주 오랫동안 보물 1호로 간직했던 기억이 새롭다.

무엇이 그리 즐거웠을까? 공짜 선물은 누구나 좋아한다. 더구나 그 선물이 내가 좋아하는 방송 프로그램을 통해 선택되어졌다는 것이 삶의 양념처럼 신선하고 즐거웠다. 재주 좋은 사람은 방송사 프로그램마다 사연을 보내 한 살림 장만한다던데, 그것도 대단한 정성이다.

내가 피디가 되어 이제 누군가를 지목하고 선별해서 상품을 주는 일을 하게 되었을 때 책임감이 새로웠다. 사연 하나하나가 반갑고 고맙다. 혹여 상품에 탐이 나서 돌아가며 투고하는 전문 투고꾼도 있겠지만 가식적인 그 마음이 금방 드러나게 된다.

메이저 방송사의 유명 프로그램은 지방에선 상상하기 힘들 만큼 빵빵한 스폰서와 상품이 줄을 잇는데 제작자의 입장에서 무지하게 부럽다. 우리 애청자들은 작은 선물이라도 매우 기쁘게 반응하는 것 같다. 아마도 내가 방송사에 정답을 보내 당첨된 것과 같은 기분이리라.

요즘은 엽서를 보내는 이가 드물다. 퀴즈도 문자 참여가 대세다. 30자 내외로 촌철살인의 순발력을 발휘해 제작진의 눈에 띄려는 경쟁이 치열하다. 우리도 순발력있게 대응해야 한다. 빠른 시간 안에 정답자를 가리고 되도록 많은 청취자에게 기회를 줘야 하니까 중복 당첨자가 있는지도 확인해야 한다. 그렇게 해서 발표를 하면 역시 당첨자는 '운수대통'이라는 둥, 오늘 하루 기분 좋겠다는 둥 즐거운 반응이 이어지지만 떨어진 사람들의 아쉬움도 방송국 스튜디오로 전해온다. 탈락의 아픔까지 문자로 보내오며 다음을 기약하는 충성파도 있다. 제작자의 입장에서 아무래도 그 번호가 더 기억되는 건 인지상정이다.

청취자 퀴즈 참여를 문자로 받으면서 마음에 걸리는 게 있었다. 문자에 익숙치 못한 중장년층이나 장애인들에게는 참여 기회가 축소되는구나 싶어서 미안해 어느 때인가는 퀴즈참여를 전화로 돌렸다. 문자는 한꺼번에 많은 사람들이 참여할 수 있는 장점이 있으나 일부 참여가 어려운 청취자들이 있고, 전화 참여는 기회는 적으나 접근의 용이성과 정답일 경우 인터뷰 등을 통해 청취자와 직접 소통할 수 있는 장점이 있다.

작가의 아이디어에 따라 이번에는 충실하게 방송을 들은 청취자들이 참여할 수 있는 장치를 설치해놓았다. 이를테면 오프닝 멘트에서 상식 문제를 출제하기도 하고, 청취자 사연과 같은 엉뚱하지만 재미있는 문제로 듣는 즐거움도 있다. 아닌게 아니라 '이 문제도 맞출 수 있을까?' 스탭들도 의아해하는 문제를 척척 맞춰주는 청취자들 가운데는 스스로 예상 문제를 내고 메모를 하면서 듣는 사람도 있어 박장대소하기도 했다.

개편을 하고 나서 궁금했던 청취자들의 목소리가 들려오기 시작했다. 오답자의 경우는 일단 '땡'하고 사라지기 때문에 누가 누구인지 모르지만 정답을 맞춘 사람은 기본 인터뷰가 진행되기 때문에 특별한 청취자는 기억이 난다. 부안의 A 씨는 공장 근로자이고 전주 삼천동의 B 씨는 서점을 운영하는 점잖은 목소리의 소유자다. 워낙 저음인데다 박학다식해서 인터뷰하는 동안 금방 기억할 수 있었다.

엊그제 정답을 맞춘 사람은 정읍의 C 씨였다. "어디 사는 누구세요?" MC의 질문에 마치 익숙한 사이처럼 "아, 네, 저 정읍의 C입니다"라고 말하는데 정말 반가웠다. 내가 기억하는 C 씨는 시각장애인이다. 이어지는 인터뷰.

"지금 하시는 일은?"
"아 네, 여기 저기 상담하는 일을…"
"주로 어떤 문제?"
"제가 시각 장애인이거든요. 몇 분 상담을 하다 보니까 상담이 계속 늘어서…"
"진심으로 대하는 것이 최고로 좋은 상담인 것 같아요"

그렇다, 잘 들어주고 진심으로 대하는 것만큼 좋은 상담이 없을 터이다. 오늘도 청취자에게 한 수 배웠다. 나와 직접적으로 통화한 적은 없지만 나는 벌써 C 씨가 좋아진다. 퀴즈 참여를 전화로 택한 것은 이런 분들을 위해 매우 적절한 선택이다. 비록 두 대의 전화가 청취자의 목소리와 연결하는 유일한 통로지만 이 통로를 통해 청취자와 우리 방송이 그분들과 세상을 소통하는데 도움이 되면 좋겠다. C 씨가 무슨 상품을 받으면 즐거워할까, 작은 상품이지만 이 선물 받고 그분이 잠시라도 즐거웠으면 하는 바람이다. 26년 전, '정답: 아람브라 궁전의 추억'의 엽서를 당첨자로 뽑아준 이남식 피디님도 같은 마음이었을 것이다.

밥값! 정말 잘해야 한다

점심을 마치고 돌아오는 길에 방송국 입구에서 서성이는 중년 여성과
마주쳤다. 어딜 찾아오셨는지 물어보니 방송국에 볼 일이 있단다. 사무
실로 들어가자고 했더니 먼저 올라가 있으라고 한다.

　　잠시 후 왜소한 몸집의 그녀가 거봉 한 박스, 귤 한 박스를 가지
고 계단을 걸어 3층까지 힘겹게 올라왔다. 거봉은 끝물이고 귤은 이제
막 출하하기 시작한 시점이라 둘 다 비싼 과일이다. 정성이 고맙기도 하
고 사연이 궁금하기도 하여 여쭤보니 "다른 이유는 없고 그냥 새벽에
명상 프로그램을 즐겨듣는 애청자인데 익산에 온 김에 방송국 직원들
드시라고 과일이나 사들고 왔다"는 것이다. 미술을 전공한 그녀는 우연
히 새벽에 명상 프로그램을 들으면서 마음의 평화를 얻게 되었고 창작

하는데도 영감을 받아 법어나 기도문을 소재로 왕성한 작품 활동을 펼치고 있다는 것이다.

　방송을 통해 스스로 목숨을 버리려던 사람이 한 줄기 선율의 음악과 한 마디의 멘트로 마음을 되돌려 새로운 생명을 이어나가는 사람도 간혹 있고 실의에 빠진 사람이 우연히 방송 채널을 돌렸다가 기적처럼 용기를 얻었다는 청취자의 사연도 종종 접하게 된다.

　중소도시에 있는 우리 방송사에는 순박하고 애틋한 정성을 쏟는 애청자가 많다. 집에서 단감을 수확했다며 검은 비닐봉투에 한 아름 담아 경비실에 놓고 가는 사람, 도시 근교에 있는 미륵사 다녀오는 길에 그곳의 특산물이라는 두부와 갓 버무린 김치, 게다가 막걸리까지 사들고 오는 애청자도 있다. 순박한 눈을 껌벅이며 '여여 드시라'고 손짓하는 그분들을 외면할 수 없어 한두 모금 마시다 보면 영낙없이 '음주방송'인 셈인데 그래도 그분이 손가락으로 집어 입에 넣어주는 김치 맛은 어디에 비할 수 없는 꿀맛이다.

가끔 식혜를 해서 나르는 분, 비 오는 날 출출한 시간 즈음 어김없이 김치전, 파전을 해서 나타나는 분, 개편 준비하느라고 애썼다며 뜨끈뜨끈한 찰밥을 솥단지 채 들고 오는 애청자도 있다.

아침을 거른 김에 허겁지겁 먹다가 문득 한 생각이 머리에 솟구쳤다. 이들은 왜 이렇게 방송국 직원들에게 맹목적인 사랑을 퍼붓는단 말인가, 나는 이들로부터 이처럼 거창한 대접을 받을 자격이 있나, 이들의 과분한 사랑을 감내할 자신이 있단 말인가, 주는 대로 덥석덥석 받아먹고 그 업을 어찌 다 감당할 것인가?

언젠가 책에서 이 글을 보고 어찌나 가슴이 뜨끔하던지 수첩에 적어 두었다.

천천히 씹어서 공손히 삼켜라.
봄에서 여름 지나 가을까지
그 여러 날을 비바람 땡볕으로 익어 온 쌀인데
그렇게 허겁지겁 먹어 버리면
어느 틈에 고마운 마음이 들겠느냐.
사람이 고마운 줄을 모르면
그게 사람이 아닌 거여.

－이현주, 〈밥 먹는 자식에게〉에서

　사람이 고마움을 모르면, 사람이 아니다. 미술학도 출신의 애청자가 놓고 간 귤 한 조각 벗겨먹다가 목이 메인다. 귤 한 조각, 밥 한 톨도 다 이유 있게, 가치 있게 먹어야 할 것이다. 귤 한 조각 거봉 한 알의 무게가 천근만근 무겁게 느껴진다. 방송을 어떻게 만드는지 그분들이 지켜보고 있다. 밥값! 정말 잘해야 한다.

더 느리게, 더 천천히, 그래도 괜찮아

공룡은 부화해서 처음 마주친 생물을 평생 어미로 알고 기억한다나? 그저 그런 하루하루 평범한 일상을 알이라고 가정할 경우, 여행은 부화의 계기를 부여한다. 여행지의 첫 인상은 처음 마주친 생물이 제 어미로 기억되는 공룡이나 날짐승의 그것처럼 평생을 좌우한다. 웬만해선 깨뜨릴 수 없는 고정관념 같은 것, 다소 위험하긴 하지만 그래서 더욱 강렬한 기억이 아닐런지.

　　스물대여섯 무렵, 내 생애 최초의 해외 여행지는 일본 도쿄였다. 평범한 네 명의 여성이 떠난 여행, 지하도 복잡한 미로에서 길을 잃고 우왕좌왕하던 때 열너덧 살 쯤 되어보이던 소녀는 가당찮은 일본어로 헤매고 있는 우리들에게 친절하게 길을 설명하다가 도저히 안 되겠는지 우리 일행을 이끌고 복잡한 지하도를 걸어서 안내하기 시작했다. 간혹 뒤를 돌아보며 잘 따라오고 있는지 살피는 배려심도 느껴졌다. 몇 군데 로터리를 지나서 높은 계단을 올라 큰 도로까지 안내한 다음 상큼한 미소를 날리며 다시 자기 길로 되돌아가던 그 소녀가 어찌나 인상적이던지 일본을 생각하면 얼굴도 기억할 수 없는 소녀의 이미지만 따뜻하게 남아있다. 나는 간혹 생각한다. 나는 누군가에게 이렇듯 강렬하고도 따뜻한 첫 인상의 기억으로 남아있을지.

뭐, 일부러 좋은 이미지를 조장할 필요는 없다. 다만 지금 그대로의 모습에서 맑은 기운을 송송 나눌 수 있으면 얼마나 좋을까. 그래서 사실은 여행을 떠날 때 너무 큰 기대도, 너무 사소한 염려도 하지 않으려고 한다. 그들의 일상에 덧대어 잠시 새로운 경험과 에너지만 얻으면 족할 따름, 이것이 내가 갖고 있는 여행의 기준이다.

몇 차례 중국 여행길에서 특별한 것을 바라지는 않았지만 중국 운남성 방문을 앞두고는 리장 고성麗江古城이 은근히 기대되었다. 세계문화유산으로 지정된 리장 고성, 사진으로 접한 홍등으로 물든 고성의 야경은 그야말로 환상 그 자체였다. 게다가 미야자키 하야오 감독의 〈센과 치히로의 행방불명〉이 리장 고성을 모델로 하였다는 말도 들었던 터라 이곳에 대한 기대가 적지 않았다. 리장 고성에 대한 홍보가 그만큼 잘 되었다는 뜻일 수도 있겠다.

1996년 현대 건축물이 산산히 부서져 내린 최악의 지진 속에서도 600여년 된 목조건물이 의연하게 재앙을 견뎌내었다는 것만으로도 경이로운 일, 이로 인해 〈리장 고성〉은 1997년 유네스코 세계문화유산으로 지정되기에 이른다. 오래 전부터 중국인이 가장 가고 싶은 관광지로 손꼽혀 온 리장 고성은 최근들어 세계적인 관광 명소로 급부상하고 있다.

이름값을 하느라고 리장 고성은 그야말로 인산인해, 발 디딜 틈 없는 빽빽한 사람의 숲을 이루고 있었다. 가이드는 몇 번 씩 길을 잃어버리지 말라고 당부했는데 사람들의 소음에 묻혀 이마저 전달되지 않았다. 훤한 대낮에도 비슷비슷한 상점과 골목길이 미로처럼 엉켜있어 살짝 강박감이 밀려오는데 자칫 일행이라도 놓치면 어쩌나 온갖 불안한 상상력이 머리를 헤집는다. 그래도 옥룡설산에서 흘러내린 깨끗한 물이 시가지를 따라 흘러내려 물길 따라 걷는 재미도 쏠쏠하고 아기자기 늘어선 노천 카페는 오히려 서구적인 느낌을 주었다. 그렇게 약간의 부산함과 고풍스런 분위기에 심취해 약간의 흥미를 가지고 리장 고성에 서서히 적응할 무렵 밤이 찾아왔다.

대낮과는 또 다른 분위기다. 주렁주렁 매달린 소시지 같은 홍등이 불을 밝히자 리장 고성은 불타는 성으로 변모한다. 그것도 나름 즐길만 했다. 사진 속의 그것처럼 고혹적이기도 했다. 밝은 대낮에 겨우 익혀두었던 길거리를 기억하며 더듬더듬 숙소로 돌아가는 길에(적어도 내 상식으로) 깜짝 놀랄 일을 목격했다. 리장 고성 번화가 도로에서부터 풍악소리가 쟁쟁하다. 가게마다 문을 열어두어서 훤히 들여다 볼 수 있었는데 DJ 복장도 제각각, 홀 서빙하는 사람 복장도 제각각, 음악도 다양했다. 하지만 한가지 공통적인 것은 사이키 조명까지 동원해서 노천 카페가 거대한 나이트클럽으로 변모한 것이다. 젊은이들이 '조명발' 받으며 소리 지르고 노래하고 뛰고 구르는 동안 세계문화유산으로 지정된 목조건물에서 나온 먼지가 조명 빛을 따라 굼실굼실 올라가고 있었는데 내게는 그것이 한숨으로 보였다. 이렇게 고즈넉하고 고풍스런 고성에서 게다가 세계문화유산으로 지정된 목조건물이 조악한 상술로 인해 나이트클럽으로 전락하고 말았다는 것이 안타깝기만 했다. 운남이 좋아 제2의 고향으로 정착한 전북 군산 출신 현지 가이드의 말에 의하면 불과 3~4년 만에 리장 고성이 이처럼 유흥지로 변했다고 한다. 유네스코에선 아무런 제제를 가하지 않을까? 깊은 내막은 알 수 없지만 정부에서도 일정 보상을 하고 철거를 시도했으나 원래 주인과 사업을 하고 있는 세입자 간의 조정이 안돼 어찌할 도리가 없다는 반응이다.

해발 고도 2800미터, 깊은 산골 리장 고성은 순박하고 수줍은 처녀였다가 자본주의 유입과 맞물려 관광객이 급증하면서 짙은 화장을 덮어 쓴 조악한 조형물로 전락하고 만 것이 아닐까. 어떤 사람들은 여행지에서 이 같은 풍경이 정체된 도시에 활력을 불어넣는 에너지 발산처럼 보일지 모르겠으나 내게 있어 리장 고성의 야경은 다소 실망스러움과 안타까움을 동반했다.

많은 사람들이 모이는 곳이니 술 마시고 노래하고 춤추는 클럽도 필요할 터, 하지만 세계문화유산으로 지정된 600년 목조건물을 유흥주점으로 방치한다는 게 문화유산에 대한 예의가 아닌 듯 하다.

우리는 눈앞의 이익과 산술적 숫자에 연연해서 정작 지켜야 할 것, 보존해야 할 것의 수명을 단축시키는 우를 범하곤 한다. 리장 고성의 몇몇 나이트 클럽은 이런 교훈을 다시 한 번 일깨워주는 것 같다. 찾아보면 나이트클럽보다 더 가치있는 콘텐츠가 있을 법한데 거기까지는 마음이 미치지 못하는 모양이다. 과거 '우리'가 그랬던 것 처럼.

전주 한옥마을이 문화체육관광부가 올해 처음으로 실시한 '2010 한국관광의 별'로 선정돼 전라북도에 경사가 났다. 한국관광의 별은 문화부, 한국관광공사, 한국관광협회중앙회, 한국여행작가협회 등 관광 관련 6개 기관이 전국에서 가장 우수한 관광시설, 관광상품, 숙박시설 등을 선정해 수여하는 상이어서 의미가 크다.

전주 한옥마을은 1차 예선 결과 5곳으로 압축된 안동하회마을, 순천만, 통영 케이블카, 남이섬 등과 치열한 경합을 벌인 끝에 최종심사에서 1위를 차지해 '한국 관광의 별'로 선정됐다. 우리 방송 전화 인터뷰에서 전주시 담당자는 "한국관광의 별 후보 시설 분야에서 한옥마을이, 관광안내소 분야에서 전주 경기전 안내소가 후보로 오른 것만 해도 상당히 고무적인 일"이라고 소회를 밝힌 바 있는데 급기야 전주한옥마을이 한국관광의 별로 우뚝 서게 된 것이다.

전주 한옥마을이 최고의 관광지로 선정된 배경은 우수한 전통문화시설, 전통문화체험 프로그램, 국내외 관광객 유치를 위한 관광홍보 마케팅, 우수한 경관, 장애인 편익시설, 맞춤형 해설 투어 프로그램 등에서 높은 평가를 받았기 때문이라고 한다.

700여 채의 한옥이 즐비하게 늘어선 전주 한옥마을은 실제 주민들이 생활을 하는 거주지로 지난해 280만 명의 관광객이 다녀갈 정도로 인기를 끌고 있다. 불과 10여년 전 관광객 숫자가 20만 명이던 것에 비하면 10여년 사이 경이적인 기록을 기록한 셈이다. 당시만 해도 전주

한옥마을이 한국을 대표하는 관광 키워드로 떠오를 줄 누가 알았겠는
가. 전주한옥마을을 브랜드로 성공시킨 수많은 사람들의 노력이 있었
음을 간과할 수 없는 대목이다.

송하진 전주 시장은 "한옥마을이 올해 처음 시상하는 한국 관광
의 별 원년 수상자로 선정돼 전주가 가장 한국적인 전통문화를 체험할
수 있는 대한민국 대표 도시로 자리매김할 수 있는 기반을 마련했다"고
수상 소감을 밝힌 바 있다.

전주시 조영호 관광홍보팀장은 수상식 직후 전북원음방송 인터
뷰에서 "기대에 부응하기 위한 새로운 전략이 필요하나 너무 조급하게
서두를 필요는 없다고 본다. 전주한옥마을과 한국의 미래를 위해 슬로
시티로 가는 것이 바람직하다"고 말하고 전주한옥마을의 슬로시티 가
입을 추진하고 있다고 소개했다. 이 말을 듣는 순간 리장 고성의 야경이
떠오르면서 '바로 이것!'이라는 확신이 들었다. 관광지가 아닌 여행지가
되기 위해 갖춰야 할 요소는 외형적 볼거리 즐길 거리가 아니었다. 내
면의 감동을 인류 보편적 가치로 승화시킬 수 있는 정신적 문화유산의
공감대였던 것이다. 전주 한옥마을에서 세계문화유산의 가치를 능가할
수 있는 감동을 누릴 수 있었으면 좋겠다. 조금 느리게, 좀 더 천천히,
그 속에서 진정한 가치를 발견할 수 있을 것이다. 전주한옥마을은 2010
년 국제슬로시티로 지정되었다.

음악으로 남은 동유럽 기행

여행은 '어디를 가느냐'보다 '누구와 가느냐'가 더욱 중요한 관건인 것 같다. 마음에 맞는 도반과 함께하면 어디를 가든 중요치 않기 때문이다. 반면 아무리 좋은 곳에 가더라도 일행과 마음이 맞지 않으면 그 기간 내내 불편한 행보를 하게 될 것이다. 다행히 내 주변엔 훌륭한 품성을 지닌 멤버들이 있어 목적지에 관계없이 편안한 여행을 계획할 수 있다.

방송 일을 하면서 몇 명 마음이 맞는 사람끼리 모임을 갖기 시작하다 만날 때마다 일정액 적립을 하게 되었고 그것이 종잣돈이 되어 일정상 다소 무리한 여행을 실행에 옮기게 하였다. 올해는 멤버들의 일정이 각각 달라 날짜를 중심으로 프로그램을 선택하여 동유럽으로 결정되었다.

각기 일터에서 중책을 맡은 사람들이라 열흘이 넘는 기간을 비울 수 있을까 걱정했는데 용케 몸은 빠져 나온듯 싶다. 출발하는 날 새벽까지 꼬박 날을 새운 터라 편두통이 무섭게 공격해온다. 누군가의 표현처럼 뒷통수 쪽에 무서운 짐승 하나가 숨어 있다가 날카로운 발톱으로 공격해오는 듯 공포스럽다. 이 상태로 여행을 마칠 수 있을까 걱정이 태산인데, 나 말고 선배들도 회사 걱정, 집 걱정, 남편 걱정, 자녀들 걱정에 복잡한 심사인듯하다.

그것도 잠시, 가족들에겐 미안하지만 '비행기 탑승'을 보고하고 휴대전화 전원을 끄는 순간부터 현실과는 잠시 동떨어져 나만의 세상으로 진입했다. 이륙하는 그 시점부터 한국의 모든 것은 잠시 잊는 것이 좋겠다. 게다가 지금은 출장이 아닌, 휴가이지 않은가.

해외로 출장간다고 하면 "그래도 여행가는거 아니냐"며 부러워하지만 출장과 휴가는 엄연히 다르다. 출장도 일의 연장인데다 자칫 실수하면 만회할 수 있는 기회조차 없기 때문에 더욱 긴장할 수밖에 없다. 하지만 휴가를 떠날 때는 사실 목적지나 일정도 모르고 가는 경우도 많다. 좀더 젊고 의욕이 앞섰을 때는 행선지마다 자료 조사하고 가이드 옆에 찰싹 붙어서 하나라도 놓치지 않고 기록하느라 에너지를 쏟았지만 어느 때 부터인가 마음을 턱 내려놓고 창밖을 보다가 전라도 말로 '자울자울' 졸다가 살풋 실눈 뜨고 나와 다른 나라에 사는 사람들의 사는 모양새를 무심히 바라보는 것으로 일정을 소일하고 있다.

대부분 유학생활을 하고 있는 현지 가이드는 동포들이 반가워서 자기가 아는 것을 하나라도 더 알려주려고 무지하게 애를 쓰지만 한두 번 가서는 특성을 구분하기란 쉽지 않다. 중국은 그 절이 그 절 같고, 일본은 그 성이 그 성 같고, 유럽은 이 성당이나 저 성당이 비슷하고, 이 광장이나 저 광장이 헷갈려서 사진으로 기록해둬도 여기가 어느 나라의 무슨 성당인지 유감스럽게도 기억나지 않는 경우가 허다하여 내 경우 인상적인 몇 곳을 기억하였다가 되짚어 상기하는 식으로 여행 후기를 정리하고 있다.

그래도 이번 여행은 다행히 나의 얕은 음악 상식으로도 충분히 이해되는 노선으로 일정이 짜여 방문했던 나라와 도시들이 음악으로 기억된다. 체코 프라하에서는 〈블타바〉로 불리는 몰다우를 카를교에서 내려다보며 스메타나의 교향시 나의 조국 가운데 〈몰다우〉의 도도한 선율이 떠올랐고, 폴란드의 소금광산에서는 쇼팽의 녹턴 제1번 〈이별의 노래〉가 촉촉이 가슴을 적셨다. 헝가리 부다페스트를 배경으로 한 영화 〈글루미 선데이〉에 중독된 사람들에게 유난히 인상적이었을 부다페스트에서는 당연하게 글루미 선데이 선율이 도시를 덮었다. 거리에서 글루미 선데이가 연주되고 있을 때 다뉴브강에서는 요한 스트라우스 2세의 〈Blue Danube Waltz〉가 화려한 밤을 수놓았다.

사운드 오브 뮤직의 배경도시인 오스트리아 잘츠부르크와 잘츠카머구트에서는 〈사운드 오브 뮤직〉의 주옥같은 노래들이 수시로 산과 들, 도심 골목 사이를 오가며 메아리쳤다. 음악의 도시 비엔나에서는 모차르트와 요한 스트라우스의 왈츠가 단연 대세였다. 비엔나에서 경제학을 전공하고 있는 현지 가이드의 재미있는 스토리텔링도 오스트리아의 이미지 제고에 도움이 되었다. 가이드가 전하기를 비엔나 사람들은 클래식을 무지 좋아해서 어느 택시를 타든 라디오가 클래식 채널에 고정이 되어 있단다.

잘 알려진 것처럼 비엔나에서는 새해를 맞이하기 위해 도심으로 모여드는데 뜨겁게 덥힌 와인을 마시고 밤새 클래식을 들으며 춤을 추다 자정을 기해 와인 잔을 깨뜨린 후 옆 사람과 포옹을 하거나 입을 맞추면서 새해를 맞이한다는 것이다. "옆에 멋진 남자가 있으면 그해는 대박나겠죠"라는 농담에 웃음을 터뜨렸는데 이어지는 설명이 더욱 흥미로웠다.

12월 31일 각 라디오 방송사에서는 사람들이 모이는 시청 광장에 부스를 설치하고 하루 종일 클래식을 틀어주는데 자정을 기해 일제히 요한 스트라우스 2세의 〈Blue Danube Waltz〉를 송출한다는 것이다. 〈Blue Danube Waltz〉가 흘러나올 때 시민들이 왈츠를 추며 새해를 맞이하는 기분, 참 특별할 것 같다. 게다가 이 방송 저 방송 할 것 없이 0시를 기해 라디오에서 일제히 〈Blue Danube Waltz〉가 흘러나온다니 너무 멋지지 않은가.

경제학자를 꿈꾸는 가이드의 말을 들으며 나는 이런 생각이 떠올랐다. 외국인 관광객이 한국에 와서 택시를 탔을 때 제일 먼저 듣는 노래는 무엇일까, 외국인이 한국을 방문했을 때 한국을 기억하는 노래나 소리는 무엇이 있을까, 그들은 어떤 음악으로 한국을 기억할까, 신년 0시에 모든 라디오 방송이 약속한 듯 한국을 대표할 수 있는 노래를 들려준다면 무슨 노래가 좋을까?

한국을 떠나올 때 괴롭히던 편두통은 사라졌지만 비엔나에서 이런 화두를 접한 순간 두통과는 살짝 질이 다른 묘한 흥분이 몰려왔다. 언젠가 타 방송사의 라디오 피디들과 얘기를 나누다가 전북을 소재로 한 프로그램을 공동 제작해서 같은 날 방송하면 어떻겠느냐는 제안을 했다가 실현 가능할지 여부를 몰라서 농담처럼 흘려보냈는데 사실 불가능한 일도 아닌 것 같다.

지난해 말, 국내 9개 방송사가 연합한 대한민국 라디오 공동프로젝트팀이 '대한민국 라디오 공동프로젝트 라디오는 나눔입니다'라는 프로그램을 제작해서 호평을 받은데 이어 제20회 한국 PD 대상 시상식에서 라디오부문 실험정신상을 받기도 했다. 물론 전국적으로 시행된 것은 아니지만 지역마다 공통의 현안 문제나 공감대를 이끌어 낼 수 있는 프로그램을 한 목소리로 제작한다는 것도 의미있는 일이 아니겠는가?

휴가 때 찍은 사진은 아직 인화조차 못했지만 이번 휴가를 정리하면서 마음에 두가지 성과가 있었던 듯 싶다. 여전히 장엄하고도 감미로운 음악들이 가슴속에 메아리치고 있고, 오스트리아 비엔나에서 신년 0시를 기해 울려 퍼지는 〈Blue Danube Waltz〉처럼 우리도 라디오를 통해 무언가 한 목소리를 낼 수 있었으면 좋겠다는 바람이 그것이다. 이것이 여행에서 얻어진 참 에너지이다.

영어보다 더 필요한 건 모국어를 살리는 것

고향을 다녀오며 '혼불문학관'에 들렀다. 전라북도 남원시 사매면 노봉리. 대하소설《혼불》의 무대가 된 '혼불문학관'에도 봄기운이 서렸다. 얼음 덮힌 계곡 아래 물소리는 청아했고 대지는 조금씩 몽실몽실한 속살을 열어 보이는 참이었다.

여러 차례 찾은 〈혼불문학관〉이지만 올 때마다 계절 잔치가 새롭고, 뭐랄까 성지를 찾은 경건함처럼 사뭇 긴장된다. 최명희 작가의 혼이 서린 전시실에 들어서려면 옷매무새도 고치고 심호흡을 하는 등 마음의 준비를 단단히 해야 한다. 처음, 아무 준비없이 전시실을 들어섰다가 그만, '헉!'하고 가슴이 멎을 뻔한 충격을 받았다. 작가의 애장품과 더불어 혼불의 집필과정, 각종 문학사적 자료 등이 전시된 그곳에서 이런 글을 발견했기 때문이다.

"웬일인지 나는 원고를 쓸 때면, 손가락으로 바위를 뚫어 글씨를 새기는 것만 같은 생각이 든다. 그것은 얼마나 어리석고도 간절한 일이랴. 날렵한 끌이나 기능 좋은 쇠붙이를 가지지 못한 나는, 그저 온 마음을 사무치게 갈아서 손끝에 모으고, 생애를 기울여 한 마디 한 마디, 파나가는 것이다."

작가가 평생을 바쳐 집필한 《혼불》은 20세기 말 한국문학의 큰획을 그은 문학사에 길이 남는 명작이다. 박제되어가는 민속 문화를 생생하게 복원, 재현했다는 평과 함께 우리말의 아름다움과 운율을 살려 모국어의 감미로움과 미려함, 풍성함을 돋보이게 했다는 찬사를 받아온 작품을 남긴 저자는, 정작 원고를 쓸 때 "온마음을 사무치게 갈아서 손가락으로 바위를 뚫어 글씨는 새기는 것만 같다"고 고백하고 있으니, 문단의 말석에서나마 글 쓰는 일을 소망했던 나에게 얼마나 숨막히는 일갈이던가! 게다가 국어사전을 시집처럼 읽었다는 작가의 고뇌 어린 하소연은 다음과 같이 계속된다.

"그리하여 세월이 가고 시대가 바뀌어도 풍화마모되지 않는 모국어 몇 모금을 그 자리에 고이게 할 수만 있다면 그리고 만일 그것이 어느 날인가 새암을 이룰 수만 있다면, 새암은 흘러서 냇물이 되고, 냇물은 강물을 이루며, 강물은 또 넘쳐서 바다에 이르기도 하련만, 그 물길이 도는 굽이마다 고을마다 깊이 쓸어안고 함께 울어 흐르는 목숨의 혼불들이, 그 바다에서는 드디어 위로와 해원의 눈물나는 꽃빛으로 피어나기도 하련마는, 나의 꿈은 그 모국어의 바다에 있다.

어쩌면 장승은 제 온몸을 붓대로 세우고, 생애를 다하여, 땅속으로 땅속으로, 한 모금 새암을 파고 있는 것인지도 모른다. 그리운 마을, 그 먼 바다에 이르기까지……."

고백하자면, 나는 그 글 앞에서 숨죽였다. 가슴으로 컥컥 울었다. 한 작가의 사투 어린 모국어와의 열애 앞에서 거죽만 말쟁이, 글쟁이로 허투루 살아온 나의 전력이 부끄럽고 초라하여 속죄하는 마음으로 오래오래 속죄했다. 고해성사를 마치고 나니 그분이 내 마음을 부드럽게 다독이며 알았으니 됐다고, 이제 네 죄를 사함받고 큰 세상에 나아가 '세월이 가고 시대가 바뀌어도 풍화 마모되지 않는 모국어 몇 모금'이라도 건져올리라고 격려해주는 것 같았다.

새 정부가 들어서면서 갑자기 영어교육의 광풍이 거세졌다. 빈부격차에 따라 영어 교육의 실태도 명암이 극명해졌다. 영어 잘하는 사람은 각종 혜택과 더불어 출세가 보장되고, 영어 못하는 사람은 대한민국 보통 국민 축에 들기도 어려워졌다. 가까운 친구와 지인들의 자녀들도 벌써 여럿 영어 유학을 떠났지만 우리 형편에 영어 유학은 엄두도 나지 않을뿐더러 각종 사교육에 대처할 엄두가 나지 않아 허탈해 하고 있는 실정이다. 영어 권하는 사회가 무지하게 불안하고 슬픈 심사를 어찌 표현할 수 있을까. 영어 권하는 사회와, 영어를 강권하는 위정자와, 그 사이에서 좌절과 절망에 빠져있을 보통의 부모와 그 자녀들에게 나는 혼불을 읽어보라고 권하고 싶다.

남원에 '혼불마을'이 있다면 최명희 작가가 태어난 전주 한옥마을에는 '최명희문학관'이 있다. 거기에서도 똑같이 작가의 혼을 만날 수 있는데 최명희 님은 생전의 육성으로 너무나 생생하게 말한다.

"언어는 정신의 지문이고 모국어는 모국의 혼이기 때문에 저는 제가 오랜 세월 써오고 있는 소설 혼불에다가 시대의 물살에 떠내려가는 쭉정이가 아니라 진정한 불빛 같은 알맹이를 담고 있는 말의 씨를 심고 싶었습니다. 그래서 사실 이 혼불을 통해서 단순한 흥미의 이야기가 아니라 정말 수천년 동안 우리의 삶속에 면면히 이어져 내려온 우리 조상의 순결과 삶의 모습과 언어와 기쁨과 슬픔을 발효시켜서 진정한 우리의 얼이, 넋이 무늬로 피어나는 그런 글을 쓰고 싶었습니다. 그리고 훼손되지 않은 순결한 우리의 모국어를 살려보고 싶었습니다. 그래서 저의 언어가 사실 모든 것이 이렇게 바뀌고 또 새로워지고 있는 이 시대에 변하지 않는 고향의 불빛 같은 징검다리 하나가 되서 제가 알고 있는 언어들을 한 소쿠리 건져내서 제 모국에, 제가 살다가는 모국에 바치고 싶습니다."

－1998년 6월1일 제5회 호암상 수상 소감 중

모국어로 방송하는 일에 참여하면서 얼마나 더 아름다운 정신을 살리려 노력하는지 가끔 되돌아보게 된다. 모국어로 글을 쓰는 작가를 존경하고, 그 모국어 몇 줄에 감동하면서 어느 날 문득, 이런 모국어조차 보지 못하고 듣지 못하는 장애인들에게 매우 미안한 느낌이 들었다. 시각, 청각 장애인들을 위해 모국어의 아름다움을 함께 나눌 수 있는 일도 필요하다. 라디오에서 좀더 적극적으로 할 수 있는 일이 있을 것이다. 훼손되지 않는 순결한 모국어부터 살리고 보는 일, 이 시대 가장 시급한 일이 아닐까. 마음이 조급해진다.

연탄 한 장

추위를 잘 타는 나는 겨울이 두렵다. 추운 겨울이 지나면 따뜻한 봄이 오고 봄 지나 더운 여름 찾아오고, 여름의 열기가 식혀질 무렵 청명한 가을이 돌아오는 사계절 자연의 순리를 이해하지 못하는 것은 아니나 그래도 겨울의 시린 기억이 많은 탓인지 그 문턱에 발을 들여놓기가 다소 머뭇거려진다.

학창시절 늦가을 제일 먼저 장갑을 끼고 나왔다가 4월 초까지 장갑을 지니고 다닌 사람이 바로 나였다. 11월 들어 기온이 몇 차례 오르락내리락 하더니 어느 날 출근길 엘리베이터를 타고 내려왔다가 찬바람이 쌩~ 스치고 지나기에 화들짝 놀랐다. 자동차 안도 써늘한 냉기가 흐른다. 시동을 켜는 순간 자동차처럼 내 몸도 부르르 떨린다. 자동차 전용도로에 접어들어 가을걷이를 마친 너른 들판을 바라보며 출근길을 재촉하는데 2차선 옆으로 연탄을 가득 실은 트럭 하나가 지나간다. 연탄이라… 저 연탄이 어디에서 와서 어디로 가는 걸까. 사뭇 궁금하다.

그러고 보니 참으로 오랜만에 보는 연탄이구나. 첫 직장 생활을 할 때 살던 아파트에서 연탄 보일러에서 기름 보일러로 바꾸고 난 후 연탄과 담을 쌓은 지가 20여 년이 넘는다. 안도현 시인의 시, 〈연탄 한 장〉을 찾아 읽었다.

또 다른 말도 많고 많지만
삶이란
나 아닌 그 누구에게
기꺼이 연탄 한 장 되는 것

방구들 선득선득해지는 날부터 이듬해 봄까지
조선 팔도 거리에서 제일 아름다운 것은
연탄 차가 부릉부릉
힘쓰며 언덕길 오르는 거라네

해야 할 일이 무엇인가를 알고 있다는 듯이
연탄은 일단 제 몸에 불이 옮겨 붙었다 하면
하염없이 뜨거워지는 것
매일 따스한 밥과 국물 퍼먹으면서도 몰랐네

온몸으로 사랑하고 나면
한 덩이 재로 쓸쓸하게 남는 게 두려워
여태껏 나는 그 누구에게 연탄 한 장도 되지 못하였네

생각하면
삶이란
나를 산산이 으깨는 일

눈 내려 세상에 미끄러운 어느 이른 아침에
나 아닌 그 누가 마음 놓고 걸어갈
그 길을 만들 줄도 몰랐었네, 나는.

서정주 시인은 자화상에서 "스물세 해 동안 나를 키운 건 8할이
바람이다"라고 했는데 되짚어 생각하니 스무해 동안 나를 키운 건 8할
이 연탄이었을지도 모른다.

나는 연탄공장에서 태어나고 연탄공장에서 자랐다. '우리 집'이
연탄공장이었던 것이다. 정확하게 말하면 '이모부의 연탄공장'이었다.
이모부는 읍내에서 연탄공장과 국수공장, 벽돌공장 같은 것을 갖고 있
던 부호(?)였는데 국수공장에서 이모부가 살고, 연탄공장에서는 우리가
살면서 관리, 운영했던 것이다.

긴 골목길을 끼고 신작로와 가까운 쪽에 살림집이 있었고 골목
안쪽으로 산더미같은 석탄가루가 쌓여있는 연탄공장이 있었다. 집을

둘러싼 전체가 석탄가루로 휘날리는 곳이어서 하루에 두 번씩 청소를 해도 시커먼 먼지가 사라지지 않았고 새 옷을 입고 나서다 돌부리에 걸려 넘어져 낭패를 본 적이 한두 번이 아니었다. 그럼에도 불구하고 공장을 기웃거리는 것은 즐거운 일이었다. 거친 석탄가루가 잘게 으깨져 반죽이 되고 일정한 규격의 연탄으로 찍혀져 나오는 것은 참으로 신기했다. 연탄을 공장 구석에 쌓아두면 리어카가 와서 필요한 만큼 실어 시내 곳곳으로 배달을 했다.

공장 살림살이를 관리 감독하는 것은 할아버지의 역할이었는데 한 리어카에 제대로 실리는지, 배달될 연탄 가운데 깨진 연탄은 없는지 품질 관리까지 신경을 쓰신 것 같다. 보통 한 리어커에 2백여 장에서 3백여 장까지 실을 수 있었지만 살림살이가 곤궁한 70년대에는 한꺼번에 백여 장을 주문하는 것도 부자집에서나 가능한 일이었다.

가까운 곳에서는 직접 공장으로 찾아와 연탄을 두 장, 네 장 사가기도 했는데 비닐 봉투도 없던 시절이라 새끼줄로 아래 연탄 가운데 구멍을 매듭으로 묶고 그 위에 연탄 하나를 얹어 두 장을 나르는 방식이었다. 가끔 어린이의 손에 들려 나간 연탄은 골목을 벗어나기도 전에 깨지는 불운을 겪기도 했다. 그때마다 할아버지는 눈물을 글썽이며 난감해하는 어린이를 일으켜 세워 깨진 연탄을 수거하고 새 연탄으로 꼼꼼히 묶어주시기도 했다.

내가 대학에 진학할 무렵 이모부는 국수공장, 벽돌공장, 연탄공장을 차례로 처분하셨는데 그 즈음 우리 가족은 각자 독립해서 자신의 삶을 살고 있었고 '공장장'의 역할을 충실히 해온 할아버지도 연로하셔서 연탄공장을 맡을 기력도 없으실 터였다.

공장에 밤 늦게까지 불이 켜있고 전화통에 불이 날 정도로 주문이 쇄도하고, 리어커의 바퀴가 휠 만큼 배달이 늘어난 만큼 추위는 혹독했을지라도 우리 연탄공장에서 일하던 임씨, 윤씨, 김씨 아저씨가 열심히 나른 연탄 덕분에 읍내 사람들이 겨울을 따뜻하게 보냈을 거라고 믿는다.

연탄을 때지 않고도 창고에 쌓인 연탄을 흐뭇하게 바라보며 "아따! 부자된 것 같다"시던 어머니의 재산, 밤잠 설쳐가며 연탄불 꺼지지 않도록 아궁이를 지키던 어머니의 정성, 연탄불에 자글자글 된장 끓이고 갈치 구워 밥상 챙겨 주시던 어머니의 솜씨, 아랫목에 허리 지지며 "아이구 시원하다"시던 어머니의 병원, 연탄 한 장의 공로를 오랫동안 잊고 살았다.

한반도에 따뜻함을 전달할 연탄 트럭이여, 안도현 시인의 시처럼 '부릉 부릉 힘차게 달려' 기름 보일러 대신 연탄으로 추위를 녹일 이웃들에게 따뜻한 이불이, 따뜻한 국물이, 따뜻한 희망이 되어주시라. 온기 올라오는 방구들에 둘러앉아 다리 모으고 도란도란 사랑의 이야기꽃 피워주게 하시라.

연탄 한 장의 온기와 더불어 "저 푸른 초원 위에 그림 같은 집을 짓고 사랑하는 우리 님과 한 백 년 살고 싶다"는 생각을 한다면 올 겨울, 삭풍도 춥지만은 않을 것 같다.

익산에서 만들어진 국민가요 '고향 역'

60여 년 전, 한 소년이 있었다. 전북 순창이 고향이던 이 소년은 넓은 곳에서 공부하라는 형의 권유로 부모를 떠나 명문 남성중학교에 입학한다. 경찰공무원이던 형은 근무지가 자주 교체되었고 그때마다 막내 동생도 짐을 꾸렸다. 중학교 2학년이었던 까까머리 소년은 큰 형 집에서 20리 길을 걸어 황등역에서 기차를 타고 익산 남성중학교에 다녔다. 산 봉우리 두 개를 넘어 꼬박 두 시간 걸어야 하는 거리였다.

　　조카를 출산한 형수를 대신해 새벽 5시에 아궁이 불을 지피던 소년은, 결국 불을 피우지 못했다. 장작불이 자작자작 타오르려면 불쏘시개가 바싹 말라있어야 하는데 잘 건조되지 않은 장작은 연기만 매캐했다. 눈물 콧물 흘린 채 배고픔까지 겹친 소년은 결국 아침밥 짓기를 포기하고 등교 준비를 서두른다. 아침밥이 없다는 것은 도시락도 쌀 수 없다는 뜻, 가방을 옆구리에 끼고 20리 산길을 달려 황등역에 도착했을 때, 기차는 기적소리를 울리며 출발하고 있었다. 소년은 젖 먹던 힘까지 다해 기차에 겨우 몸을 싣는다. 긴장이 풀리면서 극심한 배고픔에 서러움이 밀려오는데 기찻길 옆 코스모스는 무심히 살랑거리고 있다. 주린 배에서 꼬르륵 소리가 기적소리처럼 요란하다. 코스모스를 보니 고향집 어머니가 생각난다. 어머니…….

가수가 되고 싶었던 소년은 작곡가가 되었다. 그리고 중학교 시절을 떠올리며 노래를 만들었다. 인기 절정의 나훈아가 불러 히트했다. 이 노래가 우리나라 최고의 국민가요 '고향 역'이다. 어린 나이에 타향살이의 모진 맛을 알았던 소년은 바로 임종수. 그는 고향 역을 통해 국민들에게 고향의 감성을 자극한다. 2012년은 이 노래가 발표된 지 40년이 되는 해였다. 나훈아의 고향 역은 지금도 익산역에 울려 퍼진다. 그리고 같은 해, 익산역이 100살이 되었다. 익산역은 정거장이라는 단순한 의미를 넘어 지역의 눈물과 역사를 담은 특별한 공간이다. 일제 시대 수탈의 현장이자 근대화에 접어들어 전라선과 호남선의 길목으로 수많은 이별과 희망의 통로이기도 했다. 1977년 익산역 폭발사고로 익산은 큰 상처를 입게 된다.

인구 30만의 전북 익산시는 다양한 문화 콘텐츠가 있음에도 불구하고 그동안 뚜렷한 문화적 구심점이 없어 응집력이 약하다는 것이 아쉬움으로 남아 있었다. 그나마 최근 들어 익산의 문화부흥 운동과 더불어 지역 사랑의 목소리가 커지고 있어 다행이다. 나는 오래 전부터 익산의 이야기를 방송에 담아내고 싶었다.

국민가요 임종수 작사 작곡 '나훈아의 고향 역'이 익산역을 배경으로 한 노래라는 점, 통근열차, 완행열차, 기차여행 등 기차가 주는 정서적 공감대, 황진이가 유일하게 사랑했다는 미륵산 자락의 선비 소세양과의 러브스토리는 이선희의 노래 '알고 싶어요'로 가요계를 풍미한다. 민주화운동의 대표곡 아침이슬의 작가 김민기 역시 익산 출신이다. 이런 소재는 익산이라는 지역을 기차와 노래로 스토리텔링할 수 있는 다양성을 부여한다. 라디오가 감성에 소구하는 도구라는 점은 노래로 지역 이미지를 부각시킬 수 있는 장점이 될 것이다.

그렇게 해서 만들어진 라디오 다큐멘터리 〈익산역 백년, 새로운 희망을 위하여〉는 익산역 개통 100년의 역사를 돌아보며, 인고의 세월을 반추함과 동시에 추억을 원동력 삼아 미래 100년의 희망을 담은 프로그램으로 전파를 탔다. 완행열차의 추억에서부터 강퍅한 도시생활 속 애절한 그리움과 희망이 되어주었던 가요 '고향 역', 그 탄생의 비밀과 임종수 작곡가가 전하는 힘찬 희망의 메시지, 그리고 KTX 시대 통일을 준비하는 익산역의 포부, 기차 타고 고향에 가고 싶다는 조선족 출신 결혼 이주 여성의 간절한 바람까지……. 익산역은 역사의 창고이자 평범한 시민들의 삶의 여정이며, 희망을 안고 달리는 미래지향성이다.

노래와 함께 편안하게 듣는 다큐멘터리로 엮은 〈익산역 백년, 새로운 희망을 위하여〉는 제12회 전북PD상을 수상했다. 지역방송의 해야할 일, 지역방송이 할 수 있는 일을 실천하겠다는 작은 다짐을 평가받아 의미가 있다. 무엇보다 "우리 지역에 이렇게 풍성한 이야깃거리가 있다는 걸 몰랐다. 새로운 애정이 생긴다"는 반응을 확인할 때 더욱 큰 보람을 느꼈다. 가요 고향 역이 있었기에 가능한 작업이었다.

지금도 임종수 작곡가의 "고통은 축복의 통로"라는 신념 어린 목소리가 귀에 쟁쟁하게 울린다. 부모님 곁을 떠나 외로움을 알지 못했더라면, 장작불을 지피지 못해 배고픔을 경험하지 못했더라면, 산굽이를 두 개나 넘어 기차통학을 하지 않았더라면, 기찻길 옆에 코스모스가 피어있지 않았더라면, 우리는 '고향 역'을 만날 수 없었을 것이다. 고향 역은 임종수의 고향 역이 아니라, 대한민국 국민 모두의 고향의 노래이기 때문이다.

그리움, 향기로운…온에어

물든다는 것은 마음이 마음을 만나는 거야.
마음이 마음을 만나 따뜻해지는 거지

― 안도현 〈연어 이야기〉 중에서

방송사의 문턱

세밑 어느 오후, 어떤 남자분이 쭈뼛거리며 사무실 문을 조심스럽게 열고 들어왔다. 구석진 곳에 있는 나를 발견하지 못한 그분은 제일 눈에 띄는 자리에 앉은 직원에게 다가가 어렵게 말을 붙인다.

"저~"

"네, 무슨 일이세요?"

"애청자인데요, 원음방송 수첩 좀 얻으려고 하는데요~"

"수첩이 없는데요……."

12월 초부터 배포되기 시작한 수첩은 12월 중순, 이미 발송이 마무리된 상태였다. 우리 방송사의 수첩은 사이즈가 A4 절반 정도의 크기로 제작되어 출장이 잦은 공무원이나 자영업자에게 인기였다. 멀리 정읍에서 왔다며 몇 번을 사정하는데, 직원 입장에서 없는 수첩이 어디서 자동판매기처럼 튀어나올 리도 만무하다. 아무 연고도 없이 오직 수첩 하나 얻으려고 방송국 문을 어렵게 밀고 들어선 그 분이 얼마나 민망하고 난감할지, 사무실 건너편에서 그 상황을 지켜본 내가 무렴할 지경이다. 책상 한 켠을 살펴보니 마침 내 몫의 수첩이 딱 1권 남아있다. 사무실을 막 나가려는 그 분을 불러 세웠다.

"멀리서 오셨는데, 수첩이 여유가 없어 죄송합니다. 제 거라도 드릴게요."

명함과 더불어 수첩을 공손하게 전해드렸다. 의외의 상황에 그 분의 얼굴이 활짝 펴진다. 수첩을 얻어서가 아니라 구겨져 손상된 마음이 복구되는 것 같다.

잠시 후 그 분으로부터 "수첩을 어렵게 구해주신 거 잘 아는데, 한국과 중국을 오가며 사업하는 형님이 이런 수첩이 꼭 필요하다고 하신다. 1권만 더 구해주실 수 있겠느냐"며 전화가 왔다. 이 전화 또한 얼마나 어렵게 했는지 나는 잘 안다. 다른 직원들한테 수소문해서 1권을 더 구해 우편으로 보내드렸다. 며칠 뒤 그 분으로부터 문자가 왔다.

"정읍…입니다…수첩…주셔서 감사드립니다… 한해 끝맺음 잘 하시고 좋은 일만…"

유난히 말 줄임표가 많은 그분의 문자에서 얼마나 고마워하는지 느낄 수 있었다. 기분이 좋았다. 그 분의 자존심을 지켜드릴 수 있어서.

올해 내 몫으로 배포된 수첩을 보니 지난해 그 '애청자'가 생각났다. 혹시 몰라서 1권을 남겨두었더니 어느 날 문자가 왔다.

"김사은…PD님, 안녕하세요… 작년에 주신 수첩…너무 감사하게 잘 썼는데 이번에 가능할지요"

"네~ 정읍에 계신 분이죠? 기억하고 있습니다. 수첩 남겨뒀는데 어떻게 전해드릴까요?"

답 문자를 보냈더니 올해도 역시나 중국에서 사업하는 형님 몫까지 2권을 부탁한다. 그러겠다고 약속하고 며칠이 지났다. 군산항에서 물건을 선적하고 방송국에 들르겠다고 연락이 왔다. 이번에는 '형님'도 함께 모시고 가겠다고. 회의가 늦어져 약속시각보다 무려 삼십분이나 늦게 사무실에 왔더니, 지난해 쭈뼛거리며 불편해하던 모습과는 달리 '편안하고 당당하게' 앉아서 기다리고 계신다. 1년 만에 만나 반가웠고 내 집처럼 편안하게 앉아 기다려주셔서 고마웠다. 중국 석도에서 호텔을 경영한다는 '형님'이 우리 프로그램에 호텔 숙박권을 협찬하시겠단다. '호텔 숙박권만 갖고는 안되니까 군산에서 석도까지 왕복 선박이

용권도 알아보겠다'고 자진해서 말씀하신다. 요즘같이 경기가 어려운 때, 큰 기대는 안 하지만 뭔가 보탬을 주려고 애쓰는 마음이 고맙다. 오직 수첩 하나 구해드린 인연으로……

　　시내버스 운전기사인 애청자 A 씨와 B 씨는 고향 선후배 사이로 띠동갑이지만 형제처럼 지낸다. 문자로 하루 일과를 꼬박꼬박 보고(?)하는 그 분들과 함께 하다보니 일상사가 눈에 들어온다. 지난 가을 A 씨가 역시 문자로, 휴무일에 아내와 함께 손자를 돌보며 곶감을 만들고 있다며 곶감이 잘 만들어지면 방송국에 들르겠다고 했다. 의례적인 말이겠거니 했는데 며칠 전, 방송 중에 두 분의 남자가 스튜디오 밖에 계셨다. 바로 그 A 씨와 B 씨였다. 잘 익은 곶감을 한 소쿠리 싸가지고 오셨다. 이틀 전 두 분이 함께 방송국에 방문하기로 했는데 B 씨가 약속을 펑크 내, A 씨가 손자와 함께 방송국 주변을 두어 번 서성이다가 결국 방송국에 들르지 못하고 되돌아갔단다. 그냥 방송국에 들어오지 그러셨냐고 말하니까 A 씨가 순박하게 웃으며 답한다.

　　"아이구~ 함부로 올 수 있는 데가 아니잖여요."

　　곶감을 좋아하는 아내를 위해, 삼백여 개의 감을 깎으며 처마 밑에 매달아두고 벌레, 파리 들어갈까 모기장으로 겹겹이 보호 장막을 두른 채 곶감을 만들었던 A 씨 내외의 아름다운 모습이 눈에 떠오른다. 우체부 아저씨, 택배 직원, 야쿠르트 아줌마, 동네 사람들이 오다 가다 "아따~ 그 곶감 참말로 맛있겠네요 잉~" 입맛을 다시면 "맛있게 생긴 놈으로 따 잡숴요~"라고 말하는 내외의 모습도 선하다. 그 중에 크고 모양새 좋은 것을 골라 정성스럽게 소쿠리에 담아준 A 씨 아내의 모습도 그림처럼 아름답다. 그렇게 푸른 소쿠리에 담은 곶감을 용기가 없어 '방송국 문턱'을 넘지 못하고 주변만 두어 번 뱅뱅 돌다가 되돌아간 A 씨의 순박한 뒷모습도 눈에 그려진다.

다행히 B 씨가 약속을 지켜 두 분이 방송국을 방문함으로써 A 씨의 아쉬움은 해소되었으리라. 작은 규모이지만 방송국 견학도 하고 직접 녹음도 했다. 방송국 직원들이 가는 원불교 중앙총부 식당에서 함께 점심을 하고 헤어졌다. 문턱을 넘어 가져온 곶감이 너무나 달고 맛있었다.

남의 사무실 문을 쑥 열고 들어가기란 쉽지 않은 일이지만 방송국 문턱 넘기는 더욱 더 힘든 것 같다. 나에게도 넘기 어려운 문턱이 있다. 여전히 권위적인 중앙의 문턱, 지역 차별과 성 편견의 문턱, 역사가 일천한 지역 종교방송의 피디로서 넘어야 할 문턱은 끝이 없다. 애초부터 문턱을 만들지 않고 누구나 쉽게 드나들 수 있도록 만들어지면 좋을 텐데, 높이만 다를 뿐 어느 곳이나 문턱은 있다. 어느 문턱은 자력으로, 어느 문턱은 저편의 도움을 받아 비교적 쉽게 넘을 수 있다. 나의 손을 잡아 문턱을 넘게 도와준 분들께 진심으로 감사드린다. 그 덕에 '소통'이 쉽게 된다. 넘지 못한 문턱은 좀 더 용기를 내어 도전해 봐야겠지.

오늘도 우리 방송사 주변을 맴도는 사람은 없는지, 사무실 문을 열까 말까 망설이는 사람은 없는지, 누군가 문을 두드리고 있을지 몰라 귀를 쫑긋 세워본다.

외로워서 그래

후배 S가 나타났다. 그는 10여 년 전 의료기 사업에 손댔다가 IMF와 함께 사업에 심한 타격을 입어 고향을 떠날 수밖에 없었다. 들리는 말에 의하면 사업 자금이 꼬이면서 처가 돈을 상당히 끌어썼다고도 하고, 그런 이유로 부부 사이가 서먹하다고도 하고, 가까운 친구와 동창들에게도 많은 부담을 지웠다고 했다. 우리 부부 역시 아주 적은 돈이지만 빌려주고 받은 기억은 없다. 사람이 속이는 게 아니라, 돈이 사람을 속이는 게 맞다. 적어도 S의 인품을 볼 때 빌려 쓰고 갚지 않을 위인이 못 된다는 것을 누구보다 잘 알고 있으니까. 흔히 하는 말로 "운대가 없어서" 이건, "수완이 부족해서"이건 S의 사업 실패는 그의 삶에 깊은 상처를 남겼고, 그 후로 그는 도시에서 사라졌다. 풍문에 의하면 강원도 어느 산골에서 재기의 몸부림을 치고 있다는 것이었다. 그런 그가 나타났을 때 우리는 진심으로 그를 따뜻하게 맞이했다. 인생의 가장 소중한 30대를 좌절감과 죄책감, 실의로 지냈을 그를 생각하니 가슴이 아팠다. 우리 집 현관에 들어선 그는 심호흡을 크게 하더니, 가족들을 한사람씩 아주 뜨겁게 껴안는 것이었다. 그리고 머리에서부터 킁킁거리며 냄새를 맡기 시작했다. 남편이 당황해하자 그는 이렇게 말했다.

"가만히 좀 있어봐. 사람냄새가 그리워서 그래"

그랬구나. 그는 외로웠던 것이다. 무엇보다 사람이 그리웠을 것이다. 골방에 누워서 사람을 떠올리면 형상이 흐릿해지고 기억이 나지 않더라는 것이다. 그래서 사람을 만나면 냄새부터 맡는다고 했다. 냄새로도 사람을 기억할 수 있겠구나. 나는 고개를 끄덕였다.

엊그제 친정 어머니와 같은 아파트에 사는 4층 할머니를 모시고 한 여성단체에서 주최하는 행사장에 다녀왔다. 노인들의 일상이란 게 바쁜 듯 하면서도 무료하고, 무료한 듯 하면서도 바쁘다. 매일 반복되는 일상에서 은근히 새로운 것에 목말라한다. 행사장에 가서 박수 치는 일이 고작이어도 사람이 모이는 곳에 간다는 기대감으로 두 분은 즐거워하셨다. 차를 얻어 타고 가는 게 미안해서인지 4층 할머니가 "모녀지간에 참 다정하게도 지낸다"고 덕담을 하셨다. 어머니는 "우린 옛날부터 친구같이 지내자고 했어요"라고 대답을 하셨는데, 속 좁은 딸이 그 말을 지나치지 못하고 "근데, 친구가 요즘 잘 삐져요"라고 딴지를 걸었다. 아닌 게 아니라 요즘 어머니는 이런 저런 구실로 바쁜 내 일상을 간섭하는 중이었다. 사람을 만나면 누구를 만나느냐 물었고, 누구를 만났다면, 무슨 얘기를 했냐고 물었다. 음식은 무엇을 먹었으며 가격은 얼마이며, 돈은 누가 냈는지도 궁금해 하셨다. 집에 싸들고 간 물건을 보고 저건 뭐냐고 궁금해했고, 전해줄 물건이라고 하면 누구한테 줄 거냐고 꼬치꼬치 캐물었다. 귀찮아서 적당히 대답을 하거나 대답에 성의가 없으면 "인자 너 혼자 살만하다고 나를 무시하느냐"고 논지와 무관한 말을 들이대며 속을 긁었다. 어머니의 지나친 간섭이 바쁜 연말의 발목을 붙잡는 것 같아 적잖이 마음 쓰이던 차에 친구 같은 엄마가 잘 삐진다고 할머니께 일러바친 참이었는데, 어머니는 미소를 살짝 지으며 이렇게 말씀하시는 것이었다.

"친구가아~ 외로워서 그래애~"

그랬구나. 하기야 정호승 시인도 〈수선화에게〉라는 시에서 외로우니까 사람이라고 했다. 가끔은 하느님도 외로워서 눈물을 흘리신다고 했다. 종소리도 외로워서 울려 퍼진다고 했다. 나의 외로움은 못 견뎌 하면서, 바쁘다고 어머니의 외로움을 모른 체 하다니……. 어머니께 미안하고 죄송한 생각이 들었다.

외로운 사람이 어디 한둘이랴. 펭귄은 추위를 이기는 방법으로 다닥다닥 붙어서 서로의 체온을 유지한다고 한다. 옛날에는 이불 한 장 펼치고 옹기종기 모여 앉아 한겨울을 나기도 했었지 않은가. 이제 펭귄처럼 모여들 때이다. 기왕이면 촘촘하게, 외로움이 기웃거릴 틈 없이 방풍을 잘해야겠다. 그리고 서로를 냄새로 기억할 수 있게 코를 킁킁대며 사람의 체취도 기억해둬야겠다.

천리향, 그 그윽한 서향

천리향을 탐하는 자가 나 말고도 또 있었다. 친구 K 교수가 특집 방송을 돕기 위해 서울에서 강의를 마치고 익산까지 다니러왔다. 10분 녹음을 위해 세 시간을 달려온 것이다. 녹음을 마치고 배웅하는 길에 방송국 근처에서 은은하게 퍼지는 천리향 향기를 맡고 좋은 물건(?)인 줄 금방 알아챘다. 먼 곳까지 좋은 향기 퍼뜨려주니 그 공덕 고마운데, 꽃도 제 가치를 알아주는 사람이 있어야 한 생 사는 보람이 있겠다 싶다. 나는 화초 가꾸기에 취미가 없어 꽃도 나무도 이름도 모른 채 "아, 좋다"가 최고의 찬사인데, 행정학을 전공한 K 교수는 나무 이름은 물론, 쓰임새며 관리 방법 등을 소상하게 알고 있었다. 건축자재를 납품한 선친의 덕분이란다. K 교수는 그의 늦둥이 아들을 위해 한동안 서울을 떠나 경기도 양주에 집을 지으면서 직접 설계부터 건축자재, 조경까지 손수 공을 들이더니, 멋진 전원주택을 완성했다 들었다. 사진으로 보여주는 정원이 매우 아름답다. K는 짓궂은 표정으로 씩 웃더니 '슬쩍 한 뿌리 캐어갈까' 농담 반 진담 반 그 정원 한 켠에 천리향을 들이고 싶은 마음을 감추지 않는다.

산천 초목에 널려있는 야생화도 아니고, 주인 있는 천리향을 탐내는 것은 방송국 앞 천리향의 풍채와 그 향이 당당했음이리라. 주차장 앞에서 작별 인사를 나눌 때도 천리향에서 눈을 떼지 못하는 걸 보고, 내가 화원에 부탁해서 천리향을 몇 주 선물해주었다.

모르긴 해도, 나와 K 교수 말고도 원스카우트 앞을 지나며 작은 화단의 공덕에 고마워하는 사람이 많았으리라. 그 화단의 화주(花主)는 단연 천리향이었다. 그런데 그해 봄이 지나고 초가을에 작은 화재가 발생해서 공교롭게 화단의 화초만 피해를 입었다. 큰 사고가 아니어서 천만다행이었지만, 아주 작은 화단에서 제일 큰 면적을 차지한 천리향이 꼼짝없이 타버리고 말았던 것이다. 뿌리라도 건사할 수 있을까 희망을 가져보았으나 소생의 기미가 없었는지 뿌리마저 캐낸 자리가 휑했다. 꽃이 없는 화단은 그냥 텃밭이었다. 아침마다 나를 반겨주던 천리향의 향기를 누릴 수 없음을 애석해 하며 시커멓게 그을린 화단을 안타깝게 바라보곤 했다. 내 심정이 이러할진대, 화단을 가꾸던 스카웃 교무님의 아쉬움이 오죽할까 싶어 안타까웠다.

K 교수에게 이 소식을 전하며 "그날 한두 뿌리라도 캐어가게 놔둘 걸, 그랬더라면 자손이라도 번식하지 않았겠느냐"며 쓰게 웃었더니,

내가 보내준 천리향이 잘 자라고 있다며, 그 꽃을 잘 키워서 방송국 앞 화단에 심어주겠다고 위로해준다.

　달포 가량 방치되었던 작은 화단은 다시 부지런한 주인의 손에 의해 다정하게 채워지기 시작했다. 역시나 나는 이름 모르는 작은 화초가 옹기종기 새 터를 이루더니 지금은 제법 규모를 갖추었다. 그래도 해마다 봄이면 회사 앞에서 기분 좋게 나를 맞이해주던 천리향의 아름다움을 잊을 수 없다. 그 향기로 행복했고 그 향기로 넉넉했으며 그 향기로 바르게 살 수 있었다. 그윽한 향기로 멀리에서도 존재감을 드러내며 세상을 향기롭게 만들어준 천리향의 공덕을 잊을 수 없다. 말하자면 천리향은 "너도 그렇게, 스스로 아름다운 향으로 향기로운 세상을 만들어가라"고 매일 매일 가르쳐 준 셈이다. 제 삶이 얼마 남지 않았음을 알았던 것일까. 생각해보니 그해 봄, 천리향은 유난히 짙은 향을 뿜었다. 그래서 내가 기억하는 서향나무의 향기는 마지막 봄, 전율하며 온몸을 떨구던 그의 몸짓이다. 마지막까지 사력을 다해 세상을 향기로 감싸주던 천리향, 과연 서향瑞香이었다.

애청자 6100님의 이야기

궁금했다. 누가, 왜, 라디오를 듣는지……. 청취자들은 라디오를 상상하면서 듣겠지만 나 역시 라디오를 듣는 애청자들을 상상하곤 했다. 청취자들 가운데도 각별한 사람이 있게 마련이다. 휴대전화 끝자리 6100을 쓰는 애청자도 관심이 가는 분이었다. 방송하다 보면 '6100님'이라는 표현을 쓰는데 전화 끝 번호에 '님'이라는 존칭을 붙이는 것은 문법적으로 옳지 않다. 하지만 방송에서 실명을 부르는 경우가 흔치 않아 '6100을 쓰는 애청자' 정도의 의미로 '0000님'이라고 부르고 있다.

시내버스 운전기사인 이분은 문자 참여할 때 표현이 정교해서 감성지수가 높은 사람이거니 생각되었다. 우선 날씨나 기분에 따라 80자로 압축해내는 표현이 섬세하고 명확하다. 그리고 신청곡이 다양한

걸로 미루어 음악적 지식도 풍부하다. 다른 사람의 입장에 대해 긍정적이다. 그래서 누군가 좋은 경험을 했으면 칭찬을, 슬픈 일을 당했으면 위로의 반응을 보낸다. 삶에 대해 적극적이고 긍정적일 것이라고 파악된다. 또한 라디오의 특성을 잘 알고 있어서 간혹 버스 안 풍경을 '눈에 그리듯' 설명해준다. 한마디로 '정이 많고 명석한' 사람일 것이라고 생각되었다.

방송의 진행자가 바뀔 때마다 '너무 슬퍼서' 차를 세워두고 울었다는 사람이 한둘이 아니지만 나 역시 '그토록 너무 슬픈' 이유가 궁금하기도 해서 어느 날은 직접 찾아가보리라 마음먹었다. 6100도 흔쾌히 수락해서 버스 운행 구간의 중간 지점에서 만나 동행 취재하기로 했다.

자동차도 사람도 지나지 않는 한적한 시골길에서 10여 분 정도 기다렸다. 너무 적막해서 '이런 곳에 승객이 있기나 할까' 걱정스럽기도 했다. 잠시 후 놀랍게도 알려준 도착 시각에 딱 맞춰서 6100이 운행하는 버스가 도착했다.

인사를 건네자마자 "제가 잔정이 많아서요, 방송이든 사람이든 한번 정 주면 쭉 가야 한다는 고정관념이 있거든요. 그래서 방송에 정을 안주려 했는데"라며 말문을 연다. 하루 종일 라디오 방송에 귀를 기울이다 보니 방송 피디 못지않게 다음 코너는 무엇이며 이런 이야기 다음으로 어떤 노래가 나올거라는 둥 구성 요소를 파악하고 있는 듯, 6100은 준비한 멘트를 척척 풀어놓는다.

6년 전, IMF 여파로 4억여 원의 빚을 지고 시내버스 기사로 취업했다는 그는 열심히 일해서 지난해 빚을 청산했다고 한다. 말이 4억 원이지 그 이자며 빚잔치를 하자면 6년 동안 버스기사로 그가 얼마나 처절하게 일했을지 짐작된다. 운행 틈틈이 사람들이 올라타기 시작했다. "어서오세요" "쨍~" 경쾌한 돈소리, 승객들이 들어서면서 그의 말투도 흥이 묻어난다.

"할매들이 타야 재밌는디……. 장바닥 같아요. 왁자지껄 사는 얘기 들으면 정말 재밌어요. 아이구~ 서로 돈 낸다고 싸우다가 넘어지는 일도 있구요. 이 차는 에어컨이 없잖아요. 더운 여름에는 구간구간 햇볕 피해서 이쪽으로 왔다가 저쪽으로 갔다가 그러면서 또 넘어지면 간 떨어지지요. 시내버스는 안전벨트가 없잖아요. 게다가 노인들은 뼈도 약해가지고, 아휴~ 그런 걱정이 젤 스트레스예요."

낙천적인 6100이 이 정도 얘기를 하는걸 보니 어르신들로 인한 스트레스가 이만저만이 아닌 듯 하다. 아닌 게 아니라 서로 밀치다가 골절상이라도 입으면 얼마나 난감하겠는가. 운전을 하면서 그 다음으로 고통스러운 것은 시간을 맞추다가 식사를 거르는 일이 많다 보니 위장병이 다반사라는 것. 6100은 "그럼에도 불구하고 한 번도 시간을 어긴 적이 없다"고 뿌듯해한다.

운전 중 문자행위는 매우 위험한 일, 동승 취재하다 보니 운전하면서 문자 보낼 시간은 없을 것 같다. 그런데 그 많은 문자는 언제 보낼까? "아, 그건 다 노하우가 있어요. 구간 구간 운행하다 보면 조금씩 시간을 조절해야 하거든요. 출발 시간 기다리면서 문자를 써서 저장해 두었다가 보내는거죠" 씩 웃으며 한 수 전해준다. 안전운행이 우선인데 이런 정도 실천한다면 나 또한 안심이다.

버스는 김제시장을 거쳐 다시 용지로 출발한다. 승객들이 의자에 앉을 정도로 꽉 찼다. 장바구니에 희망이 가득하다. 나도 덩달아 기분이 좋아진다.

"피디님도 방송일에 자부심을 갖죠? 저도 제 일에 자부심을 갖고 있어요. 내 일에 만족을 해야 해죠. 제 생활이 순탄치는 못했지만 앞으로는 탄탄대로라고 자신하거든요. 너무 욕심 부리지 않고, 자기 일에 충실하면서 만족하면 그걸로 행복한 거예요. 전 제 일이 좋아요"

이 일을 해낼 수 있었던 원천은 뭘까?

"라디오 덕분이죠. 집에 가면 와이프가 있고 이곳에선 라디오가 친구예요. 유일한 낙"

사진을 한 장 찍겠다고 하자 '친구들이 깍두기 같다고 놀린다'면서 쑥스러워하던 6100, 마지막으로 뼈 있는 말 한마디 남긴다.

"서민들 가려운데 속이라도 시원하게 긁어줬으면 좋겠어요"

선배의 도시락

방송 일에 종사하면서 얻는 보람은 특별하다. 성취감도 남다른 것 같고 무엇보다 무에서 유를 창조하는 작업이 매력적이다. 실컷 기획을 해놓고도 제작에 돌입하려 할 때는 '이게 될까?' 한숨만 푹푹 나오다가 어찌어찌 틀을 갖추고 완제품으로 만들어져 송출되기까지 희비가 엇갈리는 과정은 말로 설명할 수가 없다.

음악방송도 결코 만만치 않다. "음악방송? 까잇거 노래 대충 몇 곡 내보내고, MC가 한두 마디 하다가 또 노래 대충 나가고, 뭐 그러면 한두 시간 후딱 지나가지 않나?"라고 생각한다면 큰 오산이다. 솔직히 고백컨대, 시사와 다큐 작업을 하다가 음악방송을 맡았을 때 나 또한 이런 비슷한 생각을 했다가 엄청 고생했다. 세상에 쉽고 만만한 일은 아무

것도 없다는 게 내가 믿는 진리다. 꺼진 불도 다시 보듯 진지하고 경건한 마음으로 임해야 하는 게 방송이라는 것을 더욱 더 실감한다. 시간이 가면 갈수록 방송은 어렵다.

우리 방송사에서 프리랜서 진행자로 방송을 진행하다가 모 방송사에 스카우트되어 7년 넘게 신나게 방송을 진행하던 C 선배가 있다. 공부하고 노력하는 선배의 자세는 내가 정말 본받고 싶은 모습이었다. 지천명을 넘긴 나이인데도 그 선배는 생각이 젊다. 전주시 외곽에 있는 자신의 집에서 방송국까지 걸어서 출퇴근을 한다. 한 시간 넘는 거리이지만 운동도 되고, 무엇보다 걸으면서 보는 사람들의 모습을 관찰하고, 걸으면서 방송 내용을 구상한다. 방송을 마치면 시내 중심가에 있는 서점에 들러서 책을 보고 필요한 정보를 메모하고 젊은이들의 취향을 관찰한다. 틈틈이 자연을 벗삼아 봄이면 들로 산중턱으로 다니며 손수 쑥을 캐서 쑥 범벅을 해 후배들에게 공양한다. 어느 날 문득 솜씨를 발휘해 도시락을 싸가지고 와서 감동을 선사하기도 한다.

어느 해인가 특집 다큐멘터리 내레이션을 맡은 선배가 녹음 당일 예정시간보다 두 시간여 빠르게 방송국에 도착했다. 눈이 휘둥그레진 스태프들에게 "녹음준비하느라고 날 샜을 거 같아서…. 아직 식사도 못했지? 이거 먹고 천천히 준비해" 하면서 도시락을 펼치는 것이었다. 연두빛 생생한 완두콩이 맛깔스럽게 박힌 쌀밥은 김이 모락모락 피어오르고 있었고 먹음직스런 돼지 불고기는 아직도 온기가 남아 있었다. 주황색 당근과 노란 계란이 조화를 이룬 계란말이는 보기만 해도 침이 꿀꺽 넘어갈 것 같았고, 손수 담근 묵은 김치는 그 내공 자체만으로도 좌중을 압도하기에 충분했다. 과일로 마무리한 후식까지 찬합에 차곡차곡 담긴 도시락은 선배의 인격과 사랑을 그대로 드러내보였다. 운전면허증과 자동차가 없는 그 선배는 버스를 두 번이나 갈아타는 수고를 아끼지 않고 '틀림없이 날 샜을' 그래서 '식사도 제대로 못했을 것이 뻔한' 스태프들을 위해 도시락을 만들어 들고온 것이다.

선배의 도시락은 감동 그 자체였다. 도시락 뿐일까. 선배의 성실한 삶 또한 감동인데 휴가 한 번 가지 않고 줄곧 생방송으로 몰아친 성실함은 거의 우직한 수준에 가깝다고 해야 할 것이다. 그렇게 7년여 동안 해왔던 방송을 개편과 더불어 주말 진행으로 자리를 옮겼다며 안부를 전해왔다. '주중에 시간을 좀 낼 수 있을 것 같으니 도시락 싸들고 언제 한 번 건너가겠다'는 인사에 벌써부터 선배의 맛깔스런 도시락이 기다려지는 것이었다.

풋국 알싸한 고향 맛

마음먹고 다이어트를 해도 늘어나는 체중을 감당하지 못할 판에 밤마다 '엄마를 원망하며' 국을 두 그릇 씩 비워내고 있다. 결혼 전만 해도 "너무 말랐다"고 걱정하시던 친정어머니였다. 지금은 "나이 먹으면 물만 먹어도 살찐다더라"며 절식을 권유하시지만 땀을 뻘뻘 흘리며 두 그릇 뚝딱 해치우는 이것 만큼은 흐뭇한 표정으로 국물을 더 부어주신다. 우리는 이걸 '풋국'이라 부른다.

　　뭐든지 알려주는 인터넷 검색에서도 '풋국'에 대한 정보는 찾아보기 힘들다. 푸성귀로 국을 끓인다해서 풋국이라는 말도 있고, 지역에 따라 '호박대국'으로 불리우기도 하는데 나는 언제나 '풋국'이라고 부르고 싶다.

풋국의 가치를 제대로 알기 시작한 것은 최근의 일이다. 어머니가 끓여주신 풋국은 나보다 주위 사람들에게 인기가 더 높다. 그도 그럴 것이 집안마다 어머니가 돌아가시거나 연로하셔서 풋국 먹기가 쉽지 않은 터에 내 주변에서는 유일하게 친정어머니만이 풋국을 끓여내신다. 그 점을 아시는지 어머니는 찬바람이 불기 전, 딱 이즈음 풋국을 끓여 이집저집 나르신다. 이태 전, 골다공증으로 발목이 부러져 큰 수술을 한 이후 탱탱 부은 다리를 이끌고 절뚝거리며 뜨거운 국을 나르는 게 하도 속상해서 "그만두시라"고 지청구를 해댔지만, 나는 안다. 이때만큼은 '내 엄마'에서 다른 사람들의 어머니 역할도 하시고 있다는 것을. 그리고 그 일이 무엇과도 바꿀 수 없는 소중한 일이라는 걸.

태풍이 올라 오던 지난 주말, 어머니는 고향집에서 풋국을 끓인다고 했다. 찬바람 불면 먹고 싶어도 더 이상 제맛을 내지 못할 터, 어머니는 마음이 급하다. 이번에는 누구 누구 누구네 가져다 주신다며 한 솥 끓여서 직행버스에 몸을 실으셨다. 폭우를 뚫고 터미널에 마중갔더니 어머니의 표정이 득의양양, 한없이 행복해 보인다. 그날 저녁, 역시 두 그릇째 풋국을 비우며 난생 처음으로 어머니께 풋국을 어떻게 끓이는지 여쭈어봤다.

"그냥, 할머니가 끓인대로 허지. 호박잎이랑 호박대랑 끊어서 잘게 부숴서 체로 걸러놓고, 요즘에는 토란대랑 고구마대를 넣어도 맛있다잉. 옛날에는 뜨물로 했는디 요즘은 뜨물은 못쓰니께 쌀하고 들깨하고 믹서기로 갈아놓고, 된장하고 멸치하고 믹서기로 갈아놓고, 호박은 듬성듬성 썰고 감자도 좀 썰어서 뭉글뭉글할 때 까지 끓여. 글고 나서 한 번 걸러서 손으로 좀 으깬담에 한소끔 더 끓이다가 노란 호박잎도 보기 좋으라고 풀어 넣고 텃밭에서 고추 따다가 그건 썰지 말고 손으로 뚝뚝 끊어서 넣어야 맛있당께. 풋국의 진짜 별미는 간장이 좌우하는디 집 간장에다가 찐 마늘을 넣고, 때깔 고운 걸로 빨간 고추 푸른 고추를 종종 썰어야 색깔이 살거든. 글구 이건 비밀인디, 사실은 아궁이에서 불 때서 끓인 게 더 맛있다잉.”

　　이렇게 고생해서 만든 국이구나 생각하니 울컥 목이 메인다. 그동안 이 국을 심부름하면서 고맙다는 인사를 내가 다 받았다니⋯⋯. 문득 생각해보니 나는 어머니의 정성의 댓가를 앉아서 따복따복 따먹고 사는 얌체였다. 순간 청양고추 하나가 목에 탁 걸렸다. 나는 눈물을 닦으며 딴청 피운다.

　　“아, 엄마, 이번 고추 매워요. 너무 매워서 눈물이 나네.”

유혹은 쓰레기다

남자들은 이상하다. 담배를 다 피웠으면 쓰레기통에 버리면 될 일이지 빈 갑을 부득불 길가에 버리고 가는 심리는 뭐람? 그리하여 다른 사람으로 하여금 견물생심^{見物生心}을 유발하니 죄 치고 제법 큰 죄다.

　　"빈 담뱃갑을 버리는 사람을 전부 남자라고 단정할 수 있냐?"고 반박할 남성들도 있겠지만, 담배를 피우는 여성들은 대부분 흡연사실을 드러내놓고 공개하고 싶지 않은 심리가 있으므로 여성이 길가에 '휙~' 담뱃갑을 버릴 일은 거의 없다고 확신한다. 따라서 버려진 담뱃갑은 길을 걷던 남성이 마지막 남은 담배 한 개비를 꺼내어 물고 무의식적으로 버리는 행위일 거라는 추론이 가능하다. 문제는 버려진 담뱃갑을 대하는 나의 태도다. 나는 담배를 피우지 않지만 (버려진) 담뱃갑을 발견하면 사뭇 가슴이 뛴다. 그리고 주위를 둘러본 다음 천 원짜리 지폐를 줍는 심정으로 얼른 담뱃갑을 주워서 흔들어본다. 당연하게도 대부분 비어 있다. 이 순간 쑥스럽고 민망하다. 담배를 주워서 남편에게 가져다 줄 심사였던 것일까? 하지만 남편이 무슨 담배를 피우는지도 모르는 터, 담뱃갑은 오로지 '공짜'라는 유혹의 대상일 따름이다. 내 손에 있는 담뱃갑은 이제 쓰레기다. 나는 이 쓰레기를 어떻게 처치할지 크게 난감해진다. 가까운 곳에 쓰레기통이라도 있으면 얼른 버리련만 그것조차 여의치 않을 때는 공짜의 유혹에 빠진 죄과를 톡톡히 감당해야 한다. 담뱃갑을 들고 비장한 심정으로 한숨을 내쉰다.

"순간의 선택이 스타일 구기는구나!"

쓰레기를 줍는다는 마음과 공짜를 바란 마음은 이렇게 현격한 차이가 있다. 전자는 떳떳하고 보람 있지만 후자는 위축되고 찜찜하다. '비어있는 담뱃갑'일거라는 전제가 있다 해도 담배 한 개비라도 공짜를 얻어 보려는 심사는 이미 상큼함을 잃었다. 비단 '버려진 담뱃갑' 뿐 아니라 누군가가 흘리고 간 그 무엇은 충분히 유혹의 대상이 된다. 봉투가 떨어져 있으면 혹시 그 안에 돈이라도 들었을지 호기심이 일어난다. 길에서 햇빛을 받아 반짝거리는 그 무엇은 값나가는 귀금속이지 않을까 은근 기대하지만 나를 유혹한 것이 사금파리 조각이어서 차라리 다행이라고 생각한 적이 많다. 만약 그것이 진짜로 비싼 물건이라면 주인에게 돌려줄 방도를 찾느라 더 큰 고민을 떠안게 될 것이다. 주인이 확실한 것은 고민하지 않아도 된다. 나 역시 주인 잃은 가방이나 지갑을 주인에게 되찾아 준 일이 심심치 않게 있으나 그것은 시민의 당연한 의무다. 물론 주인에게 찾아주는 절차가 다소의 시간과 번거로움을 감당하기도 하지만. 문제는 가져도 그만, 안 가져도 그만인 사사로운 것들로부터의 유혹이다. 버려진 담뱃갑처럼 말이다.

　세상에는 사소한 유혹이 널려있다. 단언컨대 그 유혹은 대부분 부질없는 것이다. 유혹에 넘어가서 그것을 얻는다 해도 내게는 절대로 필요한 것들이 아니다. 담배 한 개비 주워서 내가 어디에다 쓸 것인가? 생각할수록 헛웃음 나는 일이었다. 공짜가 좋아서 대책 없이 쌓아놓는 행위는 쓰레기만 늘리는 일이다. 더 이상 쓰레기를 떠안을 필요가 없다. 담뱃갑을 버린 그대를 탓하지는 않겠지만 버려진 담뱃갑을 본다면 주저 없이 쓰레기통에 버려야겠다. 마음의 유혹까지도 거두어서…….

나의 아름다운 도시

미국에서 1년 동안 안식년을 보낸 N 교수님이 돌아왔다. 귀국 일성 연락를 받은 C 박사가 스터디그룹 일원을 호출했고 한벽루 오모가리탕 집에서 뜨거운 번개팅이 성사되었다. 교수님이 출국할 때 송별 모임에 이어 딱 1년 만의 귀국 환영 모임이다보니 반가운 마음에 감정이 뜨겁게 솟구쳤고 날씨도 뜨거웠고 매운탕은 더욱 뜨거웠다. 전주천 물길을 옆구리에 끼고 시래기부터 건져먹는 화끈한 맛은 이열치열의 백미다. 연신 터져나오는 탄성 "역시 전주가 최고다!" 분위기, 문화, 사람…… 모든 게 착착 앵기는 순간이다.

미국 생활이 어떠했는지 이야기를 듣는 시간. 갖가지 에피소드에 박장대소하다 미국에서 만났다는 후배 이야기에 이르러 관심이 고

조되었다. N 교수의 유학 시절 후배로 미국에서 교수로 자리 잡은 그 후배는 한국에서 러브콜이 쇄도하고 있는 모양이다. 그런데 그 후배는 "결코, 서울 Crazy City에는 가지 않겠다"는 의지를 피력했단다. "미친 도시 서울?" 좌중의 반문이 터져 나왔다.

"그럼요. 외국인들도 다 고개를 저어요. 심각한 오염, 나쁜 공기, 다들 서울을 일컬어 Crazy City라고 말해요. 그 후배는 만약 한국에 올 기회가 있다면 지방에서 살고 싶대요."

듣던 중 참 신선한 얘기다. 미국에서 잘 나가는 교수가 서울권 러브콜을 거절하고 지방을 희망한다, 이것도 미국식 사고인가? 역시 해답은 삶의 질이다. 살인적인 물가, 오염된 공기 속에서 제대로 된 삶의 가치를 찾을 수 없다는 뜻이다.

"여기서는 몰라두요, 나가보면 전주가 얼마나 좋은지 더욱 절실하게 느껴요."

저녁 식사 후 경기전 앞에서 차를 하기로 했다. 여름밤에 한가롭게 한옥마을을 가로질러 오는 길, 단아한 길가에 파스텔톤 불빛이 은은하고 한옥마을을 흐르는 물길에서 아이들 물장난이 한창이다. N 교수가 바람에 나부끼는 '전주한옥마을 관광의 별 수상' 엠블렘을 보고 "한옥마을이 언제 이렇게 떴냐?"며 반문하더니 늦은 밤 한옥마을을 오가는 인파를 보고는 "언제부터 외지인이 전주한옥마을로 여름 휴가를 왔냐?"며 또 한 번 놀라는 것이다. 우리는 "고작 1년 동안 전주를 떠나 있었는데 마치 10년 만에 다시 온 것처럼 생경스러워한다"며 키득거렸다. 경기전 앞 카페에서 잘 가꾸어진 화단을 내려보며 일행은 오래오래 반

가움을 나누었다.

그리고 며칠 후, 서울 출장길에 오르면서 '미친 도시 서울'이 떠올라 한참 웃었다. 공기 나쁘고 번잡한 Crazy City에서 한시라도 빨리 벗어나고 싶어 업무를 마치자마자 강남 터미널로 내달렸다. 전주행 티켓을 끊고 6번 창구로 향하다가 고즈넉한 한옥 골목길을 배경으로 씌여진 '전주한옥마을 한국 관광의 별 선정'이라는 안내판을 올려봤다.

뭐랄까, 해외에서 한국 상품을 봤을 때의 자랑스러움이 솟구치며, 가슴이 뭉클했다. 배웅 나온 친구에게 전주로 꼭 한 번 놀러오라고 당부했다. 버스는 어느덧 전주인터체인지를 지나 서곡교를 건너고 있다. 전주의 밤 풍경에 사로잡힌다. 잠자는 전주천의 수묵 담채 같은 풍경하며, 멀리 추천루에 드리운 버드나무까지 마음에 새겨진다. 나는 이윽고 나의 아름다운 도시에 안착했다. 행복하다. 참으로…….

'라포'로 형성된 스튜디오 밖 친구들

프랑스어 라포, 또는 라포르(rapport)는 두 사람 사이의 공감적인 인간 관계, 또는 그 친밀도를 말한다. 라포는 상대방에 대한 관심과 신뢰, 존중감이 동반될 때 형성된다. 심리학에서 많이 사용되는 단어이지만 인터뷰에서도 매우 중요한 요소이다. 지금이야 매체도 많아지고 매스미디어 종사자들의 유형도 다양해졌지만 나의 대학시절만 되돌아보아도 신문사나 방송국 문턱은 한없이 높고 막연히 우러러보이는 곳이었다. 교수님 심부름으로 방송사에 갈 때 가슴이 덜덜 떨리고 복도에서 마주치는 낯익은 아나운서 얼굴만 보여도 그렇게 경이로울 수가 없었다. 거기다 TV 화면에서 익숙한 그가 살짝 눈인사라도 보내주면 그야말로 기분 '찢어지게' 좋았다.

방송 일을 시작하기 전, 결혼 후 잠깐 주부 리포터 신분으로 두 군데의 방송에 참여할 기회가 있었다. 하나는 문화프로그램을 소개하는 시간이고 또 다른 방송사에서는 생활 상식 경제 정보 등을 정리해서 1주일에 한번씩 출연했다. 문화는 내가 좋아하는 장르였고 경제는 부담스런 주제였다. A 아나운서는 세련된 화법으로 유려한 진행을 했고, B 아나운서는 다소 투박하지만 친근감이 있었다. 출연자 입장에서는 B 아나운서와 방송할 때 훨씬 자유롭고 편하게 방송할 수 있었다.

　　이유가 무엇인가, 지금 생각해보니 바로 '라포'의 문제였던 것 같다. 물론 두 분 다 개인적으로 친하고 존경하는 선배들인데 A 아나운서는 가져간 질문지를 그대로 읽으면서 출연자에게도 준비된 원고를 '읽게' 했다. 반면 B 아나운서는 "예~ 사은씨, 오늘 요거 요거만 알려주면 되죠? 나하고 편하게 이야기나 합시다"라며 이야기를 유도하는 스타일이었다. 방송 준비하는 시간에도 긴장을 풀어주며 근황을 물어오기도 하고 가까운 사람의 안부를 챙기는 등 라포 형성에 노력을 기울이는 것이었다. 방송 중에도 B 아나운서는 줄곧 원고에 주력하기보다는 나의 눈을 맞추면서 진지하게 듣는 스타일이었다. 동조하기도 했고 그 가운데 질문을 끄집어내어 주제에 접근해가는 방식이었으니 주제는 무겁고 딱딱하지만 오히려 출연자 입장에서는 방송하기가 훨씬 수월하고 재미있었다. '읽는 것이 아니라 말을 하기 때문'이었다. B 아나운서의 진행은 다소 투박하지만 된장국처럼 구수하고 깊은 인간미가 배여 있었다. 그것은 나에게 매우 소중한 경험이었다. 출연자와의 라포 형성이 매우 중요하다는 점을 그 시기에 훈련받은 셈이다.

제작자의 입장이 되어서도 출연자들이나 청취자들과 라포를 형성하고자 한다. 특별한 건 없고, 방송국이 좀더 편하게 느껴질 수 있도록 친절하게 말을 건넨다거나 공감대를 찾아본다거나, 뭐 그런 식으로 긴장을 풀어주기 위해 노력한다.

　　내 경우, 청취자들과는 좀 특별한 방법으로 라포가 형성된 것 같다. 〈아침의 향기-전북〉이라는 프로그램을 제작하면서는 음악적 취향과 관련이 있는 라포가 형성되었다. 이를테면 〈패티김-가을을 남기고 간 사랑〉을 선곡해 놓으면 꼭 그 노래를 신청해오거나, 김종국의 많은 노래 중에 그날 따라 콕 찍어 〈중독〉이 듣고 싶다 생각할 때 마치 내 머릿속을 들여다 본 듯 〈김종국-중독〉을 신청한다든지……. 처음엔 계절과 날씨 등이 영향을 미친 우연이라고 생각했는데 날이 갈수록 개인적 선호도와 겹치는 빈도가 높은 것이었다. 라포 형성에는 이 프로그램의 홍현숙 작가의 공이 컸다. 문자가 접수되면 개인적으로 프로그램과 연관되는 코멘트를 답장으로 날리는 등 청취자를 관리(?)함으로써 MC와의 관계에서 느낄 수 없는 또 다른 라포를 형성했다. 그렇게 해서 제작자-청취자의 관계를 떠나 친밀한 관계를 유지하고 있는 사람이 10여 명 정도인데 그 가운데 특히 네 명은 인간적으로 매우 호감을 갖게 된 사람들이다.

　　문자 끝번호 2442는 처음에 감수성이 20대 후반인 줄 알았다. 섬세하고 서정적인 문자 멘트가 감동적이었는데 어느 날 중고등학교에 다니는 자녀들과 방송국을 방문했다. 알고 보니 나와 비슷한 연배의 학부모였던 것이다.

열혈 애청자 수연씨는 50대 중반의 성실한 여성이다. 택시 운전부터 사회복지센터 식당 주방장, 야간 대리운전 등 1인 3역을 하더니 그새 열심히 공부하여 사회복지관련 자격증을 따고 지금은 요양보호사로 일하고 있다. 비가 올 때 김치전 해물전 파전 등을 한아름 만들어와 방송국 식구들을 감동시키는 맘씨 고운 아줌마다.

〈훈태 생각〉이라는 닉네임으로 짧은 사연과 감동어린 메시지를 홈페이지에 올려놓곤 하는 훈태씨는 문학 청년인 줄 알았다. 어느 날 창사기념일을 맞아 방송국을 방문했는데 신체 건장한 30대 후반의 사업가였다. 저 덩치에서 어떻게 저런 섬세한 글이 나오나, 스태프를 한참 혼란에 빠뜨렸던 성실한 노총각이다.

가을 개편 때 '개편을 축하한다'며 케이크를 보내와서 놀래켰던 상렬씨는 새만금 공사 현장에서 일하는 50대의 중장비 기사다. 이분은 특히 음악적 감수성이 제작진과 일치한다. 멸치며 꿀, 포도, 오렌지 등 계절에 따라 꾸준히 간식을 보내오신다. 받는 선물이 과분해서 제발 그만두시라고 사정해도 "조금 더 열심히 일해서 벌면 된다"며 공양하는 걸 즐긴다. 지난 여름에는 방송이 끝날 시간에 맞춰 팥빙수를 보내, 방송국 식구들이 팥빙수로 '포식'을 했다.

홍 작가는 이분들의 인격과 감성이 너무나 좋다며 방송을 떠나 소모임을 해도 좋겠다고 제안한다. 오프라인 개념의 팬 관리 차원이 아니라 매우 개인적인 것인데, 어떤 방식이든 사회에 유익한 일을 하는 모임으로 꾸려도 좋겠다는 생각을 한다. 물론 이분들은 대찬성일 것이다. 우리 사이에는 이미 '라포'가 형성되어 누가 뭐라든, 일제히 지지할 수 있는 동질감이 형성되어 있다고 본다. 새 진행자는 개편과 더불어 교체될 예정이다. '라포'가 형성되기 전에 교체하게 되어 아쉽지만 더 좋은 프로그램을 만들어야 하는 제작진의 고뇌도 크다.

새로 프로그램을 맡게 될 진행자는 청취자들과의 폭넓은 교감으로 더 많은 '라포'를 형성하여 오래오래 그 '라포'를 유지할 수 있기를 바란다. 피디의 바람이기도 하지만 청취자들 또한 그것을 기대할 것이다. 청취자들 역시 한 번 형성된 '라포'가 오래 유지되기를 바라고 있기 때문이다.

MC 이취임식

프로그램 개편 시기를 맞을 때는 방송사마다 분위기가 어수선하다. 아무리 방송을 잘하고 스태프끼리 마음이 잘 맞아도 진행자나 작가 개인적인 사정으로 그만 둬야 할 때도 있고, 주어진 역할을 잘 활용하지 못하거나 프로그램 성격이 맞지 않아 본인의 의지에 관계없이 자리를 떠야 할 때도 있다. 잘 나가던 프로그램이 없어진 황당한 경우도 간혹 있다. 얼마 전 최고의 인기를 누리던 모 아나운서가 토크 프로그램에 나와 '어렵게 아나운서가 되었다'는 사연을, 정작 TV는 보지 못하고 인터넷 포털 사이트 연예 뉴스 란에서 접하게 되었다. 칠전팔기의 도전정신도 아름답지만 특히 나의 눈길을 끈 대목은 '아침 프로그램의 리포터로 참여하다가 이유도 없이 짤린 사연'이었다. 그 아나운서가 나중에 작가에게 물어보니 회사의 방침이 "신입 아나운서를 많이 채용해서 리포터로 활용해야 하니 기존 리포터의 자리를 비우라고 했다"는 것이다. 생계 수단을 잃어버린 경우 그 아픔이 더욱 클 것이다. 방송사의 방침이나 형편에 따라 개편의 방향도 크게 달라진다. 그때마다 스태프, 특히 진행자의 기용 방침이 크게 변화된다. 진행자가 다른 프로그램이나 타 방송사의 프로를 맡게 되면 그래도 다행이지만 부득이 이별해야 할 때는 참으로 안타깝다.

어느 해인가 가을 개편과 더불어 내가 맡고 있는 프로그램의 진행자가 교체되었다. 1년 전 가을 개편 때 로컬 방송의 시사, 정보를 강화하기 위해 시사 전문 진행자를 영입했다가 방송의 유형이 바뀌고 진행자도 더 이상 방송을 맡을 수 없는 형편이어서 새로운 진행자로 교체하게 되었다. 인구 30만 명의 소도시에 위치한 우리 회사는 이래저래 인력 활용에 애로가 있는 것이 사실이다. 5분 방송을 녹음하기 위해 도청 소재지에 사는 출연자 입장에서는 오가는 두어 시간을 투자해야 하는 수고가 따른다. NGO 활동을 하면서 사회 단체 강의에, 대학 출강까지 해온 그분에게는 1년이라는 시간은 대단한 애정과 성실함으로 점철된 시간이었다.

마지막 방송을 하는 날, 방송으로 인연을 튼 애청자가 그동안 고생하셨다며 큰 꽃바구니를 보내왔고 어느 출연자는 집에서 수확한 단감을 방송국으로 배달해왔다. 유난히 정이 많은 또 다른 애청자는 보온박스에 담긴 뜨끈뜨근한 찰밥, 바삭한 김, 그리고 갓 버무린 김치까지 커다란 보자기에 싸서 보내왔다.

우리는 찰밥을 먹고 단감을 후식 삼아 석별의 정을 달랬다. 그는 한참 나이 어린 후임 진행자에게 이어폰을 건네고 꼭 껴안아주며 "원음방송을 잘 부탁한다"는 말을 전했다. 이제껏 들어보지 못한, 방송 이상의 감동적인 멘트였다. 어쩌면 지금껏 보아온 진행자 이취임식(?) 가운데 가장 아름다운 이벤트였다.

그들이 아프니 내가 아프다

인터넷 검색을 하다가 불교성지탐방 기획 기사 〈쿠시나가라〉 편을 보았다. 구석구석 사진과 함께 소개된 그 기사를 정겹고 반갑게 보았다. 모두 낯익은 곳이었기에……

　　5년 전 쯤 나 역시 불교성지탐방 취재차 인도를 방문한 적이 있었다. 불심佛心 깊은 분들에게는 그야말로 성지순례, 며칠을 공부했는지 발길 옮기는 곳마다 가이드가 설명을 마치기 무섭게 "아! 맞아" "오! 그래" "아, 그 얘기가 바로 이것이었구먼" "거기가 여기야?"와 같은 탄사가 쏟아져 나왔다. 불교에 대한 지식도 짧고 녹음기 들고 취재하기 바빠서 그분들처럼 감동을 느낄 새가 없었지만 어느 장소에선가 발길이 떨어지지 않는 것이었다. "중생이 아프니 내가 아프다"고 말했던 〈바이샬

리〉 유마거사의 집터에서 유마거사처럼 마음이 천근만근 무거웠다. 보살자비심의 극치에 몇 분은 눈물을 흘렸다.

중생이 아프니 내가 아프다…….

감히 견줄 것은 아니나, 요즘은 무척이나 유마거사의 그 말이 명치 끝에 남아서 아프게 한다. 칠순의 노모가 허망하게 주저앉아 골절로 입원하시는 바람에 병수발하랴 집안 일하랴 정신적 육체적 노동의 강도가 장난이 아니었다. 어머니 말씀대로 "눈에 보이는 병이기 망정이지 더 큰 일 당했더라면 어찌할 것이냐"는 가정에도 미리 가슴이 무너지는 것이었다. 한 번 심신이 약해지니 사소한 일에도 자주 마음이 상한다. 정신이 병들면 육신도 병드는 법인가, 육신이 지치니 정신이 쇠약해진다. 무장해제 당한 틈을 타 공략해오는 경계들은 또 왜 이리 많은지……. 고작 모친 입원 한 달에 이렇게 생활 패턴이 쉽게 망가질 수 있다는 사실에 저으기 놀랐다. 나약한 자신을 책망하느라 또 한 번 자학하다가 환우(患憂)에 시달리는 사람과 그 가족이 남 일 같지 않다는 생각을 했다. 몇 년 째 암과 사투를 벌이고 있는 친구, 졸지에 큰 수술을 한 은사님, 성격차로 이혼 수속중인 후배, 사업이 어려워 하루하루 연명하고 있는 선배, 어머니는 암으로 아버지는 교통사고로 잃고 어렵게 대학을 졸업한 먼 친척 조카…….

그 사람들 이름 하나씩 부르다보니 금세 눈물이 핑돈다. 나는 나의 작은 불행 앞에 강펀치 맞고 정신 못차리는데 일찍이 큰 고통을 겪어온 이 사람들은 왜 이리도 의연하고 운명 앞에 담담할 수 있는지, 또 마음이 저려왔다. 그들이 아프니 나도 아팠다.

청취자들의 사연에 그들과 함께 웃고 울 때도 많다. 때 빼고 광내고 왁스칠까지 했는데 이튿날 비가 와서 허망하다는 A 씨의 사연은 그래도 웃을 수 있다. "할머니가 보따리를 놓고 내려서 그것 찾아드리느라 5분 늦게 출발했는데 그로 인해 벌금을 1만 원 물게 되었다"는 시내버스 기사 B 씨의 사연에 가슴이 아프다. 왜 착한 일을 하는 사람들이 피해를 입는지, 승객의 보따리를 찾아드리느라 늦었으니 상금으로 만 원을 줄 수는 없는 것인가? 나이 마흔에 어렵게 귀한 인연 만나 결혼했는데 아, 글쎄 결혼 6개월 만에 신부가 멀리 경기도 성남으로 발령이 났다며 속상해 하는 C 씨의 사연도 애틋하다. 매일 알콩달콩 살아도 미리 만나지 못한 세월을 보상받지 못할 터인데 사랑스런 신부가 얼마나 그리울까.

동료의 모함에 속앓이를 하고 있다는 D 씨, 내가 모함당한 것처럼 속상하고 분하다. 그를 위로할 수 없어 안타깝다. 지하 90미터 굴을 파는 작업을 하고 있다는 E 씨와 그 그룹들의 사연도 매일매일의 공정을 이해할 만큼 상세하다.

아내 생일을 축하하는 F 씨의 사연도 마음 저린다. 살림이 여유롭지 못해 혼인신고만 하고 결혼식도 올리지 못한 채 7년을 살았다, 최근 아내가 둘째를 출산했고 돌아가신 친정 어머니 생각에 눈물을 흘렸다, 그런 아내가 애처롭다, 뭐 여기까지는 그냥 담담하게 소개했는데 남편이 뒤에 이렇게 써놓은 것이었다.

여보, 우리 잘 살아보자고요~ 나는 이런 힘든 배경을 발판 삼아 더욱 더 노력할 것이고 언젠가는 노력의 결실이 있을 거라 생각해요. 여보 난 아무리 힘들어도 첫째 ○○이가 있어 웃음을 잃지 않았고 아무리 힘들어도 이제 막 태어난 △△이가 있어 노력의 끈을 놓지 않았고 마지막으로 당신이 있어 내 존재가 있다고 생각하고 살고 있어요.

이제 시작이라 생각하며……. 오늘도 내 수첩에 우리 가족 사진 보며 다시 한 번 파이팅!

세상의 모든 아버지께 바칩니다. 오늘 하루도 가족을 생각하며 삶의 전쟁터에서 성공하길 빕니다.

평범한 사연 속에 아내에 대한 미안함과 고마움, 가족에 대한 사랑이 묻어나는 순박하고 정 깊은 한 남자가 꼭꼭 숨어 있었다. 인터넷 저편에서 마주한 그 남자의 마음을 읽은 순간 왈칵 눈물이 나는 것이었다. 내가 울먹거린 것처럼, 남편도 울먹였으리라. 내가 눈물을 참은 것처럼 아내도 고마움에 몸을 떨며 눈물을 참느라 어깨를 살짝 들썩거렸을 것이다.

그들이 기쁘면 나도 기쁘고 그들이 아프면 나도 아프다. 얼굴도 이름도 모르는 사람들, 단지 애청자라는 이유로 같이 아프고 같이 슬프다.

지역 방송은 아무래도 지역적 친밀성이 가장 큰 특성인 것 같다. 누군가 방송을 들으면 대여섯명의 그룹이 동시다발적으로 시청한다. 그들에게는 방송이 곧 놀이터가 된다. 서로 이름이나 별명을 부르며 출석체크하고 전화나 문자로 할 얘기도 방송문자로 보낸다. 그래서 주로 끝번호로 통하지만 누가 어제 어디에서 무엇을 어떻게 해서 지금 어떤 상황인지 진행자를 비롯한 청취자들도 자연스럽게 알게 된다. 익명의 청취자들끼리는 어떻게 연계가 되는지 모르지만 곧 친구가 되고 또 다른 커뮤니티를 조성한다.

우리 방송에서는 청취자가 보내온 문자의 방점까지도 소개하려고 한다. 청취자들도 그 점을 알고 있는 것 같다. 진행을 하다보니 신기하게도 청취자들과 교감하고 있는 느낌이다. 모니터 저편에서 누가 웃고 우는지 가슴이 먼저 안다. 그들이 기쁘면 나도 기쁘고 그들이 슬프면 나도 슬프다.

방송할 수 없는 얘기

일을 좀 줄여야겠다는 생각으로 요즘엔 그동안 잘 못했던 '거절'이라는 걸 제법 시도해본다. 그런데 고작 거절의 표현이 "고마운데요, 제가 좀 어려운 처지라서 다른 분 찾아보시고요, 그래도 제가 꼭 해야 할 일이라면 해야죠 뭐……" 이런 식이니 이건 거절도 아니고 수락도 아닌 모호한 상태다. 그래도 내 성격을 아는 기자들은 내가 이 정도까지 얘기를 꺼내기가 쉽지 않았을 거라고 생각하고 배려해서 철회하거나 다른 사람 추천을 부탁하기도 한다.

그럼에도 불구하고 모 신문사의 청탁을 거절하지 못한 건 '삶과 여유'라는 그 코너 제목이 맘에 들어서였다. 삶을 여유 있게 살고자 하는 것은 선망하는 일이고 나 역시 각박한 삶 속에서 한줄기 빛과 같은

혹은 한줄기 맑은 바람 같은 여유찾기가 내 전공(?)이라 할 정도로 주제에 대한 '필'이 확 왔다. 서너 달은 그럭저럭 '삶에서 여유'를 찾아 정리가 되었는데 문제는 그 후부터 글을 써야겠다는 의지가 팍 꺾여버린 것이다. 고단하나마 '삶'은 계속되고 있었으되 여유를 찾을 수 없는 물리적 심리적 상태가 압박으로 다가왔다. 내가 이 지경에 이르렀는가 싶어서 반성도 하고 스스로 독려도 해보았으나 고사한 여유의 싹은 도저히 회생시킬 수 없을 정도였다.

그래서 방송장비 보호 때문에 에어컨 팍팍 돌아가는 방송국에서 여름 한철 피서避暑는 잘 했는데 이로 인한 일상 생활에서의 다양한 경험을 체득하지 못해 피서避書가 되어버렸다고 반성문 비슷하게 써놓고 고정 필진의 6개월 책임을 겨우 벗었다. 생생한 경험과 쉼없는 글 쓰기야말로 글감의 원천이 되는 것, 피서避書는 정말 피해야 할 일이라고 거듭 다짐하면서…….

이런 때 동기부여가 되는 것이 취재다. 취재를 다니면 스튜디오에 앉아있을 때보다 고생스럽지만 삶의 공부가 된다. 최근에 지역 희망 찾기와 대안을 주제로 특집방송 취재를 다니면서 숙연해지는 체험을 했다. 전교생 20여 명, 6학년 4명인 산골학교에 자원해서 산골 아이들과 열린 교육을 실천하는 진안 용담 송풍초등학교 윤일호 선생님을 인터뷰하면서 지난해 발간한 학급 문집을 선물로 받았다. 표지부터 시작해 전체가 아이들과 선생님 손글씨로 만들어진 책은 매우 정감있었다. 선생님은 딱 세 권 남은 거라며 희귀성을 거듭 강조했다. 방학 중임에도 불구하고 윤일호 선생님과 그 반 아이들은 전날 구봉산을 다녀온 데 이어 그날은 학교에 나와 비디오를 시청하고 있었다. 이 학교 6학년 민진홍 학생이 썼다는 글이 눈에 확 들어왔다.

개자식

밤에 엄마 심부름을 가는데
학교 쪽에서 어떤 검은색
좋은 차가 찻길로 가는
얼룩진 강아지를
못 보고 쳤다.
나도 모르게 소리를
질를 뻔 했다.
그 아저씨는 차에서 내려
"에잇 씨발 퉤!!"
하며 침을 뱉고 갔다.
'저런 개자식 짐승보다 못한 놈'

나는 밤이라 개를 묻어주지도 못하고
그냥 왔다.
강아지가 죽은 것을 보고도
안 묻어준 내가 더 나쁜 놈 같이
느껴진다.

　"시는 머리로 쓰는 것이 아니고 흉내로 되는 것도 아니다. 가슴
으로 쓰는 것이지 재주를 가지고 쓸 수 있는 것도 아니다"라고 말하는
윤일홍 선생님의 설명이 뒷받침하듯 구절구절 가슴에 스미는 것이 정
말 여러 가지 생각을 하게 한다. 진홍이는 집에서 개도 키우고 닭도 키
워봐서 생명의 소중함을 잘 아는 아이다. 그 생명을 아무렇지도 않게 생
각하는 좋은 차의 아저씨가 한없이 '야속'했다고 한다.
　한번 낭독하면 '짐승보다 못한' '개자식' 같은 어른들 사이에서 느
끼는 점 많을텐데 그럼에도 불구하고 방송으로 내보낼 수 없어 안타깝
다. 진홍이의 '개자식'을 읽으면서 통쾌함을 맛보았다. 진홍이야말로 피
서避暑도, 피서避書도 하지 않는 진정한 글쟁이인 것 같다. 비록 방송용은
아니지만, 이런 글이야 말로 펄펄 뛰는 생동감 넘치는 글이 아닌가. 요
즘 이 시를 읽으면서 위로도 받고, 대리만족도 느끼며 삶의 여유와 용기
를 되찾고 있다.

라디오 마당놀이 - 대한민국 촌놈

살림살이가 어려워도 지방으로 내려오는 사람보다 서울로 가는 사람이 많다. 재미있는 사실은 어제까지 지방에 주소지를 두었던 사람들이 서울로 입성하자마자 태도가 묘하게 돌변한다는 사실이다. 뭐랄까 그동안 촌에서 살았던 자격지심을 벗고 환골탈퇴하고 싶은 모양인지 엊그제까지 서울에 대고 삿대질하던 사람들이 서울 시민이 되자마자 지방에 대고 손가락질한다. 촌것들이, 촌놈들이, 촌스럽긴⋯⋯.

나는 내 고향 전라북도 남원을 매우 사랑한다. 고향이 나에게 준 풍요로움을 생각하면 가슴이 벅차다. 남원에서 초중고등학교를 마치고 대학을 졸업한 후 전주에 있는 신문사에 입사했을 때 선배들은 나에게 "남원 촌년이 개천에서 용났다"고 놀렸다. 기분이 나쁘진 않았지만 전주나 남원이 뭐가 다를까 의아했다. 여고 동창이 자모회에 갔다가 "시골에서 고등학교 나오셨느냐?"며 놀림감이 됐다는 얘기도 이해할 수 없었다. 그 친구의 딸은 그 중학교에서 전교 수석을 하던 재원이었는데 일테면 '전주에서 고등학교를 나오지 않은 당신 같은 엄마한테 어쩜 저렇게 공부 잘하는 딸이 나올수 있느냐?'는 뜻이란다. 내 친구 역시 국립대 사학과를 나온 미모와 지성을 두루 갖춘 나무랄 데 없는 여성임에도 단지 전주에서 학교를 다니지 않았다는 것이 자모회 사이에서 큰 화제가 되었다는 것 또한 이해되지 않는다. 친구의 딸에 비해 우리 아들은 절대 자모들의 관심을 받을 만큼 뛰어나지도 않을 뿐더러 나 또한 자모회에 한 번도 나간 적이 없어서 그러한 분위기를 잘 몰라서 그럴 수도 있다.

서울과 지방, 지방에서도 지역에 따라 이렇게 촌스러움을 구별 짓는 사람들의 성향이 풀리지 않는 의문이었다. 따지고 보면 사대문 안 정통 서울 토박이가 대한민국 인구에서 얼마나 차지할까? 잘 나가는 사람들 중 대부분은 촌에서 태어나서 누님들이 중학교 진학을 포기하고 가방공장 섬유공장 다니면서 번 돈으로 중소도시에서 중등교육 마치고 시골 논 팔고 밭 팔아서 대학 마친 사람들이 대다수일 것이다. 그렇게 보면 촌이라는 단어는 우리에게 매우 익숙하고 정겹고 고마운 은혜의 대상이 되어야 할 터인데, 작금의 현실에서 폄하되고 무시되는 것이 안타까울 따름이다.

'대한민국에서 촌놈으로 산다는 것은 어떤 의미일까?'에 흥미를 갖다가 이를 마당놀이로 풀어보면 좋겠다는 생각에 접근했고 '방송문화진흥회 2008 방송문화진흥사업 공모'에 선정되어 제작 지원을 받게 되

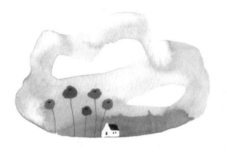

었다. 그래서 태어난 것이 '라디오 마당놀이 – 대한민국 촌놈'이다.

풍자와 해학으로 치자면 전라도 사투리만큼 맛깔스런 게 없으니 마당놀이에 제격이며 걸쭉한 촌놈의 입담으로 풀어내는 카타르시스와 흥겹고 유쾌하면서도 찡한 감동이 있다면 그보다 더한 성과는 없을 터인데, 이것을 어떻게 라디오와 접목시킬 것인가가 실험대상이었다. 일단 다양한 취재를 통해 촌놈의 의미와 지역 차별정책으로 인한 대한민국에서 촌놈으로 산다는 것의 실체를 조명하고, 촌놈이어서 행복한 사람들의 이야기, 촌에 생명력을 불어넣는 사람들의 노력, 세계로 가는 지방화 정책의 사례를 인서트 컷으로 구성했다. 내레이션 대신 마당놀이의 특성을 살려 극의 흐름을 주도할 마당쇠와 양념 역할을 톡톡히 해낼 향단의 캐릭터를 부여하고 국악기를 도입해서 마당놀이와 유사한 틀을 세웠다. 관객의 역할도 무시할 수 없는데 추임새와 댓거리가 극에 활기를 불어넣을 것이기 때문이다.

녹음 당일 방송국 옆, 익산시 신동과 신용동의 주민 20여 명을 초대하여 간단히 프로그램 성격을 소개하고 녹음에 돌입했다. 걱정했던 것과 달리 반응은 놀라웠다. 일단 '마당놀이'라는 형식과 '촌놈'이라는 소재가 주민들의 경계심을 풀었고 자기가 가진 그대로 말하고 웃고 떠들고 노래부르며 그야말로 '한바탕 놀고 가는' 마당이 되었다. 무엇보다 마당쇠 역할의 국악인 정민영과 향단역의 이용선 젊은 친구들이 기획 의도에 맞게 잘 '놀아'줬고, 아쟁과 대금, 장구, 북과 같은 악기들도 튀지 않게 극을 드나들며 분위기를 돋우었다. 관객들은 시간이 흐르면서 극에 몰입하자 아예 의자를 밀쳐내고 신발을 벗고 스튜디오에 주저

앉아 즐기는 것이 역력했다. 무엇보다 관객들에게 어떤 연기력을 요구하지 않았던 것이 오히려 편안했던 것 같다. 두 시간여 동안 진행된 녹음은 리액션 없이 바로 편집에 돌입했다. 마당놀이여서 부담스러웠던 제작이었으나 반대로 마당놀이여서 재미있는 작업이기도 했다.

이 프로그램을 소개하는 것은 "잘 만들었다"고 자찬하는 것이 절대 아니다. 다만 '라디오 마당놀이'라는 실험적 장르에 도전하면서 우려했던 것보다 더 건설적인 가능성을 발견했기 때문이다. 이를테면 대부분의 방송이 사회적 공공성과 유익함을 목표로 지역의 공통 관심사를 반영한 것도 많을 텐데 '대한민국 촌놈'도 비슷한 맥락에서 전라북도 익산에서 익산 시민 몇 명과 방송했지만 같은 주제로 전북도청 앞에서 마당놀이를 펼쳐도 좋을 것이고 경상도나 강원도 충청도에서도 충분히 가능한 주제라는 것이다. 각계 전문가와 활동가를 만나 취재한 결과 결국 지역민의 자긍심을 높이고 화합을 창출한다면 지역 경쟁력을 가질 수 있다는 결론을 도출했다. 지역색에 맞는 새롭고도 독특한 라디오 마당놀이가 계속 만들어질 수 있을 것이다. 평소 라디오 대본도 연극 대본처럼 콘텐츠화해서 확대 재생산될 수 있지 않을까 생각해왔는데 이러한 측면에서도 실험대상이 될 수 있을 듯싶었다. 선명한 주제는 무엇이든 '라디오 마당놀이'로 구성할 수 있겠다는 가능성도 엿보았다.

특히 소출력 공동체 라디오에서는 주민들과 함께 만들어 볼 수 있을 것이다. 대학시절 노래패와 탈춤반을 기웃거리며 공동작업에 참여해 본 경험이 있는데 학생들도 민요나 유행가 등을 접목시켜 상상력을 발휘해 볼 수도 있겠다. '라디오 마당놀이 – 대한민국 촌놈' 방송 이

후 청취자들도 "신선하다, 새롭다, 재미있다, 감동이었다, 다음에는 나도 참여하고 싶다"며 격려를 해주어서 1년간의 과제를 무사히 해결한 듯하다.

이번 대한민국 촌놈을 취재하며 촌에서도 희망을 잃지 않고 열심히 살아가는 사람들의 모습에 큰 감명을 받았다. 각종 혜택으로부터 소외된 사각지대에서 제도권에서 하지 못한 일을 발벗고 나서 실천하는 농민운동가, 교육가, 행정가 등 각계 다양한 사람들이 많다는 것을 발견한 것이 큰 소득이다. 주민들과 더불어 뭘 해볼까를 고민하며 또한 라디오 세계의 무한한 상상력을 어떤 프로그램과 연관지어 볼까 고민하는 지역방송사 피디들이 많다는 것을 이 프로그램을 제작하면서 다시 한 번 확인했다. 〈대한민국 촌놈〉을 제작하면서 더욱 촌을 사랑하게 되었다.

특집방송, 그 후……

가끔씩 다른 방송사나 피디들의 방송 프로그램 수상 관련 소식을 접할 때면, 뭐랄까 가슴이 먹먹하고 답답하다. 아는 사람의 수상 소식이 전해질 때면 더더욱 그러하다. 인간의 감정 가운데 비교적 부정적인 것이라고 생각해온 '질투' 때문은 절대 아니다. 오히려 자학성 감상이라고나 할까?

이를테면 "이번에 이런 프로그램이 선정됐구나. 정말 잘 만들었더라. 상 탈 만해. 역시 ○ ○ ○ 피디다워"라거나 혹은 '아~ 이런 방송도 있었네. 어떻게 만들었을까? 대단하다' 등 마음속으로 여러가지 분석을 하면서 '나는 뭐했지?' 되돌아 보게 된다. 한 달에 한 번 선정하는 한국 PD연합회 〈이달의 PD상〉 수상 소감을 볼 때면 더더욱 그러하다. 정규 프로그램도 제대로 소화하기 바쁜데 좋은 프로그램을 척척 만들어내는 피디들을 보면 그들의 기획력과 도전 정신, 재능이 부럽기 짝이 없다. 영광스런 수상자의 소감도 감동적이지만 매서운 심사평에 오히려 내 가슴이 섬뜩할 때가 많다. 그리고 가끔은 오히려 그 심사평에 고무돼 자신을 추스르게 된다. 이런 저런 시상식장이나 행사장에서 만나는 피디들의 대답은 한결같았다.

"그래도 1년에 작품 하나씩은 만들어야죠."

그 말이 송곳처럼 가슴에 박힌 후 1년 농사에 대한 부담을 떨칠 수 없었다. 그래, 1년에 작품 하나씩은 만들어야 해!

'라디오 마당놀이 – 대한민국 촌놈'이 한국PD연합회에서 주는 제103회 이달의 PD상을 수상했다. 개인적으로 70회 이달의 PD상을 수상한 이후 3년 만이다. 워낙 받기 어려운 상 가운데 하나인지라 출품하고도 크게 기대하지 않았는데 선정됐다는 전화를 받고 감회가 새로웠다. 라디오 마당놀이라는 실험적 장르에 대한 부담, 다큐멘터리와의 조화, 관객과 청취자가 동질감을 느낄 수 있는 소통의 장치, 취재 단계에서 봉착한 난제, 백만분의 1 확률로 일어나는 테이프 불량으로 인한 녹음물 삭제 사건……. 제작 과정에서 에피소드도 많고 고생도 많이 했는데 녹음할 때 워낙 즐겁게 제작했고, 마당쇠의 재치있는 진행으로 편집하면서 여러 번 웃었고, 송출하고 난 후에도 기획의도와 잘 맞아떨어져 피디 입장에서 성취감도 높고 만족했던 작품이었다. 게다기 이처럼 수상의 행운까지 찾아오니 보람이 새로운 것은 더 말할 나위가 없다. 무엇보다 기획과 실험성, 내용적인 면을 동료 피디로부터 '인정'받아서 더 기뺐다.

신문에 이달의 피디상 수상소식이 전해지면서 함께 방송했던 사람들이 전화로 축하를 해주었는데, 그 가운데 6학년 학생 4명을 가르치고 있는 진안 송풍초등학교 윤일호 선생님의 전화도 있었다. 목소리 자체에서 순수함과 열정이 넘치는 윤일호 선생님은 "CD로 방송을 재밌게 들었다"며 "출연료로 반 전체 티셔츠를 하나씩 사고 자장면을 먹었다"고 전해주셨다. 얼마 되지 않은 출연료에서 단체 티셔츠를 하나씩 사 입고 짜장면 회식까지 했을 정도라면 아마 선생님 사비가 더 들었을 것이다.

"지금 눈 내리고 매화향기 홀로 아득하니 내 여기 가난한 노래의 씨를 뿌려라" 라는 이육사의 시 〈광야〉의 시구가 새겨진 검은색 티셔츠를 입고 짜장면을 먹는 아이들과 선생님의 풍경이 떠올라 한참 동안 기분 좋게 웃었다. 선생님은 단체 티셔츠를 입고 독립기념관도 가고 개성공단도 다녀왔다는 후일담도 들려주셨다. 〈개자식〉이라는 시로 도시 어른들을 정신 번쩍 들게 했던 민진홍 학생은 여전히 순수한 글과 그림으로 마음을 정화시켜준다.

기획의 달인 TBC 대구방송의 박원달 피디는 전화로 축하하면서 "내 일처럼 기쁘다"고 말했다. 살아가면서 다른 사람의 일을 "내 일처럼 기쁘게" 생각할 사람이 몇이나 될까. 박 피디의 따뜻한 축하는 오래오래 가슴에 남는다. 생각보다 반향도 큰 것 같다. 타 방송사의 피디들도 관심을 보이면서 이것저것 의견을 나누기도 했다. 내 경우 관심 있는 타 방송사의 프로그램이 있어도 전화를 해서 축하하고 프로그램에 대해 , 제작과정 등에 대해 알고자 하는 의욕은 없었는데, 이런 적극적인 모습

을 보니 나도 배워야겠다는 생각이 든다.

　　가을비가 억수로 쏟아지던 날, 한국PD연합회 김영희 회장이 직접 전북 익산에 있는 전북원음방송까지 와서 상을 전해주셨다. 다른 직업군의 사람들은 〈이달의 PD상〉을 고정 장소에서 시상하지 않고 회장단이 직접 피디의 일터를 '찾아간다'는 데 대해 매우 신선하다는 반응이다. 현장에 있는 피디들을 직접 찾아가 배려하는 마음도 피디들의 유연한 사고방식에서 비롯된 듯하다. 김영희 회장은 현 방송환경의 어려운 상황을 직시하면서도 "그럼에도 불구하고 피디는 작품으로 말해야 한다"는 말로 독려해주었다 .CBS 박재철 피디는 〈PD저널 심사평〉에서 "앞으로 피디적인 문제의식을 계속 벼려나가는 데에 이 상이 작은 격려가 됐으면 하는 심사자들 모두의 바람을 덧붙인다"며 가일층 서늘한 책임감을 안겨주었다.

촌에서 살면서 참으로 할 말이 많았는데 '라디오 마당놀이 - 대한민국 촌놈'이 그래도 사회 통합에 기여하는 유익한 메시지가 되었으면 하는 바람이다. 자꾸 드러내고 확인받고자 하는 의도가 따로 있다. 여전히 나는 대한민국 다수의 국민들처럼 촌에서 살고 있기 때문이다. 이 기회를 빌려 지금 이 순간에도 척박한 지방에 희망의 씨앗을 뿌리는 분들과 '라디오 마당놀이 - 대한민국 촌놈' 제작에 도움을 주신 많은 분들께 진심으로 감사드린다.

6학년 네 명의 진안 송풍초등학교 아이들 티셔츠에 새겨진 시 구절이 오늘따라 새롭다.

지금 눈 내리고
매화향기 홀로 아득하니
내 여기 가난한 노래의 씨를 뿌려라.
-이육사 시 〈광야〉 중에서

동물 애청자님

방송을 하면서 아주 가끔 이 방송을 누가 들을까 궁금해질 때가 많다. 금강산 취재를 다녀와 원불교 특집 다큐멘터리 '그리운 금강산 그리운 대종사님'이라는 프로그램을 제작해서 방송했더니 크리스천인 친구가 서울에서 "대종사님의 행적을 따라 금강산 잘 다녀왔다"고 문자를 보내왔다. 부산의 청취자는 다큐에 출연한 서울의 교무님께 "방송 잘 들었다"며 안부 전화를 한 것을 다시 서울에서 내게 연락을 주기도 했다. '어디서 누군가 듣고 있는 것이 분명하다'고 생각하면 정말 어느 한 순간도 소홀히 할 수 없다는 사명감이 투철해진다.

청취층에 대해 아주 색다른 고민을 하게 된 계기. 데일리프로그램 퀴즈 코너에서 정답을 맞춘 사람과 전화 인터뷰를 하게 되는데, 하루는 충남 서천의 K 씨가 주인공이 되었다. 30여 마리의 한우를 키우고 있다는 이 여성은 최근 수입소고기 문제로 인한 축산농가의 어려운 실정을 심각하게 전달하기도 하고 고통을 하소연하기도 했다.

그런데 이 분이 인터뷰 말미에 "사실은요, 저보다 우리 집 소들이 이 방송을 더 좋아해요" 라고 말하는 것이었다. 소가 방송을 듣는다고? 이유인즉, 우리 방송에 채널을 고정하고 소들과 함께 하루를 시작하는데 본인보다 소들이 이 방송을 더 좋아하는 것 같다는 얘기다. 뭐 클래식을 들려주면 사람 못잖게 식물이나 동물이 정서적으로 안정되고 발육상태 및 수확도 좋다는 얘긴 들었지만 소들이 우리 방송을 좋아한다는 말을 들으니 기분이 참 묘했다.

그래서 혼잣말로 '이젠 소들이 좋아할 노래 선곡에도 신경을 써야겠군……' 웅얼거린 것을 작가가 듣고는 이튿날 오프닝에 "아침의 향기 가족여러분, 아침의 향기를 듣고 있는 소님, 말님, 닭님 모두 안녕하세요?"라고 써서 한바탕 웃음바다가 되기도 했다.

그 말 역시 틀린 바가 없는 것이 충남 서천의 K 씨 사연 이후 익산 알찬어린이집의 교사 S 씨는 〈아침의 향기〉 애청자인 알찬어린이집의 동물가족을 소개해왔다.

사랑하는 꼬순이(닭)를 AI 때문에 시골로 보낸 이후 보고 싶다는 사연, 꼬순이 가족 말고도 알찬이, 알봉이, 삼식이 등 삼남매 강아지가 있는데 어느 날 알찬이와 삼식이가 사라져서 아이들이 안타까워하고 있다는 2보, 개장수 아저씨가 데려간 삼식이와 알찬이를 산 분이 어린이집 근처 지나다가 전단지를 보고 다시 돌려주었다는, 그리하여 무사히 어린이집으로 돌아왔다는 3보까지. 이쯤 되면 거의 라디오 동물농장이나 라디오 주주클럽쯤 되는 것 같다.

홈페이지 게시판에 사진까지 올려놨는데 시추와 코커스의 교잡종이라는 알찬이와 삼식이가 아닌게 아니라 너무 귀엽다. 이 친구들을 영영 잃어버렸으면 알찬어린이집 원생 뿐 아니라 스태프와 청취자까지 삼식이와 알찬이 잃은 슬픔이 매우 심각한 수준이었을게다.

황희 정승의 일화 가운데 누렁소 검은소 이야기가 떠오른다. 황희가 논에서 일하는 두 마리 황소를 보고 농부에게 "어떤 소가 더 일을 잘 하느냐"고 묻자 농부가 멀리서 달려와 귀엣말로 말한 후 "아무리 미물이지만 짐승이라도 저 안 좋은 말을 알아 듣습니다"라고 덧붙이는 것이었다. 이후 황희는 크게 깨닫고 평생 겸손하게 살며 덕을 베풀었다는 익히 잘 알려진 얘기다. 한동안 잊고 지낸 이 일화가 불현듯 떠오른 것은 우리 방송을 잘 듣는다는 동물 가족들의 이야기를 접한 이후다.

농부는 황희에게 "짐승도 저 안좋은 말을 알아 듣는다"는 큰 교훈을 가르쳐주었는데 서천의 한우 30두 말고도, 알찬이 알봉이 삼식이를 생각하면 이제부터 '미친소' 이야기나 '보신탕' 이야기도 가려서 해야 할 것 같다. 그들도 엄연한 우리 애청자였던 것이다. 이 애청자님들과도 소통하고 싶다.

할머니들이 만든 방송

지역에서 다큐멘터리를 제작하면서 가장 큰 어려움은 인적 네트워크다. 전문 성우는 안정성이 없어 지역에서 활동하기가 어렵고, 중앙에서 활동하는 전문가는 제작비나 여건상 지역으로 초청하기가 쉽지 않다. 괜찮은 목소리의 주인공은 지역의 주요 방송사에서 활동하고 있으니 목소리의 변별력을 기대하기가 어렵다.

　　모 방송사처럼 지역에서 취재 소스만 다 준비해서 서울에서 세련된 성우 목소리를 담아 완제품을 만들면 얼마나 좋을까 생각한 적도 있지만 한편으론 취재만 지역에서 하고 서울에서 다 만들어오면 그게 무슨 지역방송으로 의미가 있나 판단이 서지 않을 때도 있다. 그래서 고집스레 실행하고 있는 작업 가운데 하나가 바로 지역 주민과 방송하는 것이다.

　2005년 전주 한지韓紙를 소재로 한 방송을 만들었을 때는 유치원에 다니는 6살 이예인 어린이에게 내레이션을 맡겼다. 평범한 한지 한 장이 빚어내는 무한한 가능성을 표출하는 과정으로 처음부터 어린이를 염두에 둔 기획이었다.

　하지만 연기 수업 한 번 받지 않은 유치원생에게 무슨 기대를 할 수 있겠는가, 글자나 제대로 읽을까? 여러 가지 부담과 우려가 많았지만 최종적으로 '그래, 어린이가 못 하는 게 당연하지. 잘 하는 게 더 이상하지 않은가?' 이런 생각으로 도전했다. 예인이는 기대 이상으로 선전해서 오히려 제 마음에 들지 않으면 여러 번 녹음하는 열성을 보였다. 예인이와 방송을 한 것은 참 잘한 일이었다.

　2006년에 고령화 문제에 관심을 돌렸었다. 저출산 고령화 사회로 치달으면서 야기되는 여러 가지 사회적 현상을 보면서 '늙는 것이 꼭 부끄러운 것인가, 노인 이야기를 좀 더 유쾌하게 접근할 수는 없는 것인가?' 이런 의문을 가지게 되었고 "멋지게 늙는 법이 무엇일까?" 고민한 끝에, 멋지게 사는 노인들의 이야기를 담기로 했다.

　말하자면 노인 문제의 패러다임을 바꾸자는 것이다. 이렇게 기획된 '신 노인백서'는 전주에서 노인들로 구성된 인형극단 '실버서포터즈'의 도움을 받기로 했다. 이분들은 소비자정보센터에 소속된 자원봉사 할아버지 할머니들로 인형극을 통해 소비자 문제를 짚어주고 정보를 제공하는 역할을 하고 있었다. 시골에 계신 할아버지 할머니를 상대로 약이나 전기제품 판매와 같은 불법판매가 판치고 있다는 것을 기억한다면, 그분들에게 소비자 교육이 왜 필요한지 직감할 수 있을 것이다.

이분들을 방송국으로 초대하여 멋진 인형극을 만들면 어떨까? 이 대본을 토대로 새로운 인형극을 창출한다면 또 다른 노인 교육을 실시할 수 있지 않을까? 그래서 마지막 3부는 인형극으로 마무리하기로 했는데 1, 2부에서 내레이터를 누구로 내세울까 고민이 되었다.

사실 할아버지 할머니를 모시고 방송을 제작한다는 것도 좀체 인내를 필요로 하지 않으면 안되는 작업이다. 이참에 돈 좀 더 들이고 세련된 성우로 내레이션을 확 바꿔버릴까나, 내레이션만 잘해도 반절은 먹고 들어가는데……. 온갖 상념이 머리를 스치다 결국 방송 경험이 전혀 없는 67세 윤정임 할머니에게 내레이션을 맡겼다.

역시 잘 하리라는 기대는 하지 않은 채 다만 노인 이야기 역시 노인이 풀어내야 설득력이 있을 것이라는 점과 나의 방송관 가운데 초심으로 돌아와 '지역 주민과 함께 하는 방송'으로 회귀하기에 이르렀다. NG에 NG를 거듭한 결과 그럭저럭 방송 한 편이 만들어지고, 인형극에 참여한 할머니들은 "아이구 형님, 우리가 평생 살면서 언제 이렇게 방송국에서 방송해보겠어유~" 하면서 즐거워들 하셨다. 하기야 이런 기회 아니면 언제 방송국에 다녀가셨을까.

이렇게 고심해서 만든 작품이 1시간 30분 전파를 타고 나간 후 "노인 얘기가 즐거울 수도 있구나", "나도 잘 늙어야 겠다" 등등 청취자들로부터 기획한 대로 피드백이 와서 고무되기도 했다.

할머니들과 함께 만든 이 작품은 2007년 인구보건복지협회와 저출산고령사회위원회가 선정한 제1회 '저출산 · 고령사회 대응 우수 방송

프로그램(새로마지 방송상)' 수상작에 선정됐다. EBS 특별기획 '가족실험 프로젝트', KBS 1TV '생로병사의 비밀'의 '51g 속의 기적–탄생을 돕는 첨단불임치료'편, KBS 1TV '언제나 청춘' 프로그램과 더불어 누린 영광이다. 저출산, 고령사회 대응을 위한 방송의 역할을 강화하고 제작진을 격려하고자 마련됐다는 취지에서 제작자 입장에서 큰 용기가 나고 무엇보다 훈련되지 않은 투박한 할머니들의 진솔함이 전달된 것 같아 기쁘다.

지역에서 촌티 팍팍 내가며 할머니들과 만든 질그릇 같은 방송이기에 자긍심이 새롭다. 난생 처음 방송국에 와서 마이크 구경하고 그 자리에서 '뚝딱' 방송을 해치운(?) 우리 할머니들이 자랑스럽다. 할머니들과 방송한 것, 참 잘한 일이다.

1주년의 선물

로컬 프로그램 새 진행자가 진행을 맡은 지 1년이 되었다는 사실을 알
게 된 건 애청자 덕분이었다. 오전 9시 방송 개시 멘트와 더불어 '맨 처
음'이라는 닉네임을 쓰는 애청자가 '방송 1년 축하해요'라는 문자를 보내
오자 10여 명의 애청자가 득달같이 축하메시지를 보내왔다. 피디도 기
억 못하는 진행자의 방송 시작 날짜를 일일이 체크하고 기억하는 애청
자라니, 그 충성도가 가히 경이롭다. 11시에 방송을 마치고 사무실로 돌
아와 보니 꽃바구니에 케익, 그리고 찐빵이 책상 위에 풍성하다. 찐빵
은 구둣방 아저씨가 보낸 것이고, 케익은 휴대전화 끝자리 4×××님이
보낸 것이다. 원래 숫자에 경칭을 붙이는 것은 어법에 맞지 않지만 방송
에선 일일이 닉네임을 부를 수 없으므로 간혹 뒷 번호를 애청자의 닉네

임화 해서 부르기도 한다. 4×××은 지난 여름 끝물에 귀한 수박을 서너 통 보내주었고 어느 날인가는 보낸 사람 표기도 없이 귤을 한 박스 놓고 가기도 했다. 꽃바구니는 선진 씨의 팬이 보냈다는데 누가 보냈는지 아직까지 밝혀지지 않고 있다. 잠시 후 중년의 여성이 고운 꽃바구니를 들고 방송국을 찾아왔다. 간혹 서정성 넘치는 고운 글로 사연을 보내주는 '초록예찬'이란 닉네임의 주인공이다. 꽃집을 한다는 그녀는 손수 만든 꽃바구니로 진행자의 방송 1년을 축하한다. '초록예찬'님은 라디오를 듣고 인터넷 홈페이지를 보면서 진행자의 이미지를 연상해서 꽃 하나하나에 의미를 담았다며 오랜 시간 정성을 들여 설명한다.

"S 씨가 가냘프면서도 지적인 이미지라서 갈색이나 카키 계열이 어울릴 듯한 느낌이었어요. 그래서 종합적으로 그런 이미지를 살려보았는데요, 요건 골든볼, 하얀색과 보라색의 색카네이션도 고급스럽죠? 이건 '리시안샤스'인데요 김대중 전 대통령이 좋아하던 꽃이랍니다. 이건 이름처럼 웃음이 묻어나는 스마일락스, 이건 아즈마소국인데요. 재미있게 아줌마소국이라고 부르기도 해요."

초록색 하트 모양의 나무 바구니에 정성을 가득 담은 그녀는 앞으로도 좋은 방송을 해달라고 당부도 잊지 않는다. 애청자의 사랑을 듬뿍 받는 진행자의 모습이 보기 좋다. 역시 방송의 꽃은 진행자인가 보다.

방송 1주년 맞은 진행자에게 쏟아진 선물 공세로 며칠간 방송국 식구들이 포식을 한 것까진 고마운 일이었다. 며칠 후, 개인적인 사정으로 하루 월차를 내고 다음날 출근했더니 진행자가 5×××님이 방송국에 다녀갔다고 전해준다. 5×××님이라면 지난 여름 손수 경작한 옥수수를 한 자루 보내주셨던 분이다. 뜨거운 여름 볕에 옥수수 물대기도 힘들었다는데, 택배비도 만만치 않았을 그 농산물의 결실을 받고 감동했던 기억이 새롭다. 이번에는 집에서 기른 닭이 낳은 유정란 한 판에다 음료수까지 한 박스를 가져오셨단다. 출출하던 차, 계란 한판을 삶아서 방송국 직원은 물론 다른 사무실 직원들까지 공양을 잘 했는데, 하얀 박스 안에 의외의 선물도 있었다는 것이다.

"그게 뭐냐면요, 옻닭이래요." 닭을 보내겠다고 해서 조리된 음식인 줄 알았는데, 박스를 열어보니 각종 약재가 들어있는 손질된 옻닭이 얌전히 드러누워 있더라는 것이다. 사무실 직원들이 나체로 드러누워있는 닭을 보고 박장대소했음은 말할 것도 없다. 집으로 가져가 부모님 몸보신하시라 했더니 S 씨 어머니도 어떻게 손을 대야 할지 '대략 난감'이란다. 요 며칠, 진행자 1주년을 축하하는 애청자들의 꽃바구니와 찐빵, 계란, 기타 등 선물에 즐거웠다. 옻닭은 먹지 않았지만 그 순수함이 에너지를 보충해준다. 그나마 산 닭을 보내지 않은 것만도 다행이다. 순박한 애청자가 산 닭을 보내주셨다면 그가 '꼬꼬댁'거리며 방송국을 휘젓고 다닐지도 모를 일이다. 하긴 그도 고맙고 유쾌한 일일 것이다.

꽃밭에서

특정한 모임의 이름을 짓는데 아이디어를 내서 공모 당선(?)된 사례가
몇 개 있다.

성별도 나이도 직업도 각자 다른 대여섯 명의 모임 이름은 '뜬금
회'다. '뜬금없다'는 말은 갑작스럽고도 엉뚱하다는 뜻으로 전라도에서
는 더 포괄적으로 쓰인다. 뜬금회는 갑작스럽게 소집해서 뜬금없이 만
나자는 의미였는데 '뜬금뜬금' 만나다 말다 하고 있다.

20여 년 넘게 우애를 지속하는 다섯 명의 모임 이름은 '자매님들'
이다. 다섯 명은 정말 자매처럼 마음이 잘 통한다. 간혹 자매회에 끼고
싶어 하는 형제들이 늘어나고 있는데 그래도 원조 자매회는 영원히 유
지될 것이다.

초창기 전북여성화요간담회 운영위원으로 구성된 모임도 있다. 처음에는 화요간담회 기획과 운영을 돕다가 임기를 마치고 사모임으로 전환했다. 다양한 직업의 CEO와 전문가들로 구성이 되어 정보교류는 물론이고 인간적 유대감이 매우 끈끈하다. 나이 많은 선배와 제일 어린 후배의 나이차는 띠 동갑. 서로 존중하고 배려해주는 아름다운 모임이다. 이 모임의 이름을 '화려해和麗海'라고 지었다. 화려해의 뜻은 이러하다. 화요일에 만나 화로 운을 시작하되 대신 조화로움, 상생의 의미를 담아 '화和', 아름다운 사람들이라는 의미로 '려麗', 그리고 바다 너머 큰 정신을 지향하자는 의미로 '해海'를 담았다.

선배 Y 교수가 '잘 먹고 잘 놀고 잘 쉬고 잘 살자'며 모임을 하나 만들자고 제안했을 때 공교롭게 비슷한 맥락의 동아리를 구성하고자 하는 몇 그룹이 있었다. 내가 행복해야 남도 행복하게 할 수 있다. 다만 혼자서 잘 먹고 잘 살자는 게 아니라 안에서 에너지를 비축해서 사회에 좋은 일로 환원하자는 취지였다. 각자 사회에서 검증받은 사람들이고 재능이 뛰어난 사람들이었다. 무엇보다 마음이 따뜻한 사람들이어서 몇 팀을 주선했더니 정말로 환상적인 모임이 되었다. 첫 모임에는 다소 어색해하고 관망하는 눈치더니 이내 의기투합했다. 좋아하는 꽃 이름을 하나씩 지어서 별칭으로 하자 했더니 분위기가 무르익었다.

언론인 출신 맏언니는 20여 년 전부터 이메일 주소로 'rose'를 사용해왔다. 자연스럽게 장미 언니가 되었다. 꽃의 여왕 장미답다.

한복패션디자이너 J 언니는 언니의 상호 이름을 인용해 배꽃이 되었다. 배꽃처럼 화사한 분이다. 무용교수 Y 언니는 매화를 택했다. 설중매처럼 도도한 기품이 있다. 그녀의 춤 또한 고고하다. 다소곳해 보이는 J는 재무설계사이자 우수인증설계사로 실력자이다. 그녀의 별칭은 바람꽃, 멋진 펜션 부안의 변산 바람꽃을 다녀온 이후 바람꽃에 꽂혀있다. 아동학 박사 Y는 에델바이스, 줄여서 에바라고 부른다. 서구적인 외모의 그녀와 참 잘 어울린다. 어린아이처럼 깨끗한 마음을 지닌 여성이다. 문화기획가 K는 카라. 일할 때는 거침없는 카리스마를 내뿜지만 내면은 순수한 천상 여자이다. 우리 모임 중 유일한 미혼이다. 타로 카드를 활용한 심리 상담과 치료를 연구하는 L 소장은 우리에게 내면의 상처를 치유하고 새로운 세상을 보여주었다. 별칭은 소나무. 유일하게 나무를 선택했는데 소나무처럼 우리 모두를 보듬어준다. 아이디어 뱅크 B는 수선화가 별칭이다. 고결하고 신비로운 수선화의 꽃말처럼 신선한 기획력과 고결한 품성이 이름과 참 잘 어울린다. 컴퓨터교육 컨설팅 전문가인 J는 사과꽃을 택했다. 늘 함박웃음으로 사람을 행복하게 해준다. 그녀의 주변은 사과꽃처럼 화사하다. 기자인 L은 튤립이다. 튤립은 방글방글한 얼굴과 고운 마음이 튤립처럼 사랑스럽다. 방송작가 K의 별칭은 아까시. 우정과 신의를 중시하며 희생정신이 남다르다. 우리 모임 막내로서 튤립과 아까시의 활약이 눈부시다.

마지막으로 나의 별칭은 천리향이다. 향기가 천리까지 간다는 천리향처럼 세상에 좋은 향을 전하고 싶기 때문이다. 그런데 천리향은 꿈속의 사랑, 달콤한 사랑, 편애의 꽃말을 가지고 있다. 누군가를 신뢰하면 한 눈 팔지 않는 내 성격하고도 맞는 것 같다.

각자 이름을 지어놓고 보니 어쩜 그리 자신의 이미지와 잘 들어

맞는지 모두들 감탄에 감탄을 거듭했다. 이름을 하나씩 부르다 보니 꽃밭이 되었다. 그래서 이 모임의 이름은 '꽃밭'으로 정했다.

이렇듯 좋은 의도로 시작된 꽃밭 모임이 지금은 정체성 확립에 정성을 쏟고 있으나 곧 지역과 이웃을 위해 무언가 의미있고 보람된 일을 실천하려 한다. 각자 재능이 뛰어나서 무슨 일을 맡겨도 잘 해내리라고 믿고 있다. 긍정 에너지를 사회에 봉사하고 환원하는 것이 가장 큰 목표이다.

나는 우리의 꽃밭이 서로가 서로에게 밑알이 되어주고 거름이 되어서 풍성한 꽃밭으로 성장하길 바란다. 작은 꽃밭이 더 크고 더 넓은 꽃밭이 되어 많은 사람들에게 기쁨과 행복을 주길 바란다. 생명을 사랑하고 사람을 귀히 여기며 꽃밭의 잉여 생산물로 꿀도 나누고 열매도 거두어서 이웃에 나누어 주길 기대한다. 그리하여 제2의 장미와 배꽃과 매화가, 제3의 바람꽃과 소나무와 수선화가, 제4, 제5의 튤립과 아까시가 꽃밭에서 화음을 이루기를 기대한다. 그 즈음 나는 천리향이 아닌 잡초가 되어도 좋으리. 요즘 매일 꽃밭에서 행복하다.

일찍 거두어 가더라도 헛되지는 않게 하소서

큰 아들 현범이 올해 성년이 된다. 둘째 영서의 생일도 다가온다. 천방지축 온 동네 인증된 개구쟁이 천방지축 말썽꾸러기들이 언제 저렇게 자랐나 감회가 새롭다. 엄마 키를 훌쩍 뛰어 넘은 것은 벌써 몇 해 전의 일이고 지금은 아빠 키를 육박하고 있으니 180cm에 가까울 것이다. 특히 둘째는 가히 폭풍성장이라 할 만하다. 탄탄한 근육이며 균형 잡힌 몸매가 중학생답지 않게 성숙하다. 둘째를 바라보면 가끔, 12년 전 네 살이던 영서와 동갑의 그 아이가 생각난다. 그 아이도 벌써 열여섯 살이고 탄탄한 청소년이 되었겠구나. 아빠를 닮아 멋지게 잘 자라고 있겠지?

온 국민을 비탄에 잠기게 했던 2001년 3월 4일 홍제동 화재 현장에서 순직한 소방관 가운데 고 김기석 소방장은 나와 대학 입학 동기이다. 입학 동기이지 동기동창이라는 말은 아니다. 나는 신문방송학과 83 학번이고, 고인은 행정학과 83학번이지만 어려운 집안 환경 탓에 동생들 건사하느라 늦깎이로 대학에 입학했다 한다. 신방과와 행정학과는 교양과목이나 커리큘럼이 비슷해서 같이 강의를 듣는 일이 많았는데 고인은 늘 강의실 앞자리에서 교수님의 강의를 열심히 메모하며 경청하곤 했다. 게다가 우리과 M의 사촌오빠여서 신방과나 행정과 가릴 것 없이 당시 대중적인 호칭인 '기석이 형'으로 불리우며 많은 학생들의 신망을 한몸에 받았다. 기석이 형은 시험기간이 다가오면 필기한 노트는 물론 예상문제까지 뽑아서 학생들에게 전수해 주곤 했다. 그 와중에도 늘 행정학과에서 상위권을 유지하며 장학금을 받아 학교에 다녔다. 대학 졸업 후 소식이 뜸했는데 2000년 12월, 문학상 신인상을 수상한 것이 일간지에 소개된 것을 계기로 반갑게 소식을 전해왔다. 기석이 형은 과거에 청소년 단체에서 아이들 사회교육을 하다가 지금은 소방에 몸담아 서울 시민들의 생명과 안전을 위한 119 구조대 부대장으로 일하고 있다고 했다. 당시 행정학과 1,2위를 다투던 누구 누구가 어디 어디에서 일한다는 내용도 전해 주어 오랜만에 입학 동기들의 근황도 소개해주었다.

　　나는 기석이 형을 통해 소방공무원의 특별한 삶을 조금이나마 알 수 있게 되었다. 어느 겨울에 눈길 가득한 북한산 한 봉우리에서 발목골절을 입은 사람을 운동 삼아 1시간여 휘적휘적 뛰어가 헬기에 태워 병원으로 이송시킨 후 곧이어 화재 지역으로 출동했다는 소식, 같이 근무하던 동료 직원이 강에서 실종되어 연 나흘간 꽁꽁 얼어붙은 얼음덩이를 깨며 차가운 물속에서 잠수작업을 한 일, 무너지는 건물의 잔재에 파묻혀보기도 하고, 성난 불길 속에 휩싸이기도 하고 차량 차고 현장에서 질주하는 차들에게 받힐 뻔하기도 했고, 그도 저도 아니면 그야말로 과로로 인해 죽을 뻔했던 고비가 한 두 번이 아니었다. 생과 사의 길목에서 수많은 사선을 넘나드는 소방관의 삶이기에 가족과 동료와 자기 자신에 투철한 사명감을 갖고 있다는 사실도 확인시켜 주었다. 이렇게 많은 위험 속에서도 책임감과 의무감 때문에 죽고 싶어도 마음대로 죽을 수 없다고……

기석이 형은 "이 일을 하나의 성직으로 여긴다"고 했다. 직업가운데 최고로 좋은 직업이라는 자부심이 강하다는 것, 사람의 목숨을 살리기 위해 내 한 목숨 선선히 내던질 수 있다는 것에 자부심을 갖고 있고, 남이 알아주지 않아도 대한민국의 이 직종에 종사하는 사람들은 대개 이런 의식으로 무장되어 있다고 전해 주었다.

세상에! 사람 목숨을 살리기 위해 자신의 목숨을 선선히 내던질 수 있는 대한민국 사람이 몇이나 될까. 나는 자랑스런 대학 동기를 통해 노란 옷의 수호천사 119 구조대의 새로운 모습을 알게 되었고 깊은 감동과 함께 존경심을 갖게 되었다.

그리고 운명의 2001년 3월 4일, 저녁 뉴스를 보던 남편이 갑자기 다급하게 소리쳤다. "김기석 씨, 당신 동창 맞지?" 홍제동 화재 진압 중 여섯 명의 소방관이 순직했다는 뉴스 자막의 사망자 명단 가운데 그 이름도 있었던 것이다. 붕괴 위험성이 크다는 것을 알면서도 집 안에 있을 사람을 구조하기 위해 뛰어들었다고 했다. 그분들이라면 충분히 그러하고도 남음이 있다. 시민들의 목숨과 재산을 지키기 위해 내 한 목숨 선선히 내 놓을 분들이니까.

인연은 참으로 오묘하다. 독실한 불교신자인 기석이 형은 '인간사 모두 하늘의 뜻'이라고, 주어진 일에 최선을 다하며 묵묵히 사는 그날까지 열심히 살다 간다면, 내세에 좋은 인연으로 좋은 몸을 받고 태어나지 않겠느냐'며 그 짧은 메일 속에 죽음관도 내비쳤다. 마치 죽음을 오랫동안 준비해온 사람처럼.

당시 전주시청 공보실에서 일하던 기자 출신의 남편은 '김기석 씨의 죽음은 그냥 평범한 공무 수행 중에 벌어진 죽음이 아니라 평소 그분의 인격과 인품, 희생정신의 발로'라며 그 분의 직업 정신과 숭고한 뜻이 담긴 내용을 보도 자료로 공개했고 남편에 의해 기자들에게 전달됐다. 대한민국을 온통 눈물바다로 만든 김기석 소방장의 사연은 그렇게 알려지게 되었다.

장례식 이후 원광대 대학법당에서 김기석 소방장을 위한 천도제를 지냈고 나는 추도사를 썼다. 고인이 평소 '과분한 아내'라며 자랑해 마지 않던 기석이 형의 부인과 손을 잡고 하염없이 울었다. 기석이 형이 그토록 사랑하던 두 아들도 천도제에서 만났다. 고인의 네 살짜리 막내 아들이 우리 둘째와 같은 나이라는 것을 그때 알았다. 그때 네 살이던 아이들이 벌써 열여섯 살이 되었다.

어느 소방관은 이렇게 말했다고 한다. "나를 일찍 거두어 가시더라도 헛되지는 않게 하소서" 당시 천도제를 주도했던 교무님은 "김기석 소방장이 김 피디님에게 큰 인연을 걸어놓고 가셨다"고 하셨다. 그 말씀을 듣고 연마해보니, 정말로 기석이 형은 나를 통해 소방관의 삶을 말하고 싶었는지도 모른다는 생각이 들었다.

박동규, 김기석, 김철홍, 박상옥, 장석찬, 박준우 이 여섯 분은 태어난 날은 다르지만 2001년 3월 4일 서울 홍제동 화재 현장에서 한 날 한 시에 운명을 함께 하셨다.

고 김기석 소방장의 말 처럼 '사람의 목숨을 살리기 위해 선선히 자신의 목숨을 내던질 수 있는' 소방대원들의 삶, 그것은 바로 의인의 길이자, 바로 성자의 삶이다.

나는 가끔 죄책감에 몸 둘 바를 모르겠다. 그분들의 희생을 헛되이 하지 않나, 그분들의 몫까지 열심히 살고 있나, 그분들의 희생을 대신해서 가족과 동료에게 얼마나 성실했나……

이 시각 절박한 위험 속에서도 '다른 사람의 생명을 살리기 위해' 목숨 걸고 사선을 넘나드는 소방대원들이 많다는 것, 순직한 소방관들의 죽음이 헛되지 않도록 살아남은 자들이 더 열심히 더 치열하게 더 숭고한 삶을 살아가야 한다는 것, 그런 의무감으로 마음을 추스린다. "대한민국 이상무"라고 대답할 수 있도록 더 열심히 살아야겠다. 의인들의 죽음이 헛되지 않도록.

"어이 김 피디, 잘 지내고 있지?"

명랑한 목소리가 하늘에서 들린다.

'쨍'하고 해 뜰 날

유난히도 눈이 많이 내리는 겨울이다. 이틀 걸러 내린 폭설로 도시 전체
가 거대한 스케이트장 같다. 애초 걸어서 집에 돌아갈 요량으로 복장을
든든히 갖추었지만 겨울밤 추위가 보통 매서운 게 아니다. 택시를 타기
위해 수십 번 시도하다 포기할 무렵 시내버스가 왔다. 다행히도 집 근처
로 향하는 버스였다. 집 가까운 곳에서 내려 걸어가야지 싶어 얼른 버스
에 올라탔다. 이미 만원인 버스는 발 딛기도 힘들다. 버스에 올라타 설
자리를 확보하고 나니 안도의 한숨이 나온다. 의자에 앉은 아저씨가 얼
른 가방을 받아주었다. 슬슬 출발할 법도 한데 기사 아저씨는 꾸역꾸역
손님을 태우고 있다.

    '버스에 탄 사람도 많구만, 그냥 출발하지……. 저 사람들은 다음

버스를 타면 되잖아?'라고 생각하는 순간, 마치 내 맘을 읽기라도 한 듯 기사님이 말한다.

"거 안쪽 손님들 쫌만 안으로 들어가 주세요잉. 저 분들도 태우고 가야지요. 인자 버스도 별로 없는디 얼마나 춥겄어요?"

몇 분전 추위에 떨다가 버스를 탄지 얼마나 되었다고 금세 버스밖 상황을 잊어버린 나의 이기심이 부끄럽다. 객사 앞에서 대여섯 명의 승객이 더 버스에 탔다. 한 사람 한 사람 올라 탈 때마다 앞쪽의 승객은 안전하게 올라올 수 있도록 손을 잡아준다. 가슴이 따뜻해진다.

덜덜덜 다시 움직이기 시작하는 시내버스. 기사님은 짜증 한 번 내지 않고 손님이 타고 내릴 때 마다 인내심을 갖고 기다려준다.

"허허 살다본께 이런 날도 있네요이~ 맨날 나 혼자 외롭게 댕겼는디……."

기사님의 넉살에 승객들이 와~ 웃는다. 평소 시내버스 탈 일이 거의 없는 나도 미안한 마음이 몰려오면서 슬며시 웃음이 난다.

오랫동안 버스를 기다렸는지 약이 단단히 오른 승객은 버스에 타자마자 "아 왜 차를 빼 먹어요"라며 강력하게 항의한다. 속 좋은 기사님의 느린 대답.

"긍께요. 나는 안 빼먹고 잘 댕기는디, 앞차가 급한 일이 있는가 보네요."

이쯤 되자 화난 손님도 기세를 누그러뜨리고 웃고 만다. 손님이 내릴 때마다 기사님이 몇 번씩 "인자 문 닫아도 돼요?"라고 물어보자 내리는 곳 가까이에 있는 승객은 알아서 "기사님 손님 다 내렸어요. 출발

해도 돼요"라고 외친다. 또 다시 몰려오는 웃음바다. "허허, 저 손님 오늘 차비 도로 내줘야 쓰겠네. 차장 노릇을 겁나게 잘하네" 이번에는 운전석 근처에 있는 승객들이 또 웃음으로 화답한다.

종점이 가까워오면서 타는 승객보다 내리는 승객이 많다. 여전히 버스는 느린 속도로 진행 중이다. 완산구청 다음 정차하는 곳을 물으니, 이렇게 좋을 수가! 내가 사는 아파트란다. '택시비 굳었다'며 대단히 뿌듯한 마음으로 슬슬 내릴 준비를 하는데 기사님이 혼자 노래를 부른다.

"쨍하고 해 뜰 날 돌아온단다, 쨍하고 해 뜰 날 돌아온단다."

더 이상 진전도 없이 기사님은 "쨍하고 해 뜰 날 돌아 온단다"만 주문처럼 반복하고 있다.

폭설이 지겨워서 그랬을까, 사는 것이 고단해서 였을까, 어떤 의미이든지 "쨍하고 해 뜰 날 돌아 온다"는 그 말이 기분이 좋아 귀를 쫑긋 세우고 감상하다가 그만 내릴 곳을 지나쳤다. 한 정거장을 다시 걸어오면서 나도 '해 뜰 날'을 불러보았다.

"쨍하고 해 뜰 날 돌아 온단다! 슬픔도 괴로움도 모두 모두 비켜라!"

신기하게도 기분이 좋아졌다. 골목 어귀에서 "쨍하고 해 뜰 날" 크게 외친다. 마음 깊숙한 곳에서 희망이 용틀임한다. 쨍!하고 붉은 태양이 솟아오른다.

기다렸던 인연처럼

신문방송학을 전공했음에도 불구하고 커뮤니케이션에 대해 모르는 것이 많다. 하긴 모르는 게 한두 가지인가, 아는 게 없다는 표현이 더욱 정확할 것이다. 뉴미디어, 특히 대부분 디지털 기기는 낯설고 어색하다. 이메일을 개설하고 사용법을 몰라 난감했던 것이 엊그제 같은데, 이제는 1:1 커뮤니케이션인 이메일 시대를 지나 SNS로 소통한다. SNS라, 이 말도 아직까지 어색하다. SNS는 Social Networking Service의 약자다. 웹상에서 친구, 선후배, 동료 등 지인과의 인맥관계를 강화시키고 또 새로운 인맥을 쌓으며 인간관계를 형성해줄 수 있도록 하는 서비스를 통틀어 지칭한다. 개인의 정보를 공유할 수 있게 하고 의사소통을 도와주는 1인 미디어, 1인 커뮤니타라고 할 수 있다. 국내에선 미 투데이,

스푼, 싸이월드, 라이브리, 무료게임타운, 와글와글, 링크나우 등이 있단다. 나는 한동안 싸이월드를 사용했는데 자료나 원고를 정리해 두는 수준이었다.

국외 SNS는 더 다양하다. 트위터, 페이스북, 마이스페이스, 닷지볼, 라스트FM, 플리커, 포스퀘어, 픽시브, 믹시, 구글+, 시나 웨이보 등이 있다고 한다.

하버드대 학생이었던 마크 저커버그가 2004년 2월4일 개설한 페이스북은 전 세계 8억 명 이상의 사용자가 활동 중으로, 전 세계 최대의 SNS로 부상했다. 개인적인 교류는 물론 정치 참여, 정부 서비스 분야에서도 적극 활용되고 있다. 페이스북 친구들 이야기를 하려고 보니 SNS에 대한 설명이 길어졌다.

K 교수님의 안내로 페이스북이라는 곳에 입성하고 보니 참 신기했다. 컴퓨터 안에 또 다른 세상이 들어있는 셈이다. 아는 얼굴도 반갑고, 모르는 사람도 친근하다. 한동안 연락이 두절된 선후배도 페이스북에서 재회하고, 생면부지일지라도 금세 마음이 통하는 사람도 있다. 오래 전 감명깊게 읽은 책의 저자도 페이스북에서 만났다. 마치 오랫동안 기다려온 인연처럼······

어느 주말, 전주천을 걷자는 공지가 떴다. 걷기 위해 만난 이 모임의 이름은 〈마실당〉이라나. 이 모임이 만들어진 유래는 이렇다. 페이스북에서 몇 사람이 이야기를 나누다가 누군가 "0월 0일 0시에 00에서 만나 전주천을 걸어보자"고 제안을 했단다. 몇 사람이나 나올까 반신반의하며 약속장소에 나갔더니 예닐곱 명이 나와 있더라나. 페이스북에서는 친구로 지냈으나 초면인 사람이 대다수였다. 그렇게 한 달에 한번 모이기 시작한 걷기 모임은 2년 동안 건강한 모임으로 자리매김했다.

7월 모임에 용기를 내어 처음으로 참석했더니 마침 전직 기자 출신 행인 선배와 S신문사의 정 편집국장님, J대학교 윤 교수님 등 친근한 얼굴이 보인다. 고향 후배 재욱과 경만이 더욱 반갑게 맞아준다. 경만은 35년 전 청소년 시절의 인물과 사건을 중심으로 역사를 되짚어준다. 이제는 모두 50줄을 바라보는 중년인데, 여전히 중고등학교 시절 야사野史는 유쾌하다. 마실당에서 새로 만난 사람들도 참 따뜻하다. 유유상종類類相從이라더니 웹에서도 이 용어는 딱 맞아떨어진다. 그렇게 한 달에 한 번씩 진안 고원길, 지리산 둘레길, 변산 마실길, 순창 섬진강 구담 마을 등 전북의 주요 산천을 걸으며 사계절을 보냈다. 가까운 곳에 이처럼 아름다운 길이 있다는 것을 몰랐었다.

마실당 덕분에 우리 땅에 대한 애정이 더욱 깊어졌다. '울음이 타는 가을 섬진강 길'은 더욱 인상적이었다. 섬진강 시인 김용택 생가에서 출발해 섬진강을 끼고 되돌아오는 코스였다. 반환점을 찍고 돌아오는 길, 타는 저녁놀이 아름다워 다들 걸음을 멈추었다. 가을 해는 짧다. 섬진강 어귀에서 너무 오랜 시간을 보낸 탓일까. 산등성이 고적한 들길에 잠시 저녁놀이 머물더니 순식간에 사라지고 금세 짙은 어둠이 드리웠다. 사위가 시커멓다. 일행은 번갈아 휴대전화의 조명등을 밝히며 산길을 걸었다. 가요부터 동요까지 번갈아 노래를 부르며 얼마나 걸었을까. 동행이 없었더라면 엄두조차 내지 못할 산길, 드디어 저 멀리서 반짝거리는 불빛을 발견했다. 마을에 다다른 것이다. 불빛을 따라 발걸음을 재촉하는데 아스라이 바람결에 트럼펫 소리가 실려 온다. 〈밤 하늘의 트럼펫〉이라는 곡이었다. 섬진강 계곡 밤 하늘에 울려 퍼지던 트럼펫 소리는 색다른 감동이었다.

　　그 음악소리에 이끌려 피곤함도 잊은 채 마을에 도착해서 모두 무사함에 안도하며 뜨겁게 감사했다. 연주자는 고향 후배 노경만이었다. 정치학을 전공하고 자영업을 하는 그가 언제 트럼펫을 익혔는지 수준급이었다. 적막한 밤길을 걸어오는 걸음 느린 일행을 위한 희망의 찬가였다. 울음이 타는 가을 섬진강은 모든 여정도 아름다웠으나 트럼펫 연주가 화룡점정이었다. 고고하고 적막한 가을 섬진강 밤 하늘에 그토록 애잔한 선율이 얹혀 있기에 울음이 타지 않을 수 있었을까. 지금도 섬진강 물결따라 트럼펫 선율이 흐르는 듯하다. 마치 기다렸던 것처럼 인연의 강물이 흐른다.

낙과 낙과 落果 樂過

태풍 볼라벤이 한반도를 휘젓고 간 이후 피해가 속출했다. 추석 대목을 기다리던 과수농가의 낙심이야 이루 말할 수 없었을 것이다. 아침 방송 중에 꽃집을 운영하는 애청자 초록예찬 남희숙 님이 문자를 보내왔다. 지인의 오빠가 장수에서 과수원을 하는데 이번 태풍에 떨어진 사과를 15kg 한 상자에 2만 5천 원 택배비 포함 2만 8천 원에 판매하고 있다는 소식이었다. 문자가 방송에 소개되자마자 방송을 듣고 있던 애청자들이 돕겠다는 뜻을 전해왔다. 모두들 사상 최악이라는 볼라벤의 태풍 피해를 알고 있는지라 10여 박스가 순식간에 팔렸다. 개인적으로 '카톡'을 통해 지인들에게 이 내용을 알렸더니 주변까지 동참해서 30여 박스를 주문했다. 사과는 중간에 멍든 곳을 빼면 나머지는 멀쩡했다. 며

칠만 더 버텼으면 제 값 받고 시장에 출하되었을 터, 멍든 자욱이 농민들의 애타는 심정 같아서 마음이 먹먹해졌다. 사과 사진과 함께 페이스북에 포스팅했더니 서울 사는 김인미 님이 제일 먼저 주문했고 익산의 송민규 님은 두 박스, 경기도 의정부의 이민교 님도 "서로 돕자"며 주문했다. 멀리 제주의 오정희 님도 두 박스를 신청했다. 초록예찬 님은 오정희 님에게 "제주도까지 운송되는 과정에서 성성하지 못할 것 같다"며 고사했는데, 오정희 님은 "어차피 농가 돕기로 한 것이니까 상태는 괜찮다"며 보내라고 하더란다. 정국원 님과 이애정 님은 공유를 해서 알렸다. 그분들 포스팅을 보고 또 주문이 늘어나고……. 입금도 신속하게 이뤄졌다.

나는 홍보하고 초록예찬 님에게 연결해 주는 역할이었으나 초록예찬은 주문을 받고 입금 확인 후 발송까지 관여를 하고 있었다. 이형훈 님은 "전화가 많이 오나봐요. 목소리가 기운차게 들려 다행"이라며 후기를 남겨주었다. 단체 주문도 늘어나고 있었다. 오후 5시쯤, 기관에서 판매해주기로 해서 준비한 수량이 바닥났다는 연락이 왔다. 마음이 놓였다. 반나절 동안 방송과 카톡과 페이스북에서 80여 박스를 팔았다.

그런데 이튿날 배달되어온 사과를 보니 상태가 썩 좋지 않았다. 무더위와 발송 과정에서 더욱 빠른 속도로 상한 것이다. 전주 익산 군산 등 가까운 거리는 그나마 다행이지만 전국 각지로 배송되어질 낙과를 생각하니 눈앞이 아득했다. 초록예찬 님에게 불안한 마음을 토로했더니 구매하신 분들에게 전화를 걸어서 양해를 구하겠다고 한다. 사실 초록예찬 님이나 나나, 순수한 마음에 돕자고 나선 일인데 혹여 사과를 받은 분들이 생각보다 더 상태가 좋지 않다면 불쾌하지 않을까 염려가 되었던 것이다. 초록예찬 님은 생업을 젖혀두고 사과를 구입한 분들과 일일이 통화를 했다. 한결같이 "농가 돕기로 한 것이니까 괜찮다. 주스로 갈아먹으면 된다. 잼 만들겠다. 이렇게 도울 수 있어서 다행이다. 걱정하지 말라"며 오히려 격려해 주시더란다. 초록예찬 님도 "누군지 모르는데 이렇게 믿어줘서 크게 감동했다"고 눈물을 글썽였다.

내가 주문한 사과 두 박스 중 성성한 것은 골라서 이웃들에게 보내고 나머지 멍들었거나 상한 부분은 도려낸 후, 사과 주스, 사과잼을 만들었다. 갈비를 재는 데도 사과를 듬뿍 갈아 넣었다. 한나절 사과를 펼쳐놓고 이 작업을 하면서 얼굴도 모르는 페이스북의 친구들을 생각했다. 단지 친구라는 이유로, 과수 농가의 어려움을 돕겠다는 마음으로, 물건의 상태 불문하고 과수 농가 돕기에 뜨겁게 동참했던 전국 각지의 사람들, 그 아름다움에 가슴이 따뜻해졌다. 이런 마음들이 전달되어 과수원 주인이 힘을 내고 용기를 잃지 않았으면 하는 바람이었다.

페이스북 낙과落果 판매 포스팅을 보고 동참한 김인미 송민규 이민규 오정희 안소현 엘리브 오광현 조현선 이주현 이애정 김형택 조석중 김판용 장미희 김경이 이주호 이윤오 이형훈 최병천 최애정 강정남 이선희 김태필 고달영 이숙희 한창대 양철윤 김용태 김진형 김보금 김진아 조미애 천지은 김로연 진경은 님. 그밖에 댓글 남기지 않고 초록예찬 님에게 전화 주문하신 분, 카톡으로 주문하신 분, 모두에게 다시 한번 감사한다. 비록 그해 여름 거센 태풍에 사과는 떨어졌지만, 그 자리에서 이처럼 새로운 희망이 싹트고 있었다. 올해 수확한 사과는 모진 태풍을 잘 견디고 희망을 품고 자란 사과이다. 올 가을, '희망 사과'를 기다린다.

방송국은 놀이터

내 고향은 전라북도 남원이다. 당시 읍내에서 제일 큰 용성초등학교를 다녔는데, 이 학교는 몇 년 전 개교 100주년을 넘긴, 역사와 전통을 자랑하는 학교이다. 읍내라는 말, 일단 정겹다. 읍내 초등학교 학예회는 읍민 위안잔치이고, 읍내 초등학교 운동회는 읍민 단합대회이다. 초등학교 4학년이던 1974년, 송이순 선생님께 발탁되어 학예회에서 동화구연을 했는데 학부모이자 읍민들에게 박수를 많이 받았다. 다음날 교무주임 선생님이 나를 자전거에 태우고 모처로 달리셨다. 정문에는 경비도 있었다. 초등학생 눈에 살벌하게 보이던 그곳은 KBS남원방송국이었다. 피디 선생님이 잘한다고 다음에 또 오라고 했는데 방송에 데뷔(?)를 한 것이다. 그 다음에는 특집프로그램에 출연했는데 어린 나무 역할을 맡았다. 환경보호의 중요성을 일깨운 피디 선생님의 야심작이었던 것 같았다. 그 다음엔 어린이 프로에 고정 출연해서 뉴스도 진행하고, 드라마에도 출연했다. '이야기 할아버지'라는 코너였는데 지금도 기억이 생생하다. "이야기 할아버지, 오늘은 무슨 이야기를 들려주실 건가요?" 이렇게 물으면 할아버지 역할을 맡은 피디 선생님이 "오늘은 말이지~"하면서 전설의 고향이나 지역의 문화유산에 대한 소개를 들려주었다. 덕분에 남원 지역 설화나 유산을 많이 알게 되었다. 당시 출연료는 5백원. 2~3년간 한 푼도 손대지 않고 꼬박꼬박 저축했더니 제법 묶돈이 되었다.

중학생이 되던 무렵까지 남원방송국은 놀이터였다. 리딩을 마치고 방송국 앞마당에서 네잎 클로버를 찾는다고 종종거리며 싸돌아 다니던 추억이 지금도 내 마음의 보석상자처럼 남아있다. 학교에서도 방송실에서 지낼 때가 제일 좋았다. 마침 방송반 담당이시던 유춘기 선생님이 6학년 담임을 맡아서 선생님과 호흡이 잘 맞았다. 시급한 생방송도 거뜬히 도맡아 해냈다.

세월이 흘러 나는 방송국의 피디가 되었다. 물론 지금도 스튜디오에 있을 때가 제일 좋다. 마음이 평화롭고 생각이 잘 모아진다. 중요한 일을 결정할 때는 스튜디오에서 묵상하듯 마음을 추스리기도 한다. 초등학교 4학년, 첫 방송 출연이 어쩌면 나를 이 길로 이끌었는지도 모른다. 그래서 나는 늘 나를 방송 무대에 세워주신 송이순 선생님, 자전거에 태워 방송국으로 데려다 주신 교무주임 선생님, 나를 발탁해서 프로그램을 맡겨주신 피디 선생님, 그리고 교내방송국 일을 믿고 맡겨주신 유춘기 선생님께 감사를 드린다. 그런 면에서 나는 행운아이다.

그런 까닭인지 나는 어린 친구들과 방송하는 게 참 좋다. 지역 방송에서 어린이 프로그램을 만들 수 있는 여건도 아니고, 어린이와 프로그램을 하는 기회가 자주 있는 것도 아니지만 어린 친구들과 방송 일을 할 때는 힘들어도 훨씬 유쾌하고 즐겁다. 2005년 당시 6살이던 이예인 어린이와 '종이의 꿈'이라는 다큐를 만들었다. 기대 이상으로 잘 해주어 좋은 상도 듬뿍 안겨주었던 예인이는 지금 중학교 2학년이다. 그 무렵 '파란 마음 하얀 마음'이라는 동요프로그램을 함께 진행했던 초등학생 이연호, 조현범 어린이는 대학생이 되었다. 이 친구들은 전주에서 익산까지 다니며 한 시간 방송을 위해 두어 시간 녹음하는 수고도 아끼지 않았다. 이 친구들도 저처럼, 약간씩 지급되던 출연료를 모아 피아노를 사고 학비에 보탰다고 한다. 연호가 방송 출연료를 모아 산 피아노는 연호의 어린 시절을 멋지게 장식해주었을 것이다. 엄마와 함께 방송국에 다니러 오는 시간은 가족들에게 대화의 시간이 되었다고 한다. 방송국을 오가며 속 깊은 대화를 나눌 수 있었다며 연호 어머니는 고마워한다.

2012년 4월부터 2013년 봄 개편 전까지, 약 1년여 동안 매주 금요일 〈그림이네 이야기〉를 방송했다. 그림이는 완산서초등학교 5학년이다. 아빠가 화가여서 그림이라는 이름을 지어줬다고 하는데, 엄마 국정아 님과 함께 생활 속에서 일어나는 이야기를 들려주었다. 이 모자는 나와 방송하기 전까지 방송출연 경력이 전혀 없었다. 나는 꾸미지 않아도 순수하고 진솔한 그림이네가 참 좋았다. 아이들의 생각, 아이들의 목소리는 어른들에게 깨달음을 주는 까닭이다.

나는 스튜디오 안에서 아이들이 자유롭기를 바란다. 아시겠지만, 아이들과 일하는 건 인내를 시험하는 일이다. 그래도 나와 일하는 아이들은 책임감도 강하고 방송을 잘 하겠다는 목표가 뚜렷했다. 그래서 오래 기다리지 않아도 알아서 마이크 앞으로 모입니다. 그만큼 내가 운이 좋은 것일 게다.

'그림이네 이야기'는 프로그램 개편으로 다른 프로그램을 맡으면서 아쉽게 1년 만에 막을 내리게 되었다. 그림이도 무척 섭섭한 모양인지 마지막 방송에 감사 인사를 남겨서 가슴이 뭉클했다.

"엄마를 따라왔다가 우연히 캐스팅되어 시작된 저는 지난 일 년 동안 방송을 하면서 정말 많이 배우고, 사랑도 많이 받았습니다. 처음 마이크 앞에서 아무것도 모르고, 피디 선생님께서 가르쳐주신대로 했는데, 이젠 방송이 얼마나 재밌고 멋진 일인지도 알게 되었답니다. 저는 녹음하고, 듣고, 배우고, 또 선생님이 편집하는 걸 보면서 이 다음에 커서 어른이 되면, 방송을 잘 알고 바르고 거짓말하지 않는 진짜 정직한 방송인이 되겠다는 꿈을 가지게 되었습니다. 여러분 그동안 들어주시고 사랑해주셔서 고맙습니다. 그리고 바르게 잘 가르쳐주신 피디 선생님! 제일 고맙습니다. 잊지 못할 겁니다."

거짓말하지 않는 진짜 정직한 방송인! 이 말에 정신이 번쩍 들었다. 그림이에게서 한 수 배운 것이다.

　　순수한 아이들의 목소리에 귀를 기울이면, 놀랍게도 마음이 정화된다. 행복해진다. 이렇게 아이들에게서 위로받고 아이들에게서 미래를 본다. 내가 방송국 뜰에서 유년의 일부분을 보냈듯이, 예인이가, 연호가, 현범이가, 그림이가 훌쩍 자라 어느 날 방송국에서 기자로 피디로 아나운서로 활약하고 있을지도 모를 일이다. 그때 이 친구들이 "원로에게 듣는다" 이런 프로그램에 나를 출연자로 초대할 날을 기다린다.

그리운
것은
멀리 있지
않다

그리운
것은
멀리 있지
않다

그리움 속에 싹틔운 희망의 홀씨

따사롭게 보듬은 사람이 있는 풍경